KB147738

하버브릿지

저자와
협의하여
인지 생략

〈나답게 청소년 소설〉
하버브릿지

지은이 │ 채우 효진
펴낸이 │ 一庚 장소님
펴낸곳 │ 도서출판 답게

초판 인쇄 │ 2019년 7월 15일
초판 발행 │ 2019년 7월 20일

등 록 │ 1990년 2월 2일, 제 21-140호
주 소 │ 04994 서울시 광진구 면목로 29(2층)
전 화 │ (편집) 02)469-0464, 02)462-0464
        (영업) 02)463-0464, 02)498-0464
팩 스 │ 02)498-0463

홈페이지 │ www.dapgae.co.kr
e-mail │ dapgae@gmail.com, dapgae@korea.com

ISBN 978-89-7574-312-2
ⓒ 2019, 채우 효진
나답게 · 우리답게 · 책답게

답게 청소년 소설

하버브릿지

채우 효진 글

도서
출판 답게

전화벨 소리!

폭풍우가 휘몰아치던 오클랜드의 새벽, 전화벨 소리!

뭔가 심상치 않습니다.

　버스나 지하철을 탔다가 또는 길을 가다가 교복 입은 학생들을 보노라면 짠한 무게감이 느껴지면서 왠지 모르게 등을 토닥여주고 싶습니다. 싱그러운 청춘을 싫어하는 사람이 있을까요? 그렇더라도 나는 요즘의 청소년 시절로 돌아가라면 그것은 그다지 반가울 것 같지가 않습니다. 아니 싫습니다. 뭐가 좋아요? 학교, 학원, 방과 후 학교 등등, 게다가 시험 또 시험! 생각만으로도 머리에서 김이 날 것 같습니다. 아우, 그냥 꼴등

하고 말래요. 내가 하고 싶은 공부를 다시 시작하는 것은 좋지만, 지금 내가 만나는 청소년들 속에 낀 학생이 되는 것은 자신이 없습니다. 너무나 버겁게 느껴지거든요. 그러니 이들보다 훨씬 먼저 세상에 나와 청소년기가 지나버린 것이 얼마나 다행인지요. 이것은 그냥 추측인데요, 공부 좀 하라고 자식 성적에 유난스럽게 불을 켜는 부모들도 한번쯤 나 같은 생각을 해보지 않았을까요? 글이라면 자기는 일기 한 줄도 못 쓰겠다면서 자식들은 논술 잘하기를 바라고, 자기는 be동사와 일반 동사도 구별 못하면서 자식은 원어민 영어 발음을 바라고, 자기는 카톡, 카톡 휴대폰이 톡톡거리다가 공중으로 튀어 올라갈 지경인데, 자식이 폰을 끼고 키득거리는 꼴은 또 싫어합니다. 그런데 이것이 또 사랑해서 그런 것은 분명한 것 같아요. 다만 생각과 방법이 달라서 그렇지. 내가 아는 어떤 할머니는 자기는 영어를 딱 두 글자 안대요. P 와 O! P는 주차장에 표시되어 있어서 알았고 O는 동그라미만 그리면 되니 저절로 알아지더라나요. 그런데 자식들은 영어로 이 말도 쓰고 저 말도 쓸 줄 아니 참 고맙다고요. 자식들이 남들 눈에는 시답잖아 보일지 몰라도 자기보다 잘나서 참 감사하다고 말합니다. 세상의 자녀들도 가지가지 여러 모습이지만, 부모들도 가지가지 여러 모습들인 것 같아요. 짱이 엄마는 짱이가 반에서 3등뿐이 못했다고 1등 못한 것에 볼따구니가 부어터져 있고, 콩이 엄마는 콩이가 30명 중 25등이나 했다고, 다섯 명이나 앞섰다고 그게 어디냐고 울랄라 칭찬을 합니다. 짱이와 콩이 중 누가 더 행복지수가 높을까요? 누가 더 다음을 기약하고 다짐하는 자녀가 될 수 있을까요? 나는 학교 다닐 때 수학이라면 아주 그냥 꼴도 보기 싫더라고요. 그런데 아들은 수학이 제일 재미있다고 놀이를 하듯 문제 풀이를 즐기더랍니다. 정답을 풀어냈을 때의 신나는 기분도 그렇지만 문제를 풀어가는 그 과정이 얼마나 재미있는지 모른다나요. 나는 내가 못하는 것을 잘하는 그것만으로 신기하고 기특해 다른 공부도 좀 하란 말은커녕 구경꾼 엄마가 됐던 때가 있었어요. '하버브릿지'에 등장하는 디도의 엄마는 나나 콩이 엄마와 다르지 않은 닮은꼴의 엄마라고 할 수 있습니다.

일인칭 주인공 디도는 수년 전에 출간했던 동화책 '뜸부기 형'의 일곱 살짜리 주인공입니다. '하버브릿지'는 그 디도가 중학생이 되어 타국에서 학교생활을 하는 청소년기 이야기입니다. 공부보다는 놀이에 열중하던 디도가, 한국말로 하는 공부 시간도 별 취미가 없던 디도가, 머나먼 나라에서 머리와 눈동자 색도 다른 학생들과 더불어 한 교실에 앉았습니다. 처음부터 즐거웠을까요? 그럼에도 이방인 학생들 속에 섞여 서서히 공부 속으로 들어가며 성장의 계절에 맞는 학생으로 씩씩한 행진을 합니다. 대지를 넓혀가듯 실력도 마음도 넓혀가며 우정도 쌓아 갑니다. 그곳에서 본 이민자들의 비도덕적인 모습이라든가, 옳지 못한 행실에 분노하고 격분하지만, 또 다른 선한 이민자, 이웃을 통해 사랑을 느끼고 치유하며 한국인으로서 '대표 의식'의 필요성도 절실히 깨달아 갑니다.

폭풍우가 휘몰아치던 오클랜드의 새벽, 전화벨 소리!
대체 누구일까요?

'하버브릿지'의 진짜 주인공일까요?

어쩌면 그 누군가는 오늘을 사는 우리들의 자녀, 우리가 사랑한다는 우리들의 청소년들을, 혹 폭풍우가 휘몰아치는 하버브릿지의 높은 다리를 향해 걸어가게 하고 있는 것은 아닌지, 아무데도 마음 둘 데가 없어 '니기미 메모장'을 쓰게 하는 것은 아닌지…….

부모 된 사람들, 스승 된 사람들 그리고 먼저 난 사람들은, 수시로 입장 바꿔 청소년의 심장으로 돌아가 낮은 자리로 내려앉아 볼 필요가 있겠다 싶습니다. 그리고 그들이 말하지 않는 소리에 살짝 귀를 열어두면 어느 날엔가는 개미만 한 소리라도 들려오지 않을까요?

작가의 말을 쓸 때마다 오래 전 내 곁을 떠난 '창근' '양순' 순박한 나의 아름다운 부모님이 그립습니다. 그런데 이 밤 더욱 생각나는 이유는 이것이 청소년 소설이라 그런가 봐요. 어쩌면 그렇게 '공부해' 소리를 한 번도 하지 않으셨을까, 한번쯤 묻고 싶은데 이미 흘러간 물처럼 돌이킬 수 없는 시간입니다. 그래도 참견해 줄 부모가 곁에 있다는 것, 소중한 자녀가 내 울타리 안에서 성장하고 있다는 것은 누가 뭐래도 감사할 조건이고 축복이며 가장 귀하게 여겨야 할 관계, 기회가 꿈틀거리는 현재진행형 아닐까 합니다.

2019년 초봄에

채우효진

| 차례 |

01

서늘하다 - 새벽, 전화벨 소리

탁!

탁, 탁!

문 여닫히는 소리에 잠이 깨었다. 머리맡에 있는 폰을 보니 자정이 넘어가고 있다. 문을 열어놓은 채로 잠이 들었나 보다. 일어나 창문을 닫는데 바람이 휘몰아친다. 태풍이 온다더니…….

화장실을 갔다가 돌아와 다시 누웠다. 갑자기 우다다다, 지붕에 비 쏟아지는 소리가 요란하다. 번쩍, 번쩍번쩍! 우르르 쾅! 쾅쾅! 천둥 번개도 하늘을 가르듯 지나간다. 전화벨이 울린다. 이 시간에 누구? 저장도 되어있지 않은 낯선 번호다.

"Hello?"

말이 없다.

"Hello?"

또 말이 없다. 한국 사람인가?

"여보세요? 여보세요?"

한국인 아닌가? 이 새벽에 누구지? 전화를 끊고 돌아눕는데 하얀 번갯불이 불을 켜 놓은 듯 방안을 비추더니 사라진다. 번갯불치고는 방안에 머문 시간이 길다. 번개가 저러면 번개가 아니지. 갑자기 무서운 생각이 머리를 스친다. 폰을 진동으로 해 놓고 다시 잠을 자려고 눈을 감았다. 잠이 오지 않는다. 한참을 뒤척거리다가 눈을 떠보니 살짝 구름에 덮인 달빛이 창 안으로 희미하게 들어와 있다.

날씨 한번 호들갑스럽다. 비바람에 천둥번개에 고약을 떨더니 이제는 달빛이라고? 하긴 뭐. 오클랜드의 겨울 날씨를 누가 가늠할 수가 있을까. 하나님이나 아시려나. 변덕, 변덕 그런 변덕이 없다. 해가 반짝 났다가도 순식간에 오클랜드를 바다로 만들려는 듯 비가 쏟아지고, 해가 떴나 싶으면 또 비가 오고, 비가 오나 싶으면 언제 그랬냐 싶게 시치미 뚝, 햇살이 나와 배실거린다. 그럴 때마다 복단 할머니는 빨래를 널었다 걷었다 마당을 뛰어다닌다. 그래도 7월 첫 주부터 2주 텀 방학이라 사실상 오늘부터 방학에 들어가니 다행 중 다행이다. 화장실을 가시나, 밖에서 복단 할머니의 목소리가 들린다.

"오늘따라 날씨가 유난히 이상하고 수상하다. 몇 시간동안 그렇게 폭풍이 휘몰아쳐 지붕도 뜯겨져 나가고 나무들도 퍽퍽 쓰러졌는데 갑자기 달이라니 무신 조화인지 모르것다. 이 평생 살았어도 태풍 오는 날 달이 보이는 건 첨 본데이. 아무리 희미한 달이라도 그렇지. 달이 웬 말이고."

"태풍이 이제 지나가고 있는 거 아니겠어요. 몇 시간동안 그렇게 오클랜드 전체를 삼켜버릴 듯 난리를 쳤으니 그만하려나 보네요."

아저씨 목소리도 들렸다.

"그러면 다행이지만도 참말로 수상쩍다. 그런데 이리 폭풍이 심한데도 야들은 피곤했능가. 어찌 저리 참이 푹 들었을꼬. 디도는 아까 저녁 먹자마자 잠깐 자고 나온다고 들어갔는데 그냥 내쳐 잔다."

내가 그렇게 정신없이 잤나? 시간을 보니 다섯 시간 정도는 족히 잔 것 같다. 무엇인가 시끄러운 소리를 들은 것도 같고 요란스런 굉음소리며 찢어질 듯 자지러지는 비명 소리도 들은 것 같다. 꿈속에서 들었던 소리였나 했는데 아마도 잠결에 폭풍우 칠 때 났던 소리를 들었나 보다.

"나는 들어간다. 아들도 어여 자야 안허나."

"네. 어머니 주무세요."

복단 할머니의 목소리를 들으니 무서웠던 마음이 순식간에 사라져버린다. 에이 씨, 누구야! 전화를 해서 잠을 깨운 사람! 잠자기는 글렀다 싶어 폰을 열었다. 문자를 확인해 본다. 카카오톡도 확인해 본다.

> 이디도, 한국에 언제 오냐?

중1 때 같은 반을 했던 개나발이 문학도다. 잠든 사이 온 것 같다. 학도네 할아버지는 학도를 문학도가 되라고 이름을 그렇게 지었다는데, 아, 나 참! 학도는 그때까지 한글 맞춤법도 깨치지 못한 국어 수준, 개 수준 친구였다. 초등 시절 음악 시험인지 국어 시험인지 무슨 시험인지는 잘 모른다. 아무튼 그때 문제의 답이 '그 집 앞'이었는데 '그지밥'이라고 써서 한때 별명이 '그지밥'이었던 적도 있었으니까. 게다가 개나발 같은 소리를 어찌나 잘하는지, 그중에서도 귀신 얘기를 잘했는데 어떨 땐 '저 시끼 혹시 귀신 소굴에서 온 놈 아냐?' 이런 생각이 들 때도 있었다. 어쩌면 그렇게 자기가 겪은 것처럼 말을 잘도 하는지.

하루는 체육복을 입지 않은 이유로 벌을 서다 학도와 같이 늦게 학교를 나선 적이 있었다. 벌이라야 뭐 큰 것은 아니었다. 체육실 창고에 있는 물품들 정리하는 것 정도였으니까. 큰 벌을 준다든지 때린다든지 하면 부모들이 가만히 있거나 하나. 학교를 발칵 뒤집어 놓을 텐데.

내가 학생이긴 해도 때로는 선생도 참 고달픈 직업이라는 생각이 들 때도 많았다. 젠장. 나 같으면 더럽고 치사해서 확, 들이받고 때려치워 버리고 말았을 테다. 아무튼 문학도와 나는 체육실 창고를 깨끗이 정리한 후 같이 교문을 나섰다. 그날은 내가 늦으면 기다려 주던 단짝 호태도 없었다. 서울로 정기 검진을 받으러 간 날이기 때문이었다.

"아, 쓰바르! 버스 시간 되려면 한 30분 기다려야 되는데 뭘 하며 기다리나? 국가 정책이 잘못된 거 아이가? 한 시간에 한 대라니 말도 안 된다."

"아, 쓰바르 시끼. 국가 정책 같은 소리 하고 자빠졌네. 너는 다리를 모시고 사냐? 걸어, 걸어. 버스 기다리는 시간이면 집에 도착하고도 남아. 우린 뚜벅이라서 버스가 더 낯설다. 마정리 방향으로 다니는 버스가 더 생기면 배보다 배꼽이야, 시꺄. 너 사회 시간에 졸았냐? 그딴 게 다 국가적인 손실이라잖냐."

"졸긴 시꺄. 잤제. 잔소리 그만 해라. 우리 엄마 잔소리만으로도 내 귀를 꿰매버리고 싶으니까. 떼어 버리고 싶다고, 시꺄."

"버스 타령은 니 오줌줄기가 기름으로 변하면 그때 하라고, 시꺄. 그것도 애국이라고. 우리도 애국하려고 뚜벅이 생활하는 거여, 시꺄."

내가 말한 우리는 당연히 호태와 나를 두고 한 말이다.

"아, 쓰바르 새끼. 존나 말 많구마. 니는 호태가 휠체어를 타니까 어쩔 수 없어서 뚜벅이 하는 거잖아. 애국은 개뿔. 니가 게거품 물지 않아도 애국해 줄 거니까 걱정 말라고."

"지랄. 가슴팍이 벅차게 고맙다, 시꺄."

학교에서 우리 집까지는 한 50분 걸어가야 한다. 중간을 지나 30분쯤 걸어가면 저수지가 있는데 학도네 집은 저수지를 지나기 바로 전, 저수지가 내려다보이는 언덕 위에 있었다. 우리 집은 저수지를 지나 작은 마을 하나를 더 지나야 했다. 해가 서산에 걸터앉아 넘어 갈랑 말랑 간당거리고 있을 때 학도가 뜬금없이 이러는 거다.

"나 어제 귀신 봤데이."

"야, 시꺄. 또 귀신 얘기냐? 헛소리 집어치워라!"

"헛소리가 아니라 진짜라니까. 어젯밤 열 시쯤 갑자기 머리가 아픈 거라. 어질어질 어지럽기도 하고. 그래서 바람을 쐬려고 대문 앞에 앉아 있었거든."

아, 이 시끼 또 시작이네. 그런데 강력하게 그만두라는 소리를 할 수 없었다. 내가 그러면 겁쟁이라고 할 테니, 나도 자존심이 있지.

"그런데 저수지 둑길로 흰옷을 입은 사람이 걸어오더라고. 그래서 누군가 하고 계속 보고 있었거든. 가까이 왔을 때 보니까 모르는 할아버지드라. 할아버지가 내 앞을 지나 우리 옆집으로 가더니 문을 두드리는 기라. '은택아, 은택아이! 할배 왔데이! 은택아, 어여 문 열어라! 할배 왔데이!' 나는 그 소리를 듣고 은택이네 집에 손님이 왔나보다 생각하고 들어왔제. 그래서 오늘 아침밥을 먹으면서 내가 그랬다아이가. 은택이네 집에 할아버지 손님이 온 것 같다고. 그랬더만 엄마가 이러시는 거라. '은택이네 할배 손님이 있을 리 있나? 은택이 할배는 은택이 태어나던 해 돌아가셨는데. 그 집은 친척이라고는 읎다. 은택이 아버지도 형제자매 아무도 읎는 데다가, 엄마도 고아로 자란 사람아이가. 수십 년 같은 마을에 살았어도 찾아오는 사람은 아무도 읎었다.' 그 말을 듣더니 아버지가 '어제가 은택이 할배 제사였을 끼다. 아마도 은택이 할배가 제삿밥 자시러 오셨던 모양이네. 근데 그 노인을 니가 어디서 봤단 말이고?' 하는 기라."

문학도가 잠시 말을 끊더니 큰 눈을 더 크게 뜨고 사방을 두리번거렸다. 내가 머리통을 한 대 때렸다. 그럴 때 문학도의 빛나는 눈빛을 보는 것은 안 본 사람은 잘 모른다. 얼마나 서늘하게 하는지.

"그래서 내가 오늘 아침에 은택이한테 물어봤다. 혹시 어젯밤에 손님 안 왔냐고. 그랬더니 아무도 안 왔다카데. 대문 두드린 사람도 없었다꼬"

순간 쏴아, 소름이 끼쳐왔다.

"시끄럽다, 시꺄."

"결론은 내가 은택이 할아버지 귀신을 본 거라 이 말이다. 어! 벌써 우리집 다 왔네. 얘기하면서 오니 진짜 빠르네. 니 덕분에 애국도 하고 버스비 안 들고 좋네. 그럼 잘 가고 낼 학교에서 보자."

아우, 저걸 그냥! 저것도 친구라고. 귀신 얘기만 주절주절 늘어놔 심장 쫄게 해 놓고 저는 집으로 들어가 버려? 의리라고는 저수지에 처박아버린 시끼!

뒤를 돌아다보니 걸어오는 사람이 아무도 없었다. 그날따라 읍내로 나가는 사람도 보이지 않았다. 덜렁 혼자 저수지를 지나려니 용기가 나질 않았다. 저놈 문학도, 내일 만나기만 해 봐라! 마음을 굳게 다지고 저수지를 지나는데 온몸이 오싹거렸다. 할아버지가 걸어왔다는 저수지 둑길 쪽으로는 고개도 안 돌리고 부지런히 걸었다. 누군가 나를 쳐다보고 있는 것 같고 뒤쫓아 올 것만 같았다. 뒤를 돌아보기가 겁나 앞만 보고 걸으려니 뒤통수가 근질거렸다. 나도 모르게 찬송가 한 구절이 입에서 흘러나왔다.

주께서 항상 지키시기로 약속한 말씀 변치 않네.

주께서 항상 지키시기로 약속한 말씀 변치 않네……

주께서 항상 지키시기로 약속한 말씀 변치 않네.

주께서 항상 지키시기로 약속한 말씀 변치 않네…….

요즘 교회를 많이 빠져서 하나님이 삐지신 거 아냐? 언젠가 예수 골수분자 고딩 형이 내가 자꾸만 빠졌더니 했던 말이 생각났다.

"니 기도 안 하고 고렇게 뺀질거리다가 한방에 훅, 가는 수가 있데이. 불시착하는 수가 있다고, 임마."

이거 오늘이 그날 아냐? 한방에 훅 가는 날. 아냐, 아냐! 설마 하나님이 그렇게 쪼잔한 분은 아니실 거야. 나는 저수지를 다 지나는 동안 긁힌 CD가 한 음절에 머문 것처럼 그 구절만을 반복했다. 그리고 저수지를 지나자마자 걸음아, 나 살려라. 발바닥에 모터를 단 것처럼 내달렸다. 나는 달리면서 생각했다. 문학도 너! 너 내일 보기만 해 봐라!

다음날 나는 문학도를 보자마자 소리를 질렀다.

"개나발이 문학도! 한 번만 더 개나발 같은 소리를 지껄이면 대갈통을 날려버린다, 너!"

문학도가 개나발이 된 것은 그때부터다. 그 후부터 내가 질러댄 개나발이 문학도의 별명이 된 것이지. 그렇지만 나는 개나발이 문학도를 좋게 생각하고 있었다. 학도는 누가 뭐라고 부르거나 말거나 노여움을 타지 않는다. 물론 섭섭해하지도 않았다. 그래서 어떤 애들은 문학도가 허파가 없다는 둥, 쓸개가 빠졌다는 둥 그렇게 말했지만, 내가 문학도를 괜찮은 친구 삼은 것은 바로 그 때문이었다. 별것도 아닌 것을 가지고 삐진다던지 화를 내는 친구들은 사실 불편하다. 그런 면에서 문학도는 좋은 성품을 타고난 것 같은 생각이 들었다. 나는 죽었다 깨어나도 그런 사람은 못 된다. 우리 형이 싫은 소리를 해도 갈겨주고 싶은 마음인데, 돌려차기로 한방 날려주고 싶을 때도 있는데, 그런 나에 비하면 문학도는 꽤 괜찮은 친구다. 맞춤법이 좀 틀리면 어때. 좋은 친구면 됐지.

> 나도 몰라, 개나발아.
> 언제고 가겠지. 왜 그러냐?

문학도에게 카톡 답장을 날려놓고 폰 갤러리를 열었다. 비행기, 기차 등, 옛날 운송 수단이었던 사진들이 보인다. 아, 그렇지! 낮에 모탓(Museum of Transport and Technology) 박물관에 갔었지. 모탓에서 찍어온 사진을 한 컷 한 컷 넘기다가 희모를 발견했다. 희모가 기차 앞에 서 있다. 비행기 앞에도 서 있다. 내가 일부러 찍은 것도 아닌데, 여기저기 희모가 있다. 사진을 여러 장 가만히 살펴보니 아마도 희모가 움직이지 않고 한 자리에 오래 있었던 것 같다. 그러고 보니 생각이 난다. 내가 가까이 다가가 툭 쳤을 때 놀란 표정으로 나를 쳐다보던 얼굴. 그리고는 중얼거리듯 내게 말했었다.

"저 비행기 타고 다른 별로 날아가 버리고 싶다. 기차를 타고 아주 먼 별나라로 달려가 버릴까?"

그래서 내가 물었다.

"가고 싶냐?"

"그럴 수 있으면."

그런데 그 표정이 진지해 장난을 칠 수가 없었다. 사실은 '너 아직도 크리스마스가 되면 산타할아버지 기다리지?' 라고 장난을 치려던 건데, 뭔 표정이 그렇게 진지한지. 짜식. 그래도 웬일이래. 평소에 없던 말을 다 하고. 그리고는 또 입을 다물어버렸다. 자물쇠를 채운 것처럼. 1관부터 시작해서 9관까지 마을같이 형성된 전시관을 도는 동안, 옛날 도로를 달려 다니던 기차를 타고 비행기 전시관으로 이동하는 동안에도…….

엘리베이터가 개발되기 전에는 저런 것을 이용해 오르락내리락했던 것일까, 다른 친구들은 자기 체중을 팔 힘으로만 들어 올리는 도르래를 타고 웃고 떠드는데도 희모는 아무런 관심이 없어 보였다. 나는 모탯에서 나오기 전 빨간색 공중전화 부스가 전시되어 있기에 사진 찍은 다음 문을 열었다. 그런데 거기에 희모가 있었다. 그것도 조는 것인지 그냥 눈만 감고 있는 것인지 좁은 귀퉁이에 주저앉아서.

"야, 너 뭐해?"

희모는 내 말에 눈을 뜨더니 나를 멍하니 쳐다보았다.

"왜 그러고 있는 건데?"

희모는 다시 눈을 감고 그대로 앉아 있더니 잠시 후 일어나 혼잣말을 하듯,

"SOS."

하고는 휙 나가버렸다.

SOS라고? 누구한테 전화라도 해서 구조 요청이라도 하고 싶었던 걸까? 진짜 알 수 없는 애라니까. 사진을 계속 넘기자 우리 할머니가 사진 속에서 손을 흔들고 있다. 2년 전쯤 내가 유학을 오던 날, 대문 밖에 나와 나를 배웅하던 할머니. 아, 울 할머니! 울컥, 목이 메었다. 침 한번 꿀꺽 삼키고 흠, 흠 두어 번 목청을 가다듬어 메인 목을 풀었다. 엄마의 병으로 외할머니 댁에서 살아야 했던 어릴 적에는 울음을 참는 것이 서툴러 끼룩끼룩 갈매기 소리를 냈었다. 하지만 지금은 그 소리를 내지 않고도 해결할 줄 안다. 집을 떠나온 후 한 번도 한국을 가지 못했으니 어릴 적 같으면 끼룩거리다가 갈매기 떼들이 친구하자고 들덤볐을지도 모를 일이다. 집에서 10분 거리밖에 안 되는 미션베이에 갈매기가 좀 많냐고. 나는 헛기침으로 메인 목을 정리하고는 할머니 사진을 넘겼다.

앗, 깜짝이야! 그때 또다시 부르르, 폰이 진동을 한다. 이 새벽에 어떤 인간이 자꾸 전화질이냐고, 진짜. 027 033…. 아까 왔던 전화다. 대체 언 놈이냐고? 누구냐고? 그 순간 그 언젠가 문학도가 개나발 불듯 떠들어댔던 말이 떠올랐다.

"그래서 그 울산 아지매가 전화를 받았는데 갑자기 죽은 딸이 '엄마! 내다! 엄마 딸 소연이! 하소연이. 내 소연이다, 엄마!' 그러더란다. 그래서 그 아지매가 그 길로 기절초풍해서 골로 갔다더라고. 내가 그 얘기를 들은 다음부터는 새벽에 오는 전화 저얼때! 절대적으로 안 받는다아이가. 이름도 잘 지어야 되겠드라고. 소연이는 괘안치만 성이 하 씨 아니냐. 죽어서도 지 엄마한테 하소연하잖냐. 암튼 오싹혀."

"왜? 니는 죽은 딸도 없는데, 시꺄."

"그래도 죽인 것들은 많다아이가. 뱀 새끼. 새 새끼. 쥐새끼. 개미 새끼, 쓰바르 새끼들이 수도 없이 많다아이가."

"아, 개쓰바르 시끼. 니가 그러니까 쓸개 빠진 새끼라고 욕을 쳐 먹는 거다, 시꺄."

아니 이 상황에 갑자기 그 울산 아지매나 엄마 찾던 하소연 얘기가 왜 생각이 나냐고 나길, 제기랄! 문학도 개나발이가 지껄였던 말들은 왜 뭔 일만 있으면 떠올라 나를 겁나게 만드냐고. 도움 안 되게.

나는 전화를 받기가 왠지 두려워 진동이 꺼지기만을 기다렸다. 그러나 폰은 계속 부르르거렸다. 생각을 바꾸자. 뭐 이렇게 경치 좋고 물 좋은 나라에 귀신이 살기나 하겠어? 귀신도 더럽고 컴컴한 곳이나 좋아한다잖아. 이 나라 얼마나 좋아. 그래, 그래. 그냥 받아 봐? 진동이 멈추었다. 어, 다행이다. 그때 조금 전까지도 있었던 희미한 달빛은 어디로 가고, 또다시 지붕에 와다다다, 난리가 났다. 태풍이 끝나가고 있는 것 같다는 아저씨 말은 택도 없다는 듯 폭풍이 휘몰아 친다. 창문을 닫았는데도 쏴아, 쏴아 비바람 소리가 요란하게 들려온다. 섬나라라 그런가, 늘 느끼는 것이지만 바람 소리가 마치 파도 소리처럼 들려왔다. 어디선가 나무 부러지는 소리도 들려왔다. 우지끈, 퍽, 챙챙. 무언가 깨지는 소리도 들렸고 날아가는 소리도 들려왔다. 알지 못할 두려움이 엄습해 오는 순간, 폰이 다시 부르르 부르르 부르르 떨려온다. 앗! 깜짝이야! 전화를 건 사람은 내가 받기 전에는 끊지 않기로 작정을 했는지 계속 부르르거렸다. 받아 봐? 나는 두려움을 느끼면서 슬그머니 통화 버튼을 눌렀다.

"여보……세요?"

나도 모르게 작은 소리를 냈다. 그런데 또 말이 없다.

"Hello?"

천둥 번개가 찢어질 듯 지나간다.

"Hello? Who′s this? …… Hello?"

그때다. 폰 속에서 목소리가 들려왔다.

"디도……."

어! 누구지? 내 이름 부르는 소리는 들었는데 그 순간 천둥소리가 도끼로 하늘을 가르듯 지나갔기 때문에 다음 말을 듣지 못했다. '디도, 나야' 한 것 같기도 하고 '디도니?' 한 것 같기도 하다. 어쨌든 한국 사람인 게 분명하다.

"뭐라고? 누구야? 크게 말해 봐! 잘 안 들려!"

또 말이 없다. 나는 폰의 녹음 버튼을 눌렀다.

"뭐라고! 누구냐고!"

그런데 대답은 없고 갑자기 삑삑삑 기계음이 들려왔다. 마이크 소리 같다. 아, 이 소리!

외할머니 동네 살 때 부녀회장을 맡았던 엄마한테는 휴대용 마이크가 있었다. 엄마는 마을에 무슨 행사나 일이 있을 때는 그 마이크로 소식을 알렸다.

"마을 부녀회에서 알립니다. 삑삑, 부녀회에서 알립니다. 오늘 저녁 삑삑, 삐이익, 여덟 시에 부녀 회의가 있으니 회관으로 모여 주시기 삑삑, 모여 주시기 바랍니다."

회관은 지어졌으나 마이크 시설이 아직 되어있지 않으니 엄마가 고민 끝에 생각해 낸 방법이다. 그런데 그 소리가 멀리까지는 갈 수가 없으니 엄마는 마이크 볼륨을 끝까지 올려놓고 말을 했는데 그러면 삑삑거리는 잡음에 귀가 따가웠다. 엄마의 마이크는 내가 여섯 살이 되던 때 성당 바자회에 갔다가 사 온 것이었다. 그때 우리는 서울에 살고 있었는데 걸핏하면 노래방 가자고 졸랐던 나를 달래기 위해 산 것이다.

"디도야, 디도야. 여기 마이크 있잖아. 이것도 참 재미있다, 너."

나는 그 마이크로 여섯 살 한 계절을 즐겁게 보냈다. 마음 같아서는 큰 소리로 불러대고 싶었지만 엄마 때문에 그럴 수 없었다.

"너무 큰 소리로 부르면 안 된다. 사람들이 싫어해."

나는 그것이 참 불만스러웠다. 그렇지만 엄마가 그렇다니 뭐 어쩔 수 있나. 그래서 조심을 했는데도 어느 날은 시끄럽다고 아랫집 308호 아줌마가 올라오고, 어떤 날은 윗집 508호 할아버지가 내려왔다. 엄마는 그들이 쫓아 올라오고 내려올 때마다 '죄송합니다. 조심시키겠습니다' 하며 머리를 조아려야 했다. 그런데 그해 가을이 끝나갈 무렵 나는 원더걸스 누나들의 'Tell me'를 목청껏, 맘껏 부른 후 다시는 마이크를 갖고 놀 수 없었다. 남도 형은 학교에 가고 없었고, 엄마는 잠깐 슈퍼마켓에 다녀온다며 밖으로 나갔을 때였다. 그날도 나는 다른 날처럼 마이크를 목에 매달고 기회를 엿보고 있었다. 그런데 절호의 순간이 찾아왔다. 베란다 밖을 살짝 내다보니 아랫집 308호 아줌마가 보였다. 아줌마는 운동을 나가는지 빨간 추리닝을 입고 있었다. 아랫집 아줌마는 우리 아파트 꼬맹이들 사이에 빨갱이 아줌마로 통한다. 빨강 옷을 많이 입고 다니는데, 뻑하면 우리 꼬맹이 집단 속에 나타나 야단을 쳤다.

"이 녀석들, 잔디 뜯어 놓으면 혼난다. 이거 야쿠르트 병 어떤 녀석이 아파트 마당에 버렸니, 엉? 이런 거 버리면 혼난다. 시끄러우니까 좀 딴 데 가서 놀아라. 너희들 짹짹거리는 소리에 낮잠을 잘 수가 없어. 저기, 저쪽 2단지 가서 놀아 제발!"

아유, 진짜 빨갱이 아줌마는 우리들의 엄마보다도 더 우리를 귀찮게 했다. 우리만 보면 참새처럼 짹짹거렸다. 나는 태어난 이후 '혼난다' 소리를 빨갱이 아줌마한테서 제일 많이 들었다. 나의 황금 같은 유아기 때 말이지. 나 참! 자기가 우리 엄마야? 새엄마라도 돼? 아니면 작은 엄마라도 되냐고? 그래서 내가 어느 날은 큰맘 먹고 물어보았다.

"빨갱이 아줌마."

"뭐야? 이 녀석이! 어른을 놀리면 못 써! 빨갱이는 간첩한테나 쓰는 말이야!"

간첩? 아줌마는 여섯 살뿐이 안 된 나한테 죽자고 달려들었다.

"또 빨갱이라 하면 혼난다?"

"그러면 간첩이라고 부를게요. 간첩 아줌마?"

"아니, 요 깨알만 한 녀석이! 너 진짜로 혼나 볼래?"

"아니요. 싫어요. 근데요. 물어볼 게 있는데요."

"뭘 물어? 뭔데 요 쥐방울만 한 녀석아."

"아줌마는 언제 이사 가요?"

그러자 아줌마는 버럭 소리를 질러댔다.

"내가 이사를 왜 가? 요요요, 맹랑한 녀석! 내가 이 집을 사느라고 어떤 고생을 했는데 이사를 가? 내가 이사를 갔으면 좋겠어?"

"네. 소방울 아줌마"

빨갱이 아줌마는 그 후로 나만 보면 머리에 알밤을 한 대씩 먹여주고 지나갔다. 그런데 그 아줌마가 아파트 밖으로 나가고 있는 거다. 뒤에는 꼬맹이 집단 우리들 사이에 중절모자 할아버지로 통하는 윗집 508호 할아버지도 나가고 있었다. 나는 눈이 번쩍 뜨였다. 엄마도 마트 가서 없고, 아래층 빨갱이 아줌마도 없고, 위층 중절모자 할아버지도 없고. 요때다! 나는 얼른 베란다로 나갔다.

너도 날 좋아할 줄은 몰랐어

어쩌면 좋아 너무나 좋아

꿈만 같아서 나 내 자신을 자꾸 꼬집어 봐

너무나 좋아 니가 날 혹시 안 좋아할까 봐

혼자 얼마나 애태운지 몰라

그런데 너도 날 사랑한다니

어머나 다시 한 번 말해 봐

Tell me, tell me, tell tell tell tell tell tell me

나를 사랑한다고 날 기다려왔다고

Tell me, tell me, tell tell tell tell tell tell me

내가 필요하다고 말해 말해 줘요

Tell me, tell me, tell tell tell tell tell tell me

자꾸만 듣고 싶어 계속 내게 말해 줘

Tell me, tell me!

Tell me!!

Tell me!!!

Tell me!!!!

나는 베란다에 서서 목이 찢어져라 달구새끼처럼 소리, 소리 지르며 노래를 불러 제꼈다. 하필 그때 엄마가 아파트 마당을 뛰어오며 나를 향해 팔을 휘저었다.

"디도야! 디도야! 안 돼!"

생각보다 훨씬 빨리 나타난 엄마 때문에 노래를 딱 그치고 정면을 바라보았다. 나는 그제야 닫혀있던 중학교 교실 문이 다 열려 있는 것을 보았다. 창문 안에서는 중학교 형, 누나들이 나를 쳐다보고 있었고. 그러니까 우리 아파트와 딱 붙어있는 중학교 형, 누나들이 꽥꽥거리는 노랫소리에 공부를 멈추고 다들 나를 구경하고 있었던 거지. 그날 이후 나는 그 마이크를 만질 수도, 볼 수도 없었다. 더 이상은 안 되겠다며 엄마가 버렸다는 거다. 나는 그렇게 나의 마이크와 이별을 했다. 그런 일을 겪은 후 나는 오래된 노래 '핑계'에 내 마음대로 가사를 붙여 자주 흥얼거리고 다녔다.

"마이크! 이렇게 쉽게 니가 날 떠날 줄은 몰랐어. 아무런 준비도 없는 나한테 슬픈 사랑을 가르쳐 줬어."

그리고 꼬맹이 집단 친구들에게도 그렇게 말을 했다. 그러자 친구들은 나한테 마이크를 사랑했냐고 물었다.

"엉. 마이크를 사랑했어."

그러면 애들은 서로 자기가 사랑하는 것들을 침을 튀겨가며 말했다.

"나는 해지를 사랑해."

"나는 게임기."

"나는 내 곰돌이 인형."

"나는! 어, 어, 어……, 이건 비밀인데 우, 우리 유, 유아부 선생님을 대, 대, 대따 좋아해."

아이들은 모두 웃었지만 나는 말을 더듬거리는 반석이가 연상녀를 대따 좋아하든 소따 좋아하든 아무런 관심도 없었다. 오로지 사라진 마이크만 관심사였다. 그렇게 마이크는 내게 이별이 주는 슬픔을 처음으로 안겨주었다. 그 이전에 아버지와의 이별이 있기는 했었다. 그러나 그때는 두 살 아기 때라서 기억도 못했는데 뭐. 그러니 실제로 이별의 아픔을 느낀 것은 마이크가 처음인 셈이었다. 그렇게 나를 떠났던 마이크와 나는 6년의 세월이 흘러 12살, 엄마가 부녀회장이 된 후에 재회를 했다. 나에게 그 아픔을 주었던 마이크가 뽀얀 먼지를 뒤집어쓰고 있던 상자 속에서 삐죽 얼굴을 내밀었던 거다. 그래서 나는 그 마이크 소리며 거기서 들리는 소음을 잘 안다.

그런데 이 새벽, 그 낯익은 소리들이 폰 저편에서 들려오는 거다.

"여보세요!"

그때였다. 천둥소리 빗소리를 뚫고 명확하게 들려오는 소리!

"야아아! 씨발아! 삐삐삐 개씨발아! 삐삐 씨발놈의 삐삐 공부도 지겹고! 씨발! 삐삐삐 공부우! 공부우! 공부우우우! 지겹다아아! 씨발 연놈들아! 다아! 삐삐 다! 씨발같다아!"

이게 뭐야! 그 뒤에 뭔가 나뒹구는 소리가 들린 것 같은데, 나는 너무 놀라 폰을 방바닥에 던져버리고 문을 박차고 나갔다.

"할머니! 할머니! 복단 할머니!"

02

놀랍다 - 갑자기, 먼 세상 밖으로

나는 일곱 살 어린 시절 우리 형과 외할머니 댁에서 몇 달 산 적이 있다. 엄마가 '신부전증'으로 병원에 입원해 있으니 우리를 돌볼 사람은 외할머니뿐이었다. 그곳에서 지내면서 나는 외할머니와 엄청 친한 친구 한 분을 알게 되었다. 나의 외할머니가 감사 할매라고 부르는 복단 할머니!

어느 날이었다. 점심때가 되었는데도 할머니가 들어오지 않으셨다. 마루 끝에 앉아 다리를 흔들흔들 흔들고 있었다. 그때 담 너머 할머니네 밭에서 소리가 들렸다.

"아이고, 가지가 열렸네. 고맙데이, 감사하데이. 오이도 열렸구마. 고맙데이, 감사하데이."

나가 보았더니 처음 보는 할머니가 길게 자란 가지를 만지며 싱글벙글했다. '가지 도둑 아닐까?' 이런 생각이 들어서 내가 말했다.

"울 할머니 가지예요."

할머니는 뒤를 돌아보더니 와서는 내 손을 덥석 잡았다.

"니가 분이 아들이가? 아이고, 분이 아들이 벌써 이리 컸더나. 고맙데이. 감사하데이."

할머니는 내 손을 잡고 주물럭주물럭 밀가루 반죽 주무르듯 했다.

"할머니는 누구세요?"

"느그 할매 친구 아이가. 내가 느그 어매도 안다. 에이그, 불쌍하기도 하제. 젊은것이 어찌 그리 병에 걸려갖고. 느그들 불쌍해서 우짜노. 아배 없는 것도 불쌍한데 어매까지 아프니 우짜노. 애고, 불쌍한 것들. 애고, 쯧쯧."

할머니는 치맛자락으로 눈물을 닦더니 손으로 코를 휭 풀어 넝쿨 쪽으로 버렸다. 나는 얼굴을 찌푸리고 할머니를 처다보았다.

"감사 할매 왔나? 차 타고 왔더나?"

그때 우리 할머니가 나와 말했다.

"걸어서 왔다. 읍내서 뭐 그리 멀다고 차를 타노. 분이 아들이 이레 컸네. 고맙데이. 감사하데이."

난 이 할머니가 웃겼다. 내가 뭐 할머니 손자인가? 가지가 할머니 가진가? 오이도 할머니 오이가 아니잖아. 그런데 자꾸만 '고맙데이. 감사하데이.' 하니까 웃겼다. 그래서 우리 할머니가 감사 할매라고 하시나 보다. 이름이 '감사'는 아닐 거다. 두 할머니는 집으로 들어가셨다. 난 혼자서 오이를 하나씩 하나씩 살펴보았다.

"감사 할매 코가 오이에 묻었을 거야."

난 내 손가락만 한 새끼 오이까지 다 조사를 했다.

'코가 어디로 날아갔지? 감사 할매가 풀어서 버린 코를 못 찾아내면 난 절대 오이를 안 먹을 거다.'

이런 생각을 하며 꼼꼼히 살펴보았다.

"찾았다!"

아마 한 시간 정도는 찾았을 거다. 감사 할매가 풀어 버린 코를 말이다. 할머니의 코는 형 손 길이만큼 자란 오이 꽁지에 붙어 있었다.

"따 버릴까?"

나는 코 묻은 그것을 따서 버리려고 오이를 잡았다. 그때 동네 친구 맹구순이 떠올랐다.

"맞아. 이 오이가 더 크면 구순이 놈 따다 줘야지."

난 구순이가 얄밉다. 구순이네 할머니도 얄밉다. 그 집 식구들은 왜 나만 보면 시비를 걸고 귀찮게 하는지 모르겠다.

"오이가 크면 꼭 맹구순이 놈을 먹이고 말 테다."

나는 밭에서 굴러다니는 검정색 긴 고무줄을 주워서 오이 꽁다리 밑에 묶어 놓았다. 오이가 바뀔까 봐 그런 거다. 코가 내 손에 닿을까 봐 조심조심 묶었다.

"됐다."

집에 들어가니까 할머니가 부엌에서 점심 밥상을 차려 들고 나왔다.

"자, 밥 묵자. 우리 디도도 배고프것다. 어서 묵자."

감사 할매는 밥상을 보더니 또 이러는 거다.

"뭣을 이리 차렸노. 고맙데이. 감사하데이."

그러더니 눈을 감고 중얼거렸다.

"하나님. 이 늙은것에게 좋은 음식을 주셔서 감사합니데이."

난 반가워서 소리를 질렀다.

"할머니도 우리 하나님 믿네. 할머니가 믿는 하나님 나도 믿네요."

"니도 믿나? 아이고 저런. 고맙데이. 그래, 그래, 그래야지. 그래야 복 받는 기라. 그런데 여기는 예배당이 없어서 우짜노?"

우리 할머니가 말했다.

"야한테는 우리 집이 예배당 아이가. 집구석 어디서라도 기도 안 허냐."

"그래도 예배당에 가서 하나님 말씀을 들어야제. 안 그렇나?"

"없어서 못 가요."

"내캉 우리 예배당 가자. 요새는 예배당 차가 데리러 온다 아이가."

나는 눈이 번쩍 뜨였다. 그래서 생각하고 뭐고도 없이 대답했다.

"나 그 차 타고 교회 갈 거다."

감사 할매가 가려고 일어났다. 그러더니 내 손을 또 덥석 잡고 눈을 감았다. 나도 감았다.

"주여. 우리 디도 어매 고쳐 주이소."

"주여어."

"빨리 고쳐 주셔서 자식들하고 같이 살게 해 주이소."

"주여어."

내가 감사 할매 기도 끝에다 '주여어' 해서 그런가 우리 할머니가 웃었다.

"아주 죽이 척척 맞는구먼."

코를 풀어낼 때는 좀 싫었는데 가시니까 서운했다. 저녁에 형이랑 그림을 그렸다. 형은 숙제라서 그렸고 나는 심심해서 그렸다. 할머니가 방문을 열었다.

"옛다, 이거 묵어라."

할머니는 덜 자란 오이를 치맛자락에 문지르더니 뚝 잘라 머리 쪽은 형을 주고 꽁다리 쪽은 나를 주었다.

"고맙습니다."

"아이고 저런, 감사하데이. 고맙데이."

나도 감사 할매처럼 그렇게 인사하며 오이를 다 먹었다. 쓰지 않아서 꽁다리까지 다 먹었다.

"오이 꽁다리가 더 맛있네."

그림 그리는 것도 재미없어서 마루로 나왔다. 할머니가 구멍 난 속옷에 고무줄을 넣고 있었다.

"할머니 팬티야?"

"그래, 할머니 팬티다. 와?"

"구멍났는데 또 입어?"

"구멍이 있으모 시원하고 좋지 뭐. 고무줄이 없어서 못 입었는데 오이밭에서 주워 왔데이. 누가 고무줄을 오이 꼭지에 매 놓았는지 모르것다."

나는 밭으로 뛰어가서 코 묻은 오이를 찾았다. 오이가 없었다.

"할머니, 우리가 먹은 오이가 고무줄로 표시해 둔 그 오이야?"

"느그들이 금방 묵은 오이다. 처음 딴 오인데 맛있드나?"

아이고 주여, 감사 할매 코 묻은 오이 내가 먹었다. 꽁다리까지 내가 다 먹었다. 맹구순이 먹이려고 표시해 뒀다가 내가 먹었다.

"할머니, 그 오이 물로 닦았어요?"

"할머니 치마폭에 깨끗이 닦았데이. 농약을 안 뿌려서 그냥 먹어도 된다."

할머니가 또 물었다.

"맛있드나?"

나는 얼굴을 찌푸리고 어쩔 수 없이 대답했다.

"……맛있었다."

어쩐지 오이에서 찝찌름한 맛이 살짝 느껴지더라니 나 참. 내가 아무리 개구쟁이 장난꾸러기라도 그 사건을 잊을 수가 있나! 그러나 복단 할머니와 나의 만남은 찝찌름하게 시작되었지만 좋은 인연이 되려고 했었는지 달달하게 이어져갔다. 집에서는 외할머니가 집 밖 교회에서는 복단 할머니가 보호자가 되어서.

그러나 여덟 살 이후 나는 그런 복단 할머니와 헤어져야 했다. 다시 서울로 올라와 초등학교에 입학을 했기 때문이다. 그러다가 내가 복단 할머니와 재회를 한 것은 초등학교 5학년 외할머니 동네로 아예 이사를 온 후로다. 혼자 외롭게 살고 있던 외할머니와 우리 세 식구가 합쳐 살게 되었기 때문이다.

나를 다시 만난 복단 할머니는 어제 만났다가 오늘 다시 만난 것처럼 여전히 나를 아껴주셨다. 복단 할머니는 읍내에서 손자 호태와 함께 살았는데, 호태는 죽은 큰아들의 자식이다. 할머니의 큰아들은 우리가 외할머니네 집으로 이사를 오기 전 해에 사고로 세상을 떠났다. 볼일이 있어 서울로 가다가 교통사고를 당했는데 그 사고로 아들 부부는 죽고 손자 강호태만 살아남은 거였다. 호태는 그때부터 두 다리의 신경이 마비돼 휠체어 생활을 하게 되었던 거다. 복단 할머니와 호태는 우리가 외할머니네로 이사 들어간 지 한 달 후, 읍내에서 마정리 우리 옆집으로 이사를 왔다. 우리 할머니와 가까이 살고 싶어서 이사를 오셨다나. 나는 다리를 다쳐 휠체어를 타는 호태와 단짝 친구가 되었다.

그렇지만 처음부터 친하게 지낸 것은 아니었다. 처음에는 호태와 단짝 친구가 될 거라고는 생각도 못했다. 오히려 싸가지 없이 굴어서 갈겨주고 싶을 때가 더 많았으니까. 나에게 곁을 줘야 친구를 해 먹든 말든 할 텐데 도무지 호태는 그러지 않았다. 봐도 못 본 척 하늘을 쳐다보거나 먼 산을 바라보니. 나 참! 나는 그 까칠한 새끼를 볼 때마다 기분이 나쁘고 자존심이 상했다. 그래서 말끝마다 저 자식, 이놈, 저놈하며 무시를 했다. 물론 그놈 귀에 들리게 욕을 한 것은 아니었지만.

옆집에서는 아침만 되면 호태 자식이 더럽게 성질을 부리는 소리가 들려왔다.

"학교 안 간다고! 가고 싶으면 할매나 가라고! 난 안 간다고! 싫다고!"

바락바락 어찌나 악을 써대는지 호태 자식이 이사 오고부터는 아침마다 내 속이 부글거렸다.

"엄마, 저놈 날마다 왜 저래? 복단 할머니가 불쌍해."

"왜 그러겠니. 지 맘대로 몸을 움직일 수 없으니 울분이 나서 저러는 거지."

코딱지만 한 작은 동네에 나랑 나이가 같은 건 호태 자식뿐이고, 5학년 학생도 호태 놈뿐인데, 딱 하나 있는 놈이 저 모양이니 재수가 없었다. 차라리 너무나 얄미워 코 묻은 오이를 먹게 하려던 예전의 맹구순이 아쉬워질 판이었다.

"할매, 그냥 두라고! 학교 안 간다고! 병신 새끼가 공부를 해서 뭘하냐고! 나는 이제 아무것도 할 수 없는 병신이라고! 할매가 그걸 모르나?"

그러면 복단 할머니는 이런다.

"아이고, 감사하데이. 감사하데이. 목소리가 이렇게 우렁차고 씩씩하니 을매나 좋노. 우리 손지는 참말 대장감이데이. 뭘 해도 잘 해낼 거고마는. 꼭 그럴끼다. 암. 암!"

어느 날 그 소리를 듣고 내가 우리 외할머니께 물었다.

"복단 할머니 바보래? 호태 자식이 저렇게 성질을 부리는데 뭐가 감사해?"

"다리만 다쳤으니 그게 감사하다는 거 아이가. 목소리도 다쳤으면 성질도 부리지 못하고 을매나 갑갑했것노. 그러니 감사하다는 거제. 쟈가 지금 저렇게 승질을 부려도 다치기 전에는 착했다 아이가. 지금 몸이 저래서 그런 기라. 자기가 쓸모없는 인간처럼 생각되니 속상해서 저러는 기라."

하긴 뭐 대놓고 나쁜 애 같지는 않았다. 복단 할머니가 학교에 가라는 말만 하지 않으면 성질을 부리는 소리를 듣지 못했으니까.

어느 날 아침이었다. 그날도 복단 할머니가 학교에 가라고 했던 것 같다.

"아, 존나, 싫어! 내는 학교 안 다닌다고 씨발! 왜 자꾸 귀찮게 구냐고!"

나는 학교에 가려고 나서다가 부글부글 속이 끓어 옆집으로 들어갔다.

"할머니, 제가 애랑 같이 갈게요."

"아이고, 디도야, 그랄래?"

호태 자식은 험악한 표정으로 나를 노려보더니 소리쳤다.

"니가 뭔데? 뭔데, 씨발!"

"그래, 호태야. 그러지 말고 디도랑 같이 가거라."

복단 할머니가 휠체어 손잡이를 잡으려는 순간 호태가 소리치며 복단 할머니를 밀었다.

"가기 싫다고, 씨발! 존나 싫다고! 에이, 씨발!"

복단 할머니가 엉덩방아를 찧으며 넘어졌다. 이런 미친놈! 그 순간 내가 호태 자식의 등짝을 주먹으로 후려쳤다. 머리통도 두 대 갈겼다.

"야! 니가 뭔데 지랄을 떠냐? 존나 개지랄이네! 너 말대로 병신 새끼가 공부해서 뭐해! 다니지 마, 나쁜 새끼야! 버르장머리 없는 새끼야! 너 같은 건 안 와도 돼, 새끼야!"

내가 기어이 속이 터져 욕설을 퍼붓자 복단 할머니는 놀라 나를 쳐다보았다. 호태도 말을 잃은 사람처럼 나를 빤히 쳐다보기만 했다.

"뭐, 시꺄? 할머니한테 존나? 씨발? 야, 강호태! 나도 욕할 줄 알아! 몰라서 안 하는 건 줄 아냐, 씨발놈아! 너보다 더 잘해! 그치만 너처럼 어른한테 씨발, 존나 하지는 않아. 야, 이 애자 새끼야. 너는 병신이라서 공부할 필요가 없는 게 아냐. 너같이 버릇없는 무식한 새끼는 공부도 아까워! 다니지 마, 새끼야! 니가 애냐? 니가 지금 몇 학년인데 지랄을 떠냐, 이 나쁜 새꺄! 할머니가 너한테 죄졌어? 죄인이냐? 왜 아침마다 지랄을 떠냐고! 그러니 니가 병신인 거야! 머리통이 병신이라고, 새끼야! 대가리가 애자라고, 새꺄!"

그날 이후 옆집에서는 학교 안 간다고 지랄 떠는 소리가 들리지 않았다. 호태 자식이 갑자기 벙어리라도 된 거야? 무슨 마음인지는 알 수 없었다. 복단 할머니는 나한테 등짝을 후려 맞은 후에 소리 지르는 것이 없어졌다고 나에게 감사, 감사를 했다.

"아이고, 디도야, 감사하데이. 우리 디도 손이 예수님 손인갑다. 아주 기냥 딸꾹질 멈추듯이 딱 멈추지 않았나."

우리 외할머니 말씀에 의하면 복단 할머니가 호태 부모님이 살아 있을 때는 걱정이라곤 없었다고 한다. 그런데 아들과 며느리가 죽고부터는 모든 것이 어려워졌단다. 아들이 주던 용돈도 끊어지고 살림을 하던 며느리가 없으니 할머니가 다 알아서 살아야 했단다. 게다가 장애자가 된 손자까지 달고. 그 와중에 뉴질랜드에 사는 작은 아들은 장사를 한다며 복단 할머니가 갖고 있던 땅을 몽땅 팔아갔다나. 할머니는 그래도 실망스런 말을 단 한 번도 하지 않았다 한다.

"내는 걱정 안 한데이. 우리 호태는 하나님이 길러 주실 거고, 우리 작은 아들 사업도 하나님이 지켜주실 거 아이가. 내는 아무것도 걱정 안 한데이. 공중에 나는 새도 먹이시는 하나님이 하물며 내 기도를 와 안 들어주시것노. 내를 굶기시것나?"

우리 할머니는 그때 복단 할머니를 따라 교회를 다니고 있었다. 복단 할머니는 우리 엄마가 병으로 죽을 똥, 살 똥 목숨이 위태로울 때도 겁나게 기도를 많이 해 주셨다. 그러다가 신장 이식을 받고 살아

낳을 때도 어찌나 눈물로 감사, 감사, 감사를 하셨는지 우리 외할머니는 그 길로 복단 할머니를 따라 교회를 다니기 시작한 것이지. 복단 할머니는 우리 가족들에게 아주 소중하고 감사한 분이었다. 그런데 호태 자식이 그따위로 철딱서니 없이 구니 나도 모르게 주먹이 날아간 것이다.

그런데 웬일? 복단 할머니 말대로 맞은 것이 약이 되었는지 일주일 후 호태는 학교 길을 따라나섰다. 휠체어를 타는 호태와 함께 학교를 다니는 것은 쉽지만은 않았다. 버스를 타고 등하교를 하다가 50분 정도를 늘 걸어야 하니 불편해진 것만은 사실이다. 그러나 복단 할머니가 우리 엄마를 위해 눈물로 기도한 게 얼만데. 그깟 거 내가 조금 더 일찍 일어나면 되는 것이고, 일찍 집을 나서면 되는 것인데, 뭐. 나는 가끔 나를 칭찬했다. 이디도! 그래, 너 참 잘하고 있어. 너 아주 괜찮은 놈이야!

호태와 나는 학교를 오고 가며 우정을 쌓아갔고, 단짝 친구로 자리를 잡아갔다. 우리는 초등학교 졸업식 날 '우정상'을 받았다. 졸업식에 참석했던 복단 할머니는 우리들이 상을 받자 눈물, 콧물을 흘리며 감사, 감사를 했다.

"옴마야! 우리 새끼들이 상을 쓸어버렸고마는. 선상님들 감사합니데이. 참말로 감사합니데이."

쓸어버렸다고? 복단 할머니도 참. 우리가 올림픽에 나가 금메달이라도 딴 줄 아시나 보네. 김보걸, 우찌 선생님도 같은 생각이 들었는지 우리를 보더니 이러신다.

"호태야, 느그 할매 참말 재밌으시네. 우찌해야쓰까이."

그래서 내가 말했다.

"담임 선상님요. 지가 학교를 졸업하면 심심해서 우찌해야쓰까이."

"이 녀석, 이디도. 졸업하면 내 말을 따라하지 못해 니가 심심하겠다. 우찌해야쓰까이."

"걱정하지 마세요, 선상님. 지가 이제부터 우찌해야쓰까이를 접수하면 됩니데이."

"안 된다, 이놈아야. 내 말을 니가 와 도둑질해 간다 말이고?"

우찌 선생님은 지금까지 나를 스쳐간 선생님들 중 최고로 좋은 선생님이었다. 혼을 내도 기분 나쁘지 않게 혼을 냈고, 벌을 세워도 자존심을 상하게 하는 일이 없었다. 야단을 치는 선생님이 아니고 대화를 하려고 애쓰는 선생님이었다. 내가 선생님을 참 좋은 특별한 선생님으로 생각하게 된 것은 교실 책상으로부터 시작되었다. 자기 책상과 걸상은 자기가 깨끗이 관리하는 거라고 당부를 해 놓고선 가끔 보면 애들 책상을 닦는다. 아니 책상을 왜 선생님이 닦아? 게다가 언젠가 보니 중얼거리기까지 한다. 뭐래? 염불해? 기도해? 우리 선생님 절에 다니나? 교회 다니나? 아니면 성당? 장난기가 많은 나는 그것이 궁금해 하루는 창밖에 몸을 숨기고 지켜본 적이 있었다. 그래서 듣게 된 말은 싱겁기 그지없었다. 혜진아. 정도야. 민수야. 장우야. 명진아. 진환아. 디도야. 호태야……. 겨우 책상에 앉는 애들 이름을 부르는 게 아닌가! 뭐야? 아무것도 아니잖아! 그런데 어른이 되면 저절로 알아지는 게 있는지 내가 외할머니에게 그 얘기를 했더니 대뜸 이러셨다.

"그것은 염불이기도 하고 기도이기도 한 기다. 자기가 맡은 아이들이 잘되라고 보듬어 주시는 기다. 잘 크라고. 좋은 어른 되라고 이름을 불러주시는 기다. 그렇지 않으면 그렇게 못 허제. 야야, 우리 디도 참말로 좋은 선상님 만났네. 감사한 일이네."

복단 할머니랑 친자매처럼 지내더니 닮아가나, 우리 할머니도 감사, 감사를 했다. 아무튼 선생님과 작별을 하고 집으로 돌아오는 길은 무척 허전했다. 기억에도 없는 아버지지만, 아버지와 헤어지면 이런 기분이지 않았을까, 생각이 들었다.

호태와 나는 을지중학교에 입학을 했다. 학교에서는 호태를 배려해서 나와 같은 반에 짝으로 엮어주었다. 우리는 '우정상'을 받은 아이들답게 읍내에 있는 중학교를 다니면서 계속 우정을 쌓아갔다. 그런데 어느 날 학교에서 돌아왔을 때다. 복단 할머니와 우리 할머니가 서로 손을 잡고 '우짜노'를 읊고 있었다.

"우짜노. 그라모 가야지, 우짜겠노."

"우짜노. 그 먼 데를 가면 내가 은제 돌아올 끼고. 은제 또 친구를 보러 오노 말이다."

알고 보니 복단 할머니와 호태가 뉴질랜드로 이민을 가게 되었다는 것이다. 땅을 팔아갔다는 작은아들이 거기서 스시 가게를 차렸는데,

그것이 잘 되어 2호점까지 냈다는 거다. 그러니 노모와 조카를 데리고 가겠다고 나선 것이다. 어차피 작은아들한테는 자식도 없던 차에 호태를 양자로 들일 생각이라나.

우짜노? 나도 복단 할머니와 헤어지는 것은 싫었다. 호태도 정이 들어 완전 단짝이 되었는데 참말 섭섭했다. 호태는 처음에는 복단 할머니만 가라고 하더니 며칠이 지나자 갑자기 내 이름을 들먹이기 시작했다.

"할매. 디도 데리고 가면 내도 갈 끼다. 그렇지 않으면 내는 여기서 살 끼다."

남도 형은 호태 말이 택도 없다면서 욕을 했다.

"미친놈. 개 짖는 소리 하고 자빠졌네. 자기 가족도 아닌데 내 동생을 왜?"

그런데 개 짖는 소리 같았던 그 말이 꼭 그렇지만은 않았다. 어느 날 엄마가 나와 남도 형을 부르더니 말했다.

"디도야! 마음이 있으면 호태랑 같이 가라. 갈 수 있으면 가는 것도 좋지 않겠니? 형을 보니 그렇더라. 우리나라는 학교 공부에, 학원 공부에, 방과후 학교에 공부, 공부다. 엄마는 청소년 때는 놀아가면서 공부해야 된다고 생각한다. 또 너는 놀기를 오죽 좋아하니? 그런데 남도 형 학교 다니는 것을 보니 중학교 내내 도무지 놀 틈이 없더라. 안 그러니, 남도야?"

"남는 시간이 있어야 놀지."

"그래, 그렇지. 엄마가 형편이 좋으면 사실은 둘 다 보내고 싶다. 남도야. 엄마가 묻는 말에 솔직히 말해 봐라. 너도 유학 가고 싶니?"

"엄마. 나는 유학 가고 싶다는 생각을 한 번도 해 본 적이 없어요. 그리고 나는 공부하는 게 재미있어서 그런지 공부 때문에 힘들어 본 적도 없고. 그리고 곧 고등학교 들어가는데 갑자기 무슨 유학. 나는 그냥 여기서 공부할래요."

"동생만 보내도 괜찮겠니? 사실 엄마도 자식 둘을 유학시킬 돈은 없다. 엄마가 어디 유학이라는 것을 꿈이나 꿔 봤겠니. 다만 갑자기 호태가 간다니까 고민을 해 봤지. 엄마가 유학에 대해 아는 것은 없지만 누가 그러더라. 어차피 유학을 가려면 고등학교 때보다는 중학교 때 가야 좋다고. 고등학교 때 가는 것은 늦은 감이 있다고. 그렇다면 디도는 아직 중학교 1학년이니 지금 가는 게 좋지 않겠니? 남도 말 대로 남도는 여기서 공부해도 된다. 새벽에도 학교에서 공부하러 오라고 하면 갈 거니까. 워낙 공부를 좋아하니까. 그러니 전교 1등이지. 그러나 디도는 형하고 달라서 늘 걱정했거든. 놀기 좋아하는 우리 디도가 여기서 중학교 고등학교 마치다가는 생병 날 거다."

그것은 엄마 말이 맞다. 나는 어쩔 수 없이 학교를 다니긴 해도 가야 하니까 가는 거다. 공부가 뭐가 재미있어. 반 친구들 보니 학교 끝나도 끝난 것이 아닌것 같았다. 영어 학원, 수학 학원, 논술 학원 적어도 한두 가지 공부 정도는 더 하러 가는것 같았다. 학원 종합반에 들어서 밤늦도록 공부하는 친구들도 꽤 보였다.

나? 나는 그거 싫다. 공부 좀 못하면 어때. 10등 할 거 20등 하고 노는 게 더 좋다. 아니, 나는 꼴등은 해도 노는 것을 못하면 몸이 비비 꼬일 것 같다. 남도 형이야 원래 노는 것보다 공부하는 것을 좋아한다. 그렇지만 뭐 이런 사람도 있고 저런 사람도 있는 거지. 대신에 나는 운동이나 공놀이, 스포츠, 노래는 잘한다. 그것만큼은 내가 남도 형보다 비교도 안 되게 훨씬 잘한다.

"그러면 엄마는 나를 놀면서 공부하라고 호태 따라 가라고 하는 거야?"

"말하자면 그렇지. 그 나라에서는 학교 공부, 학원 공부, 방과후 학교, 공부, 공부하지 않을 거잖아. 엄마가 외국엘 가보지 못해서 모르긴 해도 말이다. 시키지 않아도 공부 잘하는 사람은 공부에 취미가 있는 것 같더라. 엄마가 볼 때 남도 형은 공부에 취미가 있어서 아까도 말했지만 밤을 새워 공부하래도 할 거다. 그런데 디도는 달리고 공차고 소 새끼처럼 뛰어다니는 것을 더 좋아하니 푸른 초원에서 뛰노는 소떼 양떼들하고 같이 뛰어가면서 공부하는 것이 어떻겠니?"

오, 주여! 나는 푸른 초원에서 뛰노는 소떼 양떼들과 함께 뛴다는 소리에 귀가 번쩍 열렸다. 그런데 역시 형은 형이다. 남도 형이 물었다.

"그런데 엄마, 유학비가 엄청 비싸다는데. 그런데 돈은? 학비가 어디 있어?"

남도 형과 나는 그날 새로운 사실을 알게 되었다. 아버지가 살아 계실 때 생명 보험을 들어 놓은 것이 있었는데, 그것이 통장에 고스

란히 남겨져 있다는 것을. 엄마는 우리가 크면 쓰려고 그동안 은행에 꽁꽁 묶어두고 있었다나. 원래 우리 엄마는 알뜰하기로는 일등 엄마였다. 돈을 모으는 재주도 있었다. 그러니 그 시골 마을 사람들도 돈이 떨어지면 엄마한테 왔지. 그중에 운희 아줌마와 사철나무집 할머니는 단골이다.

"디도 어매야, 돈 좀 있나? 내가 돌아오는 장에 배추 팔아서 주꾸마."

"내는 달구새끼 돼지새끼 팔면 주께."

우리 엄마 진이분 씨는 우리 동네 작은 은행 같았다. 이분 은행. 엄마는 우리 동네 부녀회장이었다. 외할머니는 엄마가 부녀회장으로 뽑힌 것은 야무지고 똑똑해서라고 말했다. 그런데 내 생각엔 돈도 잘 빌려주니 그런 이유도 있지 않았을까?

내가 같이 가기로 결정했다는 말을 듣고 복단 할머니가 눈물까지 그렁그렁 매달고 오셨다.

"감사하데이. 우째 이리 감사할 데가 있노. 그렇지 않아도 친구도 잘 못 사귀는 호태가 걱정시러벘다아이가. 친한 친구라고는 겨우 디도뿐인데 우짜모 좋을지 걱정이 태산이었다. 이제 한시름 놓았데이. 디도만 있으모 내는 호태 걱정 안 한다. 우리 하나님께서 디도를 호태에게 찰떡처럼 딱 붙여 주신 기다. 고맙데이, 감사하데이."

이게 갑자기 뭔 일인지! 유학은 잘 사는 집 애들이나 가고, 도시 놈들이나 가는 것인 줄 알았는데, 시골 촌놈한테 우째 이런 기회가!

03

신기하다 - 다른 하늘 다른 사람들

엄마는 나도 들어갈 만한 커다란 이민 가방을 사다 놓고 내가 쓸 물건들을 차곡차곡 넣었다. 할머니는 내가 가는 것이 믿기지 않는 것 같았다. 하긴 뭐 며칠 후에 떠나는 나도 믿기지 않는데 시골에서 농사일이나 하던 우리 할머니가 믿어질 리가 없다. 남도 형은 나를 볼 때마다 공부벌레답게, 장남답게 말했다.

"가면 부지런히 영어 공부해."

"엄마 말 못 들었어? 놀면서 공부하라고 하셨잖아."

"아무리 그래도 영어를 못하면 공부 시간에 들어먹을 수가 없잖아. 말은 어느 정도 알아 먹어야 수업을 들을 거 아냐. 그러니 놀 땐 놀더라도 영어 공부만큼은 빡세게 해."

그것은 형 말이 옳다. 한국말로 수업을 하는 것은 아니니까. 중학교에 입학하고 첫 영어 수업시간에 고진만 선생님이 했던 말씀이 생각났다.

"지금은 글로벌 시대다. 세계는 하나고 제1 세계 공용어는 영어다. 이 세상에 수많은 언어를 다 공부할 수는 없다. 그러나 앞으로 미래를 살아갈 너희들에게 공용어는 꼭 필요하다. 그러니 다른 언어는 몰라도 영어만큼은 죽기 살기로 공부하길 바란다. 너희들에게 영어가 필히 필요한 날이 곧 닥칠 것이니까."

그렇다고 뭘 죽기 살기로까지? 그때는 나하고는 먼 남의 얘기 같아 개소리 비슷하게 들렸다. 그런데 그런 날이 이렇게 급작스럽게 닥칠 줄이야……. 그것도 공부보다 노는 데 힘을 더 쓰는 나에게!

컹컹컹. 어디선가 개 짖는 소리가 들려왔다. 뒤이어 깨갱거리는 소리도 들려왔다. 개소리 같았던 고진만 선생님의 말씀도, 유학을 나와 같이 가겠다는 호태의 개 짖는 소리 같았던 말도 다 현실이 되어서일까, 나도 모르게 개소리에 신경이 가 주변을 두리번거렸다. 저만치 논둑에서 나를 향해 짖어대는 개 한 마리.

가까이 가니 강아지 한 마리가 덫에 다리가 걸려 있었다. 무엇을 잡으려는 덫이었는지 모르지만 다행히 약한 것이라 덫을 벌려 다리를 풀어주니 큰 개가 덫에서 풀려나온 강아지를 사정없이 핥아댄다.

나와 호태, 그리고 복단 할머니가 마을을 떠나는 날 동네 사람들이 모두 나와 배웅을 했다. 어쩌면 사람들과 복단 할머니는 그것이 영원

한 이별일지도 모를 일이었다. 늙은 할머니, 할아버지들이 언제까지나 살고 있을 수는 없는 노릇이니까. 외할머니는 눈물이 글썽해져서 뭔가를 복단 할머니 손에 쥐어주었다.

"아이고, 내가 줄 끼 이거 뿌이네. 나머 나라에서 살다 보면 을매나 외롭겠노? 그럴 때마다 이 손수건 보고 내 생각하소. 내가 몇 날 며칠 걸려서 수놓은 거니."

"두 개나? 아이고, 이기 손수건이가, 꽃방석이가? 도라지꽃이 참 곱다야. 여기엔 찔레꽃이네. 손수건이 이리 이쁘모 우찌 쓰것노? 모시고 살아야 할 판 아이가? 예전부터 당신 수놓는 솜씨 하나는 최고였는데. 암, 그렇고말고. 이렇게 수놓은 손수건 보는 것이 대체 얼마만이고? 내 항상 갖고 있을라요. 고맙데이"

생전가야 눈물 한 방울 흘릴 것 같지 않은 진국이네 할머니도 눈가가 촉촉해져서는 가는 길에 떡이라도 사서 먹으라며 세종대왕 몇 장을 복단 할머니 주머니 속에 넣어 주었다.

"우리 마을로 이사를 와서 좋았고만 또 이렇게 가버리네. 우리가 살아서 또 만날 수 있것나?"

사철나무집 할머니도 눈물이 글썽해져서 말했다.

"가서 잘 살어, 호태 할매. 호태 할매는 감사를 많이 해서 어디서 살건 부처님이 복 주실 끼다. 암 그렇고 말고."

부처님? 웬 부처님? 그래서 내가 말했다.

"복단 할머니는 교회 다니시는데요."

"니네 하나님도 복주고 우리 부처님도 복주면 복이 따블, 따따블이니 더 좋지."

그래 뭐. 복을 누가 주는 것이 중요한 것은 아니지. 오기만 하면 됐지 뭐.

인천 공항까지 배웅을 온 엄마는 토끼눈이 되어 있었다.

"디도야. 집 걱정은 한개도 하지 말고 잘 지내라. 영어 공부하라고 보내는 것이 아니라는 거 알지? 공부는 좀 못해도 되니까 건강만 잘 챙겨. 친구들도 많이 사귀고. 좋은 친구가 재산이지. 언젠가는 다 피가 되고 살이 되는 거야."

KE 139 항공기 내엔 빈자리가 하나도 남아있는 것 같지 않았다. 호태는 몸이 불편한 관계로 비즈니스석에 앉고 복단 할머니와 나는 일반석 34번 35번 좌석으로 갔다. 이제 오클랜드에 도착할 때까지는 우리와 호태는 서로 볼 일이 없단다. 호태의 휠체어는 위탁을 맡겼고 호태는 대여한 휠체어를 타고 승무원의 보호를 받으니 할머니와 내가 신경쓸 일은 없다. 33번 창가에는 중년 외국인이 먼저 들어와 앉아 있었는데 아, 이 부담감은 뭐라니? 영어도 못하는데 혹시라도 말을 시키면 어쩌나 갑자기 가슴이 두근거렸다. 그런데 헉, 깜짝이야! 복단 할머니가 아주 자연스럽게 외국인에게 말을 붙였다.

"아이고, 외국 사람이고만. 어느 나라 사람이라요?"

남자가 할머니를 보더니 나를 쳐다본다. 무슨 말인지 모르니 통역 좀 하라는 뜻인가? 아, 미치겠다! 우리 반 40명 중 딱 반에 걸친 20

등 성적이었던 날더러 어쩌라고? 그동안 영어는 별 관심도 없었는데 어쩌라고? 갑자기 머릿속이 하얘지는데 생각나는 것은 겨우 단어 두 개뿐.

"Where……from?"

키 큰 백인이 눈치가 있었는지 개떡 같은 나의 말을 알아듣고는 할머니에게 말했다.

"팔라우."

팔라우? 뭘 팔아? 복단 할머니도 나와 같은 뜻으로 알아들었는지 손에 들고 있던 손수건을 보였다.

"아이고. 우짠대요. 이거는 파는 물건이 아닌데. 안 팔아."

외국인이 눈이 동그래지며 할머니를 향해 어설프게 말했다.

"아, 안, 안 팔아? 팔라우."

"야야, 디도야. 이 외국 양반 눈에도 니 할매가 수놓은 손수건이 곱게 보였는 갑다. 자꾸 팔라고 하네. 우짜노?"

나는 껐던 폰을 얼른 열어 팔라우를 검색했다. 수도는 멜레케오크(Melekeok) 면적은 495km^2. 언어는 영어. 태평양 캐롤라인 제도 서쪽에 있는 섬들로 이루어진 공화국. 1947년에 미국 신탁 통치령이 되었다가 1994년에 독립하였고……. 신혼여행지로 어쩌고, 어학연수로 어쩌고……. 나는 잽싸게 폰의 전원을 끈 다음 복단 할머니 팔을 슬쩍 잡아당겼다.

"할머니. 할머니."

할머니는 들은 체도 않고 외국 남자에게 말했다.

"아이고, 외국 양반. 미안해서 우짜요. 이건 팔지 못하니 구경이나 하이소. 자자, 이뿌지요?"

외국인이 미소를 지으며 또 나를 본다. 자꾸만 나를 보면 어쩌라고! 내가 그 흔해 터진 굿모닝, 땡큐도 외국인 앞에서 지껄여본 적이 없는데, 할머니가 사투리로 해대는 말을 통역하라니!

젠장 헐! 에이씨, 나도 모르겠다.

"I can not……English. sorry.(나 영어 몰라요. 미안해요.)"

"It's okay.(괜찮아.)"

아, 이 외국인이 눈치 하나는 있는 사람이구나.

"디도야. 니 영어를 아주 잘하는구마. 니 어매 닮아 똑똑하네. 은제 그리 배웠노? 감사하데이. 그런데 외국 양반은 북한 사투리를 어디서 배웠능가 모르것네. 혹시 북한도 가봤능기요?"

당최 우리 복단 할머니를 우찌해야쓰까이.

외국 남자는 이제 나를 보지 않았다. 대신 할머니를 향해 미소를 짓더니 창밖으로 눈을 돌렸다. 내가 속삭이듯 말했다.

"할머니. '종간나 새끼래, 그거 나한테 싸게 팔라우' 할 때 쓰는 북한 말 팔라우가 아니고, 팔라우에서 왔다는 말이에요."

"아이고. 야야, 디도야. 종간나 새끼란 말은 못된 말이데이."

"암튼 할머니 종간나 새끼가 중요한 게 아니고요, 팔라우가 중요하다니까요. 팔라우는 그런 팔라우가 아니고 나라 이름이 팔라우래요."

"그렇나? 내는 니 할매가 준 이 손수건을 쳐다보길래 이걸 자기한테 팔라는 줄 알았다아이가. 야야, 그런 나라도 있었나? 그 나라 앞으로 부자 되것다. 돈 많은 나라가 되설랑 이 나라 저 나라 다 사들이는 거 아이가? 팔라우."

남자는 다시 할머니를 향해 미소를 짓더니 그제야 고개를 끄덕였다.

"야야, 디도야. 이 젊은이가 그래도 내 말을 알아 들었는갑다. 우짜든지 그런 나라도 있다니 하나 배웠다. 배웠으면 된 기다. 감사하데이."

아, 우리 복단 할머니. 어쩌면 이렇게 귀여우실 수가. 그것은 옛날에 외할머니 밭에서 자란 가지를 보고 '감사하데이, 고맙데이' 할 때부터 느낀 것이지만 말이다. 팔라우 남자는 하늘을 날아오는 동안 수시로 'Excuse me'를 했다. 할머니와 나는 그 남자가 화장실 드나드는 길을 터 주느라 잠을 푹 잘 수가 없었다.

"야야, 이 외국 양반이 단디 탈이 났는갑다."

"그런가 봐요."

"이봐요, 외국 양반. 내랑 자리를 바꿉시다. 여기 끝자리에 앉으면 익스큐, 익스큐 안 해도 되니께."

팔라우 남자는 할머니의 눈짓과 손짓을 대번에 알아들은 것 같았다.

"Thank you! Thank you very much!"

"그려, 그려. 내도 땡큐데이."

팔라우 남자가 화장실로 가자 가운데 통로에 앉아있던 아주머니가 말을 걸어왔다.

"아무래도 그게 편하시겠네요. 12시간 동안 앉아 가는 것도 힘든데, 옆자리에 저런 사람 있으면 불편하지요."

잠깐 잠이 들었는데 할머니가 내 팔을 톡톡 치신다. 창가에 앉아있던 할머니가 화장실을 가시려나 보다. 보니 팔라우 남자도 어느새 잠이 들어 있었다. 하도 화장실을 가대서 기력이 딸렸는지 곤하게 잠이 든 것 같았다.

"미안해서 어쨌노. 그래도 할 수 없지."

할머니는 속삭이듯 아주 작은 소리로 남자를 깨웠다.

"익스큐! 팔라우, 익스큐."

남자는 눈을 뜨더니 친절하게 말했다.

"It's okay."

"Thank you."

헉! 할머니는 너무나 자연스럽게 금방 알게 된 단어를 써먹으며 유유히 화장실로 걸어가고 있었다. 그런 촌 할머니가 웃기기도 했지만 외국인에게도 위축되지 않는 당당함이 멋있어 보이기까지 했다.

호태네 작은아버지 집은 덩치가 큰 2층 목조 건물이었다. 렌트를 한 집이라는데 건물이 오래되어 보이긴 해도 관리를 잘해서인지 무척 단정한 느낌을 주었다. 2층은 호태네 작은아버지 부부가 살았고, 1층엔 방이 세 칸 있어서 우리 세 사람이 하나씩 차지하고 지낼 수 있었다. 집 구조가 우리나라와는 달랐지만 새로운 느낌이 들어 나쁘지 않았다. 각자 방으로 들어가는 통로는 복도식으로 되어 있어서 학교 복도를 연상하게 만들었다. 참 다행인 것은 휠체어가 다니기에 전혀 불편함이 없다는 것. 복단 할머니는 그것이 딱 마음에 든다고 감사, 감사를 연발하셨다.

"이 집을 지은 사람들은 우리 호태가 요게 살 것을 우찌 알고 이리 지었노? 참말로 감사하데이"

집 지은 사람이 호태를 알아, 뭘 알아? 그래도 감사부터 하고 보는 할머니는 어쩌면 저리도 끝없는 긍정의 마음을 가지셨을까!

다음 날이 되자 호태 작은아버지는 우리를 데리고 시내로 나가더니 폰 가게로 들어갔다. 나는 새로 산 스마트 폰으로 사진을 찍어 엄마에게 전송을 했다. 엄마는 내가 찍어 보내는 마을 풍경이며, 거리의 모습을 보고는 감동의 문자를 보내왔다.

> 좋네. 멋지다. 사진마다 엽서 같아. 잘 갔네, 우리 디도. 이제 거기서 즐겁게 재미있게 잘 살아 봐라, 알겠지?

호태와 나는 도착한 지 일주일 후 11월부터 어학원 중고등부 준비반(ESOL: English for speakers of other Language)에서 수업을 듣게 되었다. 새 학기는 2월에 시작을 한다 하니 그때까지는 3개월의 시간이 있었다. 어휴우우! 이게 다 뭔 말들이냐! 어학원을 들어서면 각종 언어들이 뒤섞이고 엉겨 쏼라리 홀라리 데스네 까스네 왕쌍, 언어들을 마구 비벼놓아 아무 뜻도 없는 것처럼 들려왔다.

"갑자기 신세계에 온 것 같다, 야. 바로 얼마 전까지만 해도 까만 머리통들만 있었는데, 노랑머리 빨강머리 은갈치색 머리! 유학을 오긴 왔나 봐."

"맞아. 근데 벌써부터 한국말이 존나 그립고마."

앞에 앉은 곱슬머리 여자아이가 뒤돌아보더니 웃는다.

"존나?"

우리는 뭐라고 답해야 될지 몰라 멀뚱히 쳐다만 보았다. 내가 말했다.

"야, 우리 말조심해야 되겠다. 쟤들한테는 욕으로 들릴 수 있잖냐."

나는 수업 첫날부터 엄마에게 속은 기분이 들었다. 놀면서 공부하라고 했는데 말이지, 놀기는커녕 영어에 눈알을 처박고 살아야 될 것 같은 느낌이 들어서다. 아우, 우리 엄마 진이분 씨는 대체 뭔 맘으로 '놀면서'란 말을 한 것이래냐. 호태가 갑자기 생각난 듯 말했다.

"참! 영어 이름 안 지어왔네. 너 영어 이름 뭐로 할 꺼고?"

"생각해 보지 않았는데."

"우리 지금 당장 정해야 한다. 뭐라고 하꼬?"

"나는 그냥 디도 할래."

"그럼 나도 그냥 호태 할란다."

그런데 호태의 이름은 엉뚱하게도 첫 시간부터 호텔이 되어버렸다.

키가 큰 브라질리언 영어 선생 메이슨이 호태의 이름을 혀를 데르르 굴려 호텔이라고 불렀기 때문이다.

"Wow! What an interesting name you've got, Hotel! (와우, 재미 있는 이름이네. 호텔!)"

교실에선 잠시 쿡쿡거리는 소리가 들렸고 나와 호태도 벙쪄서 그만 웃고 말았다. 도무지 무슨 말을 하는지 정신없이 첫날 수업이 지나갔다. 우리 둘은 학원 앞에서 호태 작은아버지를 기다리느라 수다를 떨고 있었다. 그때 러시안 여자아이 두 명이 오며 우리를 향해 손을 흔들었다. 한 명은 아까 교실에서 보았던 샬롯이라는 여학생이고, 노란 티셔츠를 입은 한 명은 그의 친구 같아 보였다.

"Hi, Hotel!"

노란 티셔츠 입은 친구가 눈이 동그라졌다.

"Hotel? Is that your real name? (호텔? 이름이 호텔이라고?)"

샬롯이 호태를 대신해 대답했다.

"Yes, Hotel."

예스, 호텔? 아니 쟤 샬롯인지 뭔지 웃기는 애네. 자기가 호태 대변인이야, 남친이야? 호태는 졸지에 호텔 건물이 되어 집으로 돌아왔다.

"디도야, 이 이름들 봐. 뭐가 좋을까?"

호태가 인기 좋은 남자 이름을 검색해 내밀었다.

"루카스(Lukas). 루카스 좋네. 뜻도 좋고. 빛을 준다는 의미가 들어 있다잖아."

"세바스찬(Sebastian)은 어때? '존경받는'이라는 뜻이 있다는데. 이름이라도 이렇게 지으면 누가 아냐. 존경받는 사람으로 변할지."

"개새끼 이름 같아. 상남이 자식 생각 안 나? 걔가 지네 똥개 끌고 잘 돌아다녔잖아. 세바스찬, 세바스찬 불러 제끼면서. 오리지널 똥개 새끼면 먹쇠, 돌쇠, 황복이 뭐 이런 이름이 더 똥개답지 않냐? 세바스찬이라는 이름은 멋지긴 한데 상남이 자식이 다 망쳐먹은 거 같네."

"상남이네 개새끼는 상남이한테 존경받으면서 잘 살고 있겠고마. 그러면 나는 루카스로 해야겠다. 루카스. 좋아, 좋아."

호태는 여자 이름도 검색을 하다가 말했다.

"야야, 아까 개 이름이 샬롯이랬제? 이것 좀 봐라. 샬롯은 여성스럽고 몸집이 작다는 의미가 있다는데, 걔 여성스럽냐?"

"아니, 남자스럽기도 하고 중성스럽기도 하고. 몸집은 아마 나도 번쩍 들 만큼?"

아무튼 사람들은 기억에 남을 만한 뭔가가 있어야 빨리 기억을 하는 것 같다. 호태는 폰 번역기 창에 '오늘부터 나를 루카스라고 불러 줘.'라고 한글을 써넣었다.

"From now on, just call me Lucas. (오늘부터 나를 루카스라고 불러 줘.)"

호태는 토스트기에서 튀어나온 빵처럼 번역기에 나타난 문장을 외웠다.

다음 날 우리가 교실로 들어가자 먼저 와 있던 학우들이 인사를 했다.

"Hi, Hotel."

"Good morning, Hotel."

내 이름 '디도'는 기억조차 못 하는 것 같았다. 내가 샬롯을 뺀 다른 친구들 이름을 기억 못 하는 것처럼. 사실 내가 샬롯이라는 이름을 기억하게 된 것은 기운이 넘쳐 보이는 그 애의 눈빛과 큰 덩치 때문이었다. 호태가 말했다.

"From now on, just call me Lucas. (오늘부터 나를 루카스로 불러 줘.)"

학생들은 호태의 이름이 하루 만에 루카스로 바뀌자 좀 아쉬워하는 것 같았다. 메이슨 선생이 말했다.

"Why have you changed your name? It was such a funny name! (너 이름 재밌는데 왜 바꿨어?)"

호태가 대답을 못 하고 나를 쳐다보았다. 내가 고개를 흔들었다. 메이슨이 같은 말을 천천히 되물었다.

"Why have you changed your name? It was such a funny name! (너 이름 재밌는데 왜 바꿨어?)"

호태가 내 쪽으로 몸을 기울여 작은 소리로 물었다.

"야, '놀림당할까 봐 바꿨어'를 뭐라고 하면 되지?"

"나도 몰라."

메이슨이 보드판에 빨간색 마커 펜으로 자기가 했던 말을 썼다.

> Why have you changed your name? It was a funny name!

재미있는. 왜. 바꾸다? 재미있는 이름인데 왜 바꿨냐고?

"Teacher name…… Hotel……like change."

나는 '호텔 이름이 좋으면 선생님 이름을 호텔로 바꾸세요'라는 말이 하고 싶었지만, 할 줄 몰라 그냥 아는 단어를 장난치듯 중얼거렸다.

호태가 비죽비죽 웃었다.

"개영어."

그런데 메이슨이 웃으며 박수를 쳤다.

"Nice try! You should keep trying to speak English although you are not very confident. Don't be afraid of making mistakes! (영어는 마구 지껄여야 늘어. 못해도 떠드는 거야. 틀리는 거 겁내면 안 돼.)"

처음에는 이 말이 무슨 말인지를 몰라 가만히 있었는데, 잠시 후 메이슨이 해석이라도 하듯 한국말을 했다.

"나는 디도가 개떡같이 말해도 찰떡같이 알아들었어. 개영어라도 지껄여."

허걱! 뭔 귀가 저렇게 밝아? 내 말을 알아들은 것만으로도 쪽팔리는데 한국말까지?

나도 모르게 박수가 나왔다. 호태는 얼굴까지 벌게져서 엄지 척을 했다. 어쩐지 영어 수업 시간이 재미있어질 것만 같은 예감. 코를 박고 공부를 하게 되어도 아깝지 않을 듯한 느낌이 슬쩍 들었다.

저녁을 먹고 호태 방으로 갔더니 호태가 창밖을 내다보고 있었다.

"뭐해?"

"생각한다."

"뭔 생각?"

"내가 오늘 '내 몸은 병신일지라도 내 입은 병신이 아니다' 이런 생각이 들더라."

"뭔 소리야. 그럼 니가 입까지 병신인 줄 알았어?"

"그런 건 아니지만 내가 오늘 깨달은 게 있다아이가. 내가 다리만 병신이지 입이나 머리가 병신은 아니제. 그렇다면 내도 어쩌면 희망이 있지 않것냐? 잘 지껄이기만 하면 희망이 있을 것도 같다아이가. 메이슨이 아까 한국말, 그것도 우리나라 속담을 말하는데 소름이 돋더라."

소름 돋기는 나도 마찬가지였는데 그거하고 다리가 무슨 상관이라고?

04

변하다 - We can do it!

아침에 일어나 욕실로 가는데 호태가 거실에서 말했다.

"빨랑 준비해."

깜짝이야! 어제는 메이슨이 오늘은 호태가 돌아가며 사람을 놀라게 한다. 나는 지금까지 호태가 나보다 먼저 준비를 하고 기다리는 것은 본 적이 없다. 한국에서 지내온 시간까지 다 합해서. 지금까지 내가 봐 온 호태는 그다지 재미있어하는 것이 없던 친구다. 어떤 거에도 별 관심이 없던 친구였다. 그냥 별생각 없이 텔레비전을 보았고, 학교 가는 날이니까 학교에 가는 친구였다. 공부 시간이니까 교실에 앉아 있는 것이고, 수업이 끝났으니 돌아가는 그런!

그동안은 그랬다. 그런데 웬일?

"오늘 아침에 해가 서쪽에서 떴냐?"

"아마도."

복단 할머니가 아침밥을 차려주고 산책을 나가셨다. 호태가 식사를 하며 심각한 표정으로 말했다.

"나 이제부터 진짜 살아볼라꼬."

"뭐래? 지금까지도 잘 살아있었어. 언제는 니가 죽어 있었냐?"

"엉. 몸은 살아 있었는데 마음이 죽어 있었거든. 아무것도 하고 싶은 게 없는 게 뭐가 살아 있는 거냐? 되고 싶은 게 없다는 게 뭐가 살아있는 거냐고. 살아 있으면 뭐가 되고 싶고, 하고 싶고 그래야 되는 거아이가."

이 시끼는 뭔 개구리가 호랑이 잡아먹는 소리를 하고 지랄이냐. 이해를 할 수가 없네.

"나도 되고 싶은 게 없는데. 그럼 나도 죽어있는 거냐?"

"나는 지금까지 하고 싶은 것도, 되고 싶은 것도 없었다아이가."

"나도 없어, 시꺄. 공 던지고, 차고, 넣고 이런 거. 노는 거 말고는 없어."

"너는 놀고 싶어 하잖아. 공놀이하고 싶잖아. 하고 싶은 게 있었잖아. 나는 그게 없었다는 소리다. 그냥 그때 아빠 엄마랑 죽지 않고 살아 있으니까 살고 있을 뿐이었다고. 쉽게 말하면 꿈이 없었다고, 임마. 내가 이 몸으로 뭘 할 수 있겠나, 그 생각만으로 지냈다 이 말이라. 휠체어가 없으면 한 발짝도 움직이지 못하는데. 그런데 내가 하고 싶은 것이 생겼다아이가. 그러니까 살고 싶어졌다 이 말이다."

아, 그런 뜻이었구나!

"뭘 하고 싶은데?"

"전문 통역사. 그리고 번역가."

"통역사? 번역가?"

"일단 영어는 기본이고 그 외 두 개 외국어는 할 끼다. 그게 내 목표고 희망이고 꿈이다. 다리만 병신이지 머리는 멀쩡하니까 공부는 할 수 있다아이가. 그 간단한 것을 와 이제 깨달았나 모르겠다."

내가 호태를 빤히 쳐다보았다.

"와, 시꺄? 꿈이라카이 내가 어린 아 같나?"

"세 개씩이나! 일단 간지가 좔좔 나는 목표긴 한데 그거 익히다가 늙어 죽겠다, 시꺄. 그런데 갑자기 왜?"

"메이슨이 우리나라 속담을 하게 되기까지는 얼마나 노력을 했것노. 그러니 나도 노력하면 남의 말은 할 수 있을 거 아이가. 외국어를 익히는 것은 몸을 움직이지 않아도 되니까. 휠체어에서도 얼마든지 할 수 있는 거니까. 그거라면 내 노력만으로도 할 수 있겠다는 생각이 들더라. 어제 메이슨을 보고 그게 느껴지는데 마음이 이상하더만. 나도 할 수 있는 게 있었는데 왜 그걸 이제 알았을까?"

같은 시간에 같은 말을 들었는데 호태는 그런 생각까지?

"영화 보면 이런 대사 잘 나오더라. '내가 고맙다는 말 했나?' 디도 야. 내가 니한테 고맙다는 말 했나? 그때 나 후려갈겨줘서 고맙데이. 그때는 진짜 죽어버리고 싶은 생각뿐이 없었다."

"미친! 지랄맞은 생각을 했었네."

호태 말이 이제야 이해가 갔다. 나는 그냥 공부가 재미없을 뿐이지 노는 거에는 환장을 했으니까. 다만 공부와 관련된 것만 하기 싫었을 뿐이다. 살기가 싫다거나 하고 싶은 것이 아무것도 없는 것은 아니었다. 그래서 오늘 아침에 본 호태가 뭔가 달라 보였구나. 무엇인지 준비를 하는 듯한? 무엇인가 시작을 한 듯한? 그랬다. 그래서 그런지 생기도 있어 보였다.

호태는 그날 이후 늘 나보다 먼저 일어나 준비를 하고 기다렸다. 기다리는 동안에도 귀에 이어폰을 꽂고 영어를 익히면서. 복단 할머니는 그것도 다 내 덕이라고 감사, 감사를 했다.

"우리 디도가 복댕인기라. 우리 호태가 디도를 만나 아주 기냥 달라졌고마는. 감사하데이, 디도. 우리 디도 참 감사하데이."

호태는 아무래도 나를 놀라게 해주려고 작정을 한 것 같았다. 그렇지 않고서야 사람이 어떻게 저렇게 하루아침에 달라질 수가 있을까!

"무슨 책인데 며칠 동안 그것만 읽고 있냐?"

"성공 사례 책."

"통역사의 과거는 9등급 꼴찌?"

"엉. 이거 쓴 영어 강사 진짜 대단하다. 겨우 중학교 졸업자인데 검정고시로 고등학교 졸업하고 영어 공부에 미쳐 살았다 아이가. 그런데 지금은 외교관들에게 영어, 독어, 일어, 스페인어를 가르치는 일을 한다는데."

"그럼 몇 개 국어를 한다는 거네."

"그렇지. become이 뭔지도 모르고 Be동사, 일반 동사가 뭔지도 모르던 모의고사 9등급 꼴찌였다는데 믿어져? 이 책을 읽으니 힘이 불끈불끈 솟고 기운이 펄펄 나고 가슴이 콩닥거려서……."

앗, 시끼. 더러워서! 호태는 격하게 말하느라 자기 침이 내 입술로 뺨으로 튀겨대는 것도 모르고 떠들어 댔다. 나는 호태가 그렇게 흥분을 하며 말하는 것을 처음 보았다.

"미친! 엄청나네."

"엄청나제?"

"미친 거 아냐?"

"미친 거제. 그것도 아주 멋지게 미친 거제. 그래서 내도 미쳐어! 보려고."

"어디에?"

"말했다아이가. 3개국 외국어 하기에. 첫 번째. 영어는 아주 먹어 버릴 끼다."

복단 할머니는 날마다 감사, 감사를 하느라 입이 바쁘셨다.

"오매오매, 이 꽃송이는 크기도 크다. 우째 이리 곱노. 감사하데이 고맙데이. 아이고, 들판에 민들레가 천진기라. 뿌리뱅이도 있고 소루쟁이도 있다아이가. 대체 없는 게 없다. 우째 한국 나물들이 다 여기서 사노? 다 나를 따라왔는갑다. 고맙데이 감사하데이."

나물에 눈이 달린 것도 아니고 비행기를 타고 온 것도 아니고, 구름에 실려 온 것도 아닌데 무슨 할머니를 따라와, 따라오길. 복단 할머니는 허구한 날 감사할 것이 너무 많아 경상도 마정리 마을은 까맣게 잊은 것 같았다. 그리고 더 웃기는 것은 어떤 외국 사람을 만나도 당연한 것처럼 한국말을 한다. 그것도 경상도 사투리를.

할머니는 수시로 마당에 나가 손바닥만 한 화단을 가꾸었다. 화단에 꽃이라고는 한 가지도 없었다.

"할머니. 또 뭘 심으시려고?"

"쑥갓 좀 얻어왔다. 요놈이 나물로도 먹지만 꽃도 참말 이쁘다."

"화단 터지겠어요, 할머니."

"안 터진다. 배불리 묵었다고 배 터지는 사람 봤나? 내는 여기 마당에 있는 잔디 다 거둬내고 밭으로 썼으면 좋겠고마. 남의 집이라니 어쩔 수 없제. 와 잔디를 심었는지 모르것다. 잔디도 돈 들여서 깎아야 되는데. 내 땅이모 잔디 다 거둬내고 여기다가 무, 배추도 심고 고추도 심고 열무도 심겠거마는."

"울 할머니 고향 생각나시나 보네."

"그렇제. 느그 할매가 젤 많이 생각난다. 느그 할매 허리는 요즘 어떤지 모르것다. 겨울이면 더 아파하는데 경상도는 지금 겨울 아이가."

그때 옆집 키위 집에서 잔디 깎는 기계음이 들려 왔다.

"아이고, 잔디 향이 예까지 온다. 이 풀 냄새 좀 맡아 보거레이. 디도야 좋제?"

"네. 허벌나게 좋네요. 아주 기냥 좋아버렸어요, 할머니."

복단 할머니는 내 말에 앞니를 다 드러내 보이며 웃으셨다.

"우리 디도는 참말로 명랑하고 붙임성이 좋데이. 말도 이뿌게 해서 참말 감사하데이."

복단 할머니는 뭘 모르신다. 내가 말을 얼마나 거칠게 하는지 말이다. 게다가 욕은 또 얼마나 잘하는지 말이다. 할머니는 날아오는 잔디 향을 마시기라도 할 양으로 킁킁거렸다. 그러더니 주방으로 들어가 김치부침개를 만들었다.

"아이고, 맛나다. 감사하데이. 고맙데이."

할머니는 나와 호태에게 김치부침개 접시를 내밀어 놓고 지글지글 또 부쳤다.

"할매. 우리는 이것만 먹으면 된다."

"너그들만 입이가. 저 옆집 키위 할배 줄라꼬 그란다. 내가 가만 보니 저 할배 혼자 사는 거 같더라. 맨날 혼자 마당을 서성이고 화초에 물주고 안 카나. 혼자 사는 남정네가 어디서 한국 피자를 먹어 봤겠노?"

"피자요?"

"함모, 피자지. 이기 대한국 피자지 뭐꼬. 너거들은 그거나 먹고 있거라. 내 얼릉 저 할배한테 이거 주고 오꾸마."

복단 할머니는 우리더러 같이 가자는 말도 없이 김치부침개 접시를 들고 나섰다. 마치 옆집 살던 우리 외할머니한테 가는 것처럼 발걸음도 가볍게. 내가 얼른 뒤를 따라갔다. 혹시나 좋지 않은 일이 일어나면 어쩌나 은근 걱정이 되었기 때문이다. 영어를 잘 못하니 키위와 소통은 잘 안 되겠지만, 그거야 뭐 경상도 사투리로 마구 밀어붙이는 할머니 빽이 있지 않나.

"아이고, 할배요. 우째 이리 마당이 이뿌능교. 참말로 감사하데이."

"Hello!"

"헬로우데이."

"What? holiday? (뭐? 휴일이라고?)"

내가 더듬거리며 대답했다.

"No. My grandmother…… said…… hello…… (아니요. 나의 할머니가 안녕하냐고 인사한 거에요.)"

할머니는 옆집 키위 할아버지가 뭐라든 말든 눈치도 보지 않고 이어서 말을 했다.

"이것은 한국 피자데이. 맛난기라. 할배도 먹어보면 알끼다."

"Korea Pizza?"

"옳거니. 코리아 피자."

"야, 야!"

"내한테 야라고? 할배도 내처럼 칠십 다섯이가? 그라모 좋다. 야야, 우리 친구데이. 코리아 피자 먹어 보소."

할머니가 떠안겨주듯 접시를 들이밀고 계속 말했다.

"할배가 이거 좋아하모 내가 다음에 또 만들어 주꾸마. 이 접시는 나중에 갖다 주이소. 잔디 향이 참말 좋네요. 내는 갈테니 잔디 깎으소."

복단 할머니는 자기 할 말만 퍽퍽 내질러 놓고는 뒤돌아 걸어갔다. 키위 할아버지는 갑자기 벌어진 일에 정신이 없는지 접시를 들고 서서 할머니의 뒷모습을 쳐다보다 빙그레 미소를 지었다.

"She is so funny. I'm glad to have a nice friend being my neighbour right next to my house. (너의 할머니 재미있네. 좋은 친구가 이웃집에 살게 되어서 기뻐.)"

집에 들어서며 내가 말했다.

"아유, 우리 감사 할매는 외국인을 만나도 기도 안 죽고 주눅도 안 드네요."

"내가 와 주눅이 들어야 하노? 기가 와 죽노? 비싼 밥 묵고. 지들은 한국말 아나? 지들이 한국말 몬하는 거나 내가 영어 몬하는 거나 마찬가지 아이가. 지들은 지들 말하고, 내는 내 말 하면 된다. 그러다 보면 한두 마디 통할 때도 있지 않겠나! 다 같은 사람인데."

호태가 물었다.

"무슨 일 있었나?"

"아니. 없었어."

3개월의 어학원 생활이 후다닥 지나갔다. 선생님들이 무슨 말을 하

는지 다 알아들을 수는 없었다. 그렇지만 공부에 열심을 낸 건 내 역
사상 처음 있었던 시간들이었다. 남도 형 말대로 영어가 안 되면 수업
을 들을 수 없었기 때문에. 영어 어순을 모르고는 번역 어플 깔아놔도
나를 도와줄 수 없다는 것을 알았기 때문에.

"호태야, 우리 학교 가면 잘할 수 있을까?"

"해야제. 못해도 따라가야제. 학교에서도 붙어 다니며 백지장도 맞
들자. 그라모 된다. 그래도 외국인들한테 익숙해져서 못 알아들어도
떨지 않게 된 것이 어디고? I can do it! You can do it! We can do it!
우리는 잘할 수 있데이. 힘내자, 힘."

때마침 우리 곁에 나타난 복단 할머니가 도라지꽃처럼 웃었다.

"캔, 캔, 캔이 뭔지 모르지만도 그래. 힘내라 힘. 칼을 빼 든 무사처
럼 마구 밀어붙이라."

호태가 복단 할머니 손자인 것은 틀림없다. 밀어붙이는 것이 꼭 닮
았다는 생각이 들었다. 호태 시끼, 많이 변했네. 저런 한없는 긍정의
마음이 있었는데 그동안 하고 싶은 게 없었다니…….

호태가 폰을 검색해가며 소리 내어 발음 연습을 했다. 복단 할머니
가 뿌듯한 미소를 지으며 방 앞을 왔다 갔다 했다. 호태의 영어 발음
소리가 장애를 극복해 가는 소리 같이 들려 왔다.

공부하는 소리가 이렇게 아름답게 들릴 수도 있구나, 듣기 좋네.

어느새 나도 호태에게 물이 들어가고 있는 건가? 순간순간 내가 지
금 뭘하고 있는 거지? 정신을 가다듬고 보면 나도 모르는 사이 호태

를 따라 중얼거리고 있으니…….

　우리 엄마 진이분 씨가 이런 것까지 계산하고 보내진 않았을 텐데 말이지. 엄마 입장에서는 외할머니가 잘하는 말, 그 뭐더라? 아, 맞다. 뒷발질하다가 가재 잡은 건가? 호태를 따라 중얼거리다 보면 푸른 초원에서 노니는 소떼 양떼는 생각도 나지 않으니 별난 방법의 맹모삼천지교다.

　We can do it. I can do it! 아자, 아자!

05

신나다 - 눈부신 2월의 여름

2월의 여름은 참으로 눈부셨다. 특히 화창한 날에 하늘과 구름의 매력은 뭐라 표현하기도 힘들 만큼 아름다웠다. 구름 한 점 없는 새파란 하늘을 보고 있으면 바다로 착각이 들 만큼 신비스러웠다. 구름이 뭉실뭉실 떠 있는 하늘은 또 그것대로 매력이 넘쳤다. 꼭 하얀 솜뭉치를 조랑조랑 매달아 놓은 것처럼.

호태와 나는 매력이 뿜뿜거리는 2월에 셀윈 컬리지 Year 9학년에 입학을 했다. 이 나라에서는 고등학교 1학년이라는데 중학교 1학년을 공부하다 온 우리는 고등학생이라는 게 낯설어 둘이 틈만 나면 킥킥거렸다.

"헤이, 하이스쿨 학생?"

"와이, 하이스쿨 학생?"

"중학교 졸업은 어디서 했노?"

"중학교 졸업은 공부를 너무 잘해 건너뛰었다."

"내 중학교 졸업은 개가 물어갔데이."

문학도는 툭하면 나에게 카톡을 보내왔는데 더럽게 춥다는 말을 빼지 않았다.

> 아, 쓰바르. 더럽게 춥다. 너거들은 뜨신 데 있으니 좋겠다. 뜨신 바람 좀 보내주라 쨔샤.

> 쓰바르 시꺄. 비행기 값만 보내. 뜨신 바람 왕창 보내 줄 테니.

> 아, 쓰바르. 그럴 돈 있으면 나 아프리카로 날아가서 안 온다. 원주민 속에 들어가 홀라당 벗고 원시인으로 살 거다. 공부 없는 나라에서 살 수 있다면 빤쓰 안 입고 사는 곳이라도 가고 만다. 더운 게 문제가?

그래, 그래. 문학도가 다른 거는 몰라도 홀랑 벗은 원주민 역할이라면 뭐 딱일 수도 있겠다. 아, 상상해보니 웃긴다. 내가 푸핫, 웃음을 터뜨리자 호태가 들고 있던 책을 덮으며 물었다.

"뭔데?"

"개나발 문학도가 공부 안 하고 사는 곳이라면 빤스 안 입는 곳이라도 가고 싶대. 원시인으로 사는 게 더 좋다는 거지."

"휙! 개가 은제 공부하는 거 본 적 있나?"

"없다."

"어차피 하지도 않으면서 뭔 말?"

"휙! 개나발 같은 말. 그래도 개소리가 다 개소리는 아니더라고. 공부 안 하고 못한다고 스트레스까지 없겠냐. 나도 그랬어. 공부가 하기 싫어서 안 하기는 해도 편하지는 않지. 그러니까 당연히 스트레스가 온다고. 아무리 개판치게 공부하는 새끼라도."

"야야. 너거들은 와 휙휙거리노? 그거 욕 아이가?"

언제부터 내 방문 앞에 서 계셨던 거야? 복단 할머니가 우리를 걱정스런 표정으로 쳐다보셨다.

"할매. 그렇긴 하지만 우리는 재미로 하는 거다. 장난이라 장난."

어학원에 다닐 때는 호태와 버스를 타고 다니느라 곤란할 때도 몇 번 있었다. 장애인도 탈 수 있는 장치가 되어 있어 버스를 탈 수 있었지만, 늦게 도착을 한다든가 아예 빠져버릴 때면 당연히 차질이 생긴다. 그런데 학교를 다니기 시작하고부터는 버스를 타고 다닐 필요가 없었다. 학교와 집 사이는 걸어서 25분이면 충분했다. 학교를 오가는 길 중간쯤 말 농장이 하나 있었다. 우리는 가끔 그 농장 앞에 있는 벤치에서 쉬었다 집으로 돌아오곤 했다. 긴 머리를 흩날리며 초원을 누비는 말 관리사를 보고 있는 것만으로도 참 좋았다.

오늘은 일찍 끝나 좀 더 놀다 갈 수 있었는데 멀리서 보니 벤치에 누군가 앉아 있었다. 어디서 본 듯한 덩치다. 혹시 샬롯? 그런 생각을 하기가 무섭게 벤치에 앉아있던 덩치가 손을 흔든다. 그럼 그렇지. 샬롯이다.

"Hi Deedo! Lucas! (안녕, 디도! 루카스!)"

"Hi."

"Hi."

"Which school do you go to? (너희들 어느 학교에 다니니?)"

호태가 대답 했다.

"Selwyn College. (셀윈 컬리지.)"

"Me too, Selwyn College. (나도. 셀윈 컬리지.)"

아, 애도 같은 학교? 어학원 첫날부터 우리 앞에 나타나 알짱거리더니 기어이 학교도 같은 학교다. 그동안 학교에서 본 적이 없었는데 우리 학교에 다닌다고? 그래서 물어보니 비자가 늦게 나와 그저께부터 오기 시작했단다. 샬롯은 영어를 꽤 잘했고 눈치도 빨랐다. 내가 문장을 못 만들어 단어만 툭툭 던져도 대충 알아듣는다. 못 알아들을 땐 호태가 어설프게라도 문장을 만들어 샬롯을 이해시켰다. 머리가 긴 말 관리사가 저만치 나타났다. 샬롯이 소리쳤다.

"Aunt! Aunt! (이모! 이모!)"

아우, 저 사람이 샬롯 이모였구나! 샬롯은 러시아에서 온 이후 줄곧 이 말 농장에 딸린 집에서 살고 있었단다. 샬롯 이모가 우리를 향해 손을 흔들었다.

샬롯을 다시 본 것은 이솔(ESOL: English for Speakers of Other

Language) 시간이었다. 유학생들이 듣는 영어 시간이니 러시아에서 온 샬롯에게도 해당이 되는 시간이니까. 그 후 수학, 프랑스어, 요리, 체육, 과학 시간에도 보긴 했지만. 이솔(ESOL) 시간에는 책상들을 둥글게 배치해 부드러운 분위기에서 공부를 했는데 샬롯은 꼭 호태 옆자리를 차지하고 앉았다. 그래서 그런가. 다른 학생들은 호태 옆자리를 일부러 앉지 않는 것 같았다. 이솔(ESOL) 시간에 오는 여학생 중에 까밍이라는 아이가 있었다. 하루는 그 애가 호태 옆자리에 앉았다가 샬롯에게 쫓겨 간 적이 있었다.

"This is my seat. (여기 내 자리야.)"

아마도 그때부터였던 것 같다. 아니 뭐 먼저 와서 앉는 사람이 임자지, 자기 자리가 어디 정해져 있나? 한국에서야 대체로 자리가 정해져 있었다. 그리고 선생님이 교실로 찾아왔었다. 그런데 이곳에서는 학생들이 선생이 있는 교실로 찾아다니며 공부를 한다. 마치 한국의 대학교 풍경같이. 그런데 뭔 자기 자리? 그래도 샬롯의 덩치가 워낙 무게감이 있어서 그런가, 그 애가 뭐라고 하면 아무도 토를 달지 않는다. 가끔은 슬그머니 기분이 나쁘기도 했다. 우리가 자기만의 친구인가? 그러다가도 바위도 한 주먹에 올릴 듯한 마오리 원주민 학생들이 얼쩡거릴 때면 은근히 의지가 되곤 했다. 그렇지 않아도 그 친구들 팔뚝이나 어깨에 타투를 보면 위협감도 드는데 말이지.

"야야, 우리도 새끼 호랑이라도 한 마리씩 어깨에 그려볼까?"

"문신하자고?"

"엉. 비슷한 거라도."

샬롯이 끼어들더니 아주 신이 난 듯 말했다.

"Shall we get tattoo? (우리 타투하러 갈까?)"

"Do you know any good places? (어디로?)"

"There's a night market on the way to Sylvia Park mall and it opens every Saturday. There are many stall operators selling food and goods in the carpark of the building. I have seen a Turkish lady doing henna tattoo before, but she may also do real tattoos as well. (실비아 파크 가는 길에 토요일이면 야시장이 열리는 데가 있거든. 큰 건물 주차장인데 거기 가면 어떤 터키 사람이 헤나를 해. 혹시 그 사람이 타투도 할지 몰라.)"

"Charlotte, say succinctly and slowly. I don't understand what you say. (샬롯. 좀 짧게 천천히 말해 줘. 나는 잘 못 알아듣겠다.)"

호태가 말했다.

"자기가 헤나 하는 곳을 안대. 그런데 그 사람이 문신도 할지 모른다는 말이야."

나는 농담 삼아 한 말이었는데 샬롯이 끼어들면서 타투를 하러 가는 분위기로 떠밀려 가고 있었다.

"그러면 이번 주에 가 볼까? 일단 야시장 구경도 할 겸. 가자, 디도야."

호태는 참 많이 적극적으로 변했다.

"웬일? 전에는 집구석에 껌처럼 붙어 있더니."

"이제부터 주인공처럼 살려고. 주도적으로."

저거 옛날에 김보걸 우찌 쌤이 졸업식 날 애들과 헤어질 때 마지막으로 했던 말인데? 짜식, 기억력 좋네.

하필이면 야시장 가는 날에 비가 올 게 뭐람. 토요일 새벽부터 내리던 비는 저녁이 되어도 그치질 않았다. 샬롯 말대로 야시장은 큰 빌딩 지하 주차장에서 열리고 있었다. 광장같이 넓은 주차장은 각 나라 사람들이 몰려 6시도 되기 전 만차가 되어버렸다.

"You guys must have cash. They don't usually accept bank cards. (너희들 현금 써야 해. 야시장에서는 거의 카드 안 받아.)"

나와 호태는 현금지급기에서 50불씩을 꺼내 야시장 안으로 들어갔다. 출입구부터 밴드 소리가 신나게 들려왔다. 샬롯이 흔들흔들 몸을 흔들며 안으로 걸어 들어갔다. 우리는 우선 타투를 하든 안 하든 그곳을 가는 게 목적이었기 때문에 거기부터 찾아보기로 했다. 호태가 물었다.

"니 진짜 문신할 거가?"

"그냥 구경이라도 해 보는 거지 뭐. 너는?"

"나는 호랑이는 못 그려도 붕어나 해태 이런 거 정도는 그려도 될 것 같다."

"일단 새끼 붕어라도 그려 봐."

샬롯은 여전히 흔들거렸다. 저렇게 불량스러워 보이는 여자 친구,

그것도 외국 친구애가 참말 낯설었지만 그러면서도 즐거웠다.

"It was around here……Ah! There it is! (이쯤이었는데……아! 저기 있다!)"

샬롯이 주차장 기둥 옆에서 헤나를 그리고 있는 여자를 보고 소리쳤다. 생각보다 젊은 터키 여자였다. 그런데 타투는 하지 않고 헤나만 한단다.

"I'm going to get a henna tattoo in the shape of a sunflower. (나는 헤나 할 거야. 해바라기 한 송이.)"

흑인 남자가 어깨에 하이에나를 그려 넣고 나가자 샬롯이 의자에가 앉았다.

"Can I please have a yellow sunflower on my wrist. (나는 노란 해바라기 한 송이만 팔목에 해 주세요.)"

"Since It is a natural henna, It's only available in black. (천연 헤나라서 노란색은 들어가지 않습니다.)"

"I see. I will just imagine it's in Yellow. (알았어요. 노랑색은 내 마음속에 있으니까 상관없어요.)"

터키 여자가 샬롯의 손목에 해바라기를 그리는 동안 나와 호태는 그때까지도 결정을 못 하고 할까 말까를 고민하고 있었다. 그것을 눈치챘는지 헤나 그리는 여자가 말했다.

"It will be gone after 1 or 2 Weeks. (1주에서 2주 지나면 지워집니다.)"

오홋, 그렇게 빨리? 까짓거 그렇다면야 뭐. 호태는 5불을 주고 팔에 새끼 붕어를 그렸고, 나는 10불을 주고 등짝에 작은 나무 한 그루를 심고 나왔다. 내가 샬롯에게 물었다.

"Why have you chosen the shape of a sunflower? (너는 왜 해바라기야?)"

"Because it is my national flower. (우리나라 국화라서.)"

"It's a rose of Sharon. (무궁화잖아.)"

"That's your national flower. (그것은 너희 나라 국화잖아.)"

아, 그렇지! 쟤는 한국인이 아니지. 그런데 쟤는 자기 나라 국화를 손목에 그릴만큼 나라를 사랑해? 우리나라 국화까지 알고 있다고? 어쭈구리, 저 친구 좀 괜찮은 데가 있네. 그런데 이것은 뭔 또 고춧가루 뿌리는 소리냐!

"Deedo. I think you have to build your body. Girls don't like skinny guy. (디도. 너 몸 좀 키워야 되겠다. 여자애들은 비리비리한 남자한테 별 관심 없어.)"

"호태야, 쟤가 뭐라는 거냐? 내가 말라깽이라 여자애들이 싫어한다고?"

"흐흐흐, 좀 비슷하게 말한 것 같네."

"휙! 빡치네, 저 러시안 참새."

"차암새?"

샬롯의 물음에 호태가 대답을 했다.

"sparrow.(참새.)"

"sparrow? bird? Why am I a sparrow? (참새? 새? 왜 내가 참새야?)"

"He calls woman sparrow. Of course he's joking. (디도는 여자를 참새라고 해. 물론 장난으로 그렇게 부르는 거지.)"

"Really? Hey, Deedo. You'd better be careful. I can understand little bit of korean language. (그래? 디도, 조심해. 나 한국말 조금 알아 듣는다.)"

쳇! 간혹 샬롯이 나를 슬쩍슬쩍 긁기는 했지만 기분이 나쁘지는 않았다. 농담이라는 것을 아니까. 게다가 우리 사이에서 양념 같은 역할을 하니 재미있을 때가 더 많다. 오늘 같은 날에도 호태와 둘이었다면 분명 우리는 개미 한 마리도 못 그렸을 거다. 샬롯은 나를 놀려먹은 것이 재미있다는 듯 배시시 웃더니 갑자기 배를 두드렸다.

"Let's go and have some food. I am so starving I could eat a horse. (우리 빨리 먹으러 가자. 나는 배고파서 말 한 마리라도 먹겠어.)"

"What? Do you want to eat a horse? (뭐라고? 말 한 마리를 잡아 먹자고?)"

내 말에 호태가 킥킥거렸다.

"말 한 마리라도 먹을 수 있을 만큼 배가 고프다는 뜻이야."

샬롯이 자기 머리를 톡톡 치며 말했다.

"You should study harder, Deedo. (디도. 공부 좀 해라.)"

"휙! 러시안 참새."

샬롯이 말을 따라 했다.

"휙! 러시안 참새."

어쭈! 우리 옆에 붙어 다니는 게 한국어 익힐 목적? 여러 나라 음식을 팔고 있는 길목으로 들어서자 음식 냄새가 진동을 했다.

"냄새 죽인다!"

"그러게. 맛있겠다."

샬롯이 우리말을 또 따라 했다.

"냄새 죽인다. 맛있겠다."

발음도 제법이다. 각기 자기 나라 말이 쓰인 간판도 재미있었지만, 대체로 자기 나라 고유의 음식을 팔고 있는 모습이 진풍경이었다.

"와아, 가 본 적도 없는 나라 음식들을 다 맛볼 수 있다 이거지. 완전 재밌네, 재밌어."

"다민족, 다문화 국가라서 볼 수 있는 풍경이다. 그치?"

샬롯이 한국 음식 코너에서 외쳤다.

"김치볶음밥! 떡볶이!"

애는, 별걸 다 알고 있네. 샬롯은 매운맛의 꼬치 떡볶이를 먹더니 타일랜드 코너에서는 팟타이, 스윗 칠리 치킨, 데리야키 치킨을, 홍콩 코너에서는 치킨과 새우로 속을 만든 쇼마이 만두를 먹어댔다.

"쟤, 쟤. 말리지 않아도 되겠냐? 진짜 말 한 마리라도 잡아먹을 기세잖아. 소야? 되새김질하려고 뱃속에 저장해?"

내 말에 호태가 웃었다. 샬롯은 우리가 무슨 말을 속삭이는지도 모르면서 나를 향해 주먹질을 해댔다. 그러면서도 레몬 아이티를 물처럼 마셔댔다. 먹빵 대회에 나가면 1등은 따놓을 것 같은 먹성이다. 그리고도 또 터키 음식 코너에서 케밥을 사 먹어댔다. 며칠은 굶은 사람처럼 먹는다. 호태와 나는 샬롯이 사는 음식을 처리하는 것만으로도 정신없이 먹어대야 했다. 저 러시안 참새, 배 터져도 나는 모른다.

"Damn it! It's too hot! (이런 젠장! 너무 뜨거워!)"

호태는 샬롯이 산 일본 타코야키를 처리하다가 기어코 혀를 데이고 말았다.

"입술까지 태워먹겠네. 문어가 와 이리 크노? 엄청 뜨겁다."

우리는 뱃속에 음식을 저장하듯 먹은 후 여기저기 구경을 하다가 반지 더미 앞에서 발걸음을 멈추었다.

"엄청나다. 이게 다 반지란 말이지? 와아 무덤이다, 무덤. 반지 무덤이야."

우리는 각종 동물 모양의 반지를 끼워보며 히히덕거렸다.

"오호. 이건 독수리네. 이 독수리 반지 어떻노?"

우리는 온갖 동물이며 새, 왕관, 해골 모양의 반지들을 끼워보며 수다를 떨어댔다. 나는 10불을 주고 보석이 박힌 얌전한 반지를 두 개 사 주머니에 넣었다. 우리 엄마가 좋아하실까? 우리 할머니는? 내가 어릴 때 만들어 준 토끼풀 꽃반지도 끼고 다녔던 할머니니까 뭐. 거기에 비하면 이것은 용이다, 용.

복단 할머니는 호태가 사다 드린 독수리 반지를 끼고 좋아라, 웃었다.

"독수리는 아주 용맹한 새니라. 새 중에 새가 독수리다. 저 먼 하늘까지 뚫고 새 하늘까지 간다아이가. 호태야, 고맙데이."

복단 할머니는 젊은 사람들이나 낄 만한 반지인데도 그냥 좋기만한 것 같았다.

이솔(ESOL) 수업에 갔는데 한국 남학생 하나가 앉아 있었다. 올리비아 선생이 소개를 했다. 이름은 박희모. 다른 학교에 다니다가 형과 함께 전학을 왔단다. 수업이 끝나자마자 반가운 마음에 희모 곁으로 다가갔다.

"반가워. 근데 왜 전학 왔는데?"

희모는 무표정한 얼굴로 프린트 종이를 가방에 넣더니,

"우리 엄마 마음."

하고는 쌩, 사라져버렸다. 나와 호태는 놀란 표정을 지었다.

"쟤가 뭐라고 하노?"

"엄마 마음이래."

교실 밖으로 나가자 얼마 전 알게 된 김이준이 낯선 남학생과 서 있었다. 이준은 나이는 나와 같지만 학년은 나보다 한 학년 위다.

"누구?"

"아, 친구. 오늘 전학 왔어. 박창모라고 해. 우리 다 친구하면 되겠네."

"아. 오늘 이솔 반에 박희모가 새로 들어왔는데 걔 형?"

"맞아. 반가워. 나는 박창모."

"나는 이디도. 얘는 강호태. 반갑다."

창모는 희모보다 한 살 터울 형으로 나이는 나와 같았다. 그러니까 희모는 나보다 한 살 적지만 나와 같은 학년이고, 창모는 나와 나이는 같지만 한 학년 위인 거다. 그러니까 우리 학교에 한국인은 호태, 이준, 창모. 희모 그리고 나였고 여학생은 없다. 창모 말에 의하면 희모가 했던 말은 틀린 말이 아니었다. 두 형제는 원래 섬에 있는 학교에 다니고 있었는데 거기에는 한국 학생들이 너무 많아 꼭 한국 학교 같았다나. 창모 엄마는 그것을 내내 불만스러워 하다가 갑자기 우리 학교로 전학을 시켰다는 것이다. 창모와 희모가 우리 학교로 전학을 온 이유는 순전히 한국 학생들이 몇 없다는 이유라나.

하긴 그럴 수도 있는 일이긴 하다. 한국 학생들이 많으면 수업 시간 말고는 영어 쓸 일이 많지 않을 것은 뻔하다. 그러니 그게 싫어 창모, 희모 엄마가 학교를 옮겼다는 것. 두 사람과 상의 없이 무조건 마음대로. 내가 물었다.

"너희 엄마 욕심 많으심? 아니면 쎄심?"

"둘 다."

그 말을 하는 창모 얼굴 표정이 좋질 않았다. '엄마 마음'이라는 말을 할 때 희모 표정처럼. 슬쩍 슬픈 표정도 지나간 것 같다.

내가 물었다.

"집이 어디야?"

"리무에라."

이준이 양손의 엄지를 척 들었다.

"좋네. 다들 집이 멀리 있지 않아서."

내가 제안을 했다.

"우리 농구 한판 뜰까? 내일 토욜이니까 학교도 안 오고."

"좋지."

이준이 내 어깨에 걸려 있는 농구공 망을 툭 치며 대답했다. 창모는 곤란한 표정을 지었다.

"나는 그럴 시간이 없어. 집에 가야 돼."

"왜?"

내 물음에 창모는 슬쩍 주저하다가는,

"사육 중이라서……. 월요일에 봐."

하더니 손을 흔들고 버스 정류장을 향해 뛰어갔다. 사육 중이라니? 누가 누구를 사육한다는 거야? 호태가 말했다.

"쟤네 집에 뭔가 기르나 보네."

"양이나 말 아닐까?"

내 말에 이준이 웃었다.

"야야. 이민자 집도 아이고 유학생 집이다."

우리는 웃고 떠들며 코히마라마 공원을 향해 걸었다. 공원에는 오늘따라 운동을 즐기는 사람들이 많았다. 우리는 꼬맹이들이 재잘거리는 놀이터를 지나 농구 골대가 있는 곳으로 갔다. 다행히 서쪽 편 골대 하나가 남아 있었기 때문에 우리는 그 주변에 가방을 놓고 뛰었다. 호태는 여느 때와 같이 영어 먹어버리기를 달성하기 위해 폰에 깔린 앱을 찾아 학습에 들어갔다.

"쟤 한국에서도 저렇게 열심히 공부했냐?"

"그다지. 노답, 노재미 학생."

"진짜?"

내가 공중으로 날린 공이 골대를 맞고 튕겨나가 호태 머리통 위로 떨어졌다. 호태는 그러던가 말던가 이어폰을 끼고 영어 공부에 열중했다.

"와아! 미쳐어 버렸네. 총알이 빗발쳐도 공부에 미쳐어 있겠다."

내 말에 이준이 공을 던지려다 말고 말했다.

"난 있잖아. 한국에서 유학 오는 애들 중에 쟤처럼 열 올리고 영어 공부하는 애 처음 봤어. 유학 온 애들 머리통 깡통들 많았거든. 영어는커녕 빈둥거리다가 졸업하는 애들도 많이 봤고, 영어 한마디도 못하다가 돌아가는 애도 봤다니까. 쟤처럼 열나게 공부하는 애는 본 적이 없었어."

이준이 헉헉거리다 털썩 잔디에 누워버렸다. 나도 옆에 가서 누웠다. 구름 한 점 없는 하늘이 꼭 바다 같았다.

"하늘 한번 지랄나게 멋지네."

호태가 이어폰을 빼고 있었나 보다.

"그러게. 개 멋지네."

"한국은 이렇지 않아? 나는 한국을 어릴 적 떠나오고 가 본 적이 없어서 몰라."

"호태랑 나랑 살던 동네야 시골이니까 그나마 괜찮았지. 도시에선 이런 하늘 꿈도 꿀 수 없을 걸. 참 좋네, 하늘 색깔! 잊고 있다가도 하늘을 보면 내가 남의 나라에 살고 있는 게 실감 나."

"평소엔 실감 안 나고?"

"실감? 우리 집은 부자도 아니고, 그렇다고 공부를 잘한 것도 아니고. 아버지도 없고. 내 입장이 그런데 실감 나겠냐?"

"공부? 돈이야 뭐 학비와 생활비가 비싸니까 그렇다 쳐. 공부는 아닌 것 같다, 야. 물론 순전히 내 생각이지만. 작년에 우리 학교 다니다가 한국으로 돌아간 애가 있었거든. 개 반년이나 버텼나?"

"왜?"

"그래. 와?"

호태와 나는 귀를 쫑긋 세웠다.

"아마 한국에서 공부를 좀 못했나 봐. 하기도 싫어하고. 그럴 때마다 개 엄마가 그랬다더라. 너 계속 그러면 유학 보낸다고. 그러다가 꼴등 수준에 가까운 성적표를 보더니 엄마가 기절을 해서 119에 실려 갔대."

"기절? 개뻥 아냐?"

"119? 걔 엄마 또라이 아이가? 진짜 그랬으면 걔 엄마 119 타고 정신병원 가야 된다. 놀랠 수야 있것제. 그렇다고 진짜 기절까지 하는 건 뇌가 빽살이 난 거 아니냐고? 모든 엄마들이 다 그러면 대한민국 꼴등 엄마들은 몽땅 병원에 드러누워 숙식하고 살아야것네? 안 그렇나, 디도야? 그놈 누군지 안됐네."

"놈이 아니고 여자애였어."

"공부 못한다고 119 실려 가는 엄마. 와아! 생각만 해도 돌아버리겠다, 야. 호태 말대로 뇌 하나가 빽살이 난 거 아냐?"

"야야. 그건 우리들 생각인가 봐. 걔 얘기 들어보면 완전 딴 세상 엄마들이라니까."

내가 물었다.

"그 참새 어느 동네서 유학 왔대냐?"

"강남 뭐 무슨 동네래. 걔 엄마 가방에는 늘 흰 편지 봉투가 들어 있었다는데. 걔 엄마가 우리 인터내셔널 올리비아한테도 줬었는데 거절 당했다 하더라고. 이것도 다 걔한테 들은 얘기지만. 걔는 걔 엄마 흰 봉투 바람에 초딩 때부터 왕따였다더라."

"그런 엄마들은 남의 나라 와서도 흰 봉투 들고 다닌대? 그런 거 한국에서는 없어졌다던데. 뭐 뒤로 슬그머니 사바거리는 학부모나 꼰대들은 지금도 있긴 하겠지만."

"한국은 없어지고 있는 줄 몰라도 이 나라에 흰 봉투 문화는 한국 엄마들이 만들어 놨다는 소리 들었어. 내가 아는 한 이 나라는 그런

봉투가 오가는 거 절대 없는 나라였거든. 우리 학교는 아니라도 한국 학생들 많은 학교에서는 한국 엄마들 치맛바람이 엄청 휘날린다는 소문이더라."

호태가 어이없는 표정을 지었다.

"쩝! 휘규우!"

이준의 전화벨이 울렸다. 이준은 전화를 받더니 일어나 가방을 들었다.

"우리 엄마가 나 부른다. 너희들 더 있다가 갈 거야?"

"아냐. 우리도 가. 그런데 아까 걔 그래서 어떻게 됐는데?"

"걔 엄마가 119 실려 병원 갔다 오더니 그 길로 유학 절차를 밟아 우리 학교로 보낸 거지 뭐. 그러니 생각해 봐. 한국에서 한국 선생님이 한국말로 가르치는 공부도 못하고 하기 싫어했는데 여기 와서 갑자기 공부가 되겠어? 더군다나 영어로 수업을 들어야 하는데. 그게 될 거라고 생각해?"

호태가 분개를 했다.

"그게 유학이가? 유배를 당한 거네. 걔 엄마 돈이 너무 많아 주체가 안 되는 갑네. 무슨 유배를 남에 나라에까지 보내노? 자기 자식이 왕녀라도 되는 줄 아나 보네. 우리나라도 유배 보낼 데는 수도 없이 많다아이가. 그리고 걔 빙신 바보 아이가? 지는 생각도 없능가? 우째 즈그 엄마가 시키는 대로 끌려 다니노? 지가 소 돼지가? 지가 안 될 것 같으면 오지를 말아야지 와 와서 쪽만 팔고 가노 말이다. 돌아가도 싸다 싸."

아우, 애는 왜 지가 더 난리야?

"근데 왜 니가 더 지랄이야?"

"쪽팔려 그란다. 이 나라 애들이 한국 학생들을 뭘로 생각했을까 싶어서. 빌빌대다 내뺄 거면 애초부터 오지를 말았어야지."

이준이 고개를 끄덕였다.

"그래. 오지 말았어야 됐던 거 같아. 걔가 뭔 죄냐. 엄마가 무식한 생각을 한 거지 뭐. 그러니 걔가 여기에 와서 어땠겠어. 울기도 엄청 울었다니까. 언젠가 그러더라. 말을 못 알아들으니까 하루하루가 지옥 같다고."

"걔 불쌍한 놈이네."

"놈이 아니고 여자라잖냐. 그러니까 유배 오기 전에 박살이 나더라도 아닌 건 아니라고, 못하는 건 못한다고 말을 해야 안 허냐."

이준이 말했다.

"혹시 창모가 다니던 학교로 갔으면 버텼을지도 모르지."

호태가 물었다.

"거긴 와?"

"아까 창모 말 못 들었어? 걔네 엄마가 우리 학교로 전학시킨 이유. 거긴 한국 학교 수준이라니까. 거의 한국 학생들이 다니는 학교야. 그러니까 뭐 대충 때우고 넘어갈 수도 있었겠지. 한국 애들이 많으니 영어를 못 해도 그렇게 아쉽지도 않고. 공부 시간에 못 알아들으

면 옆에 물어볼 사람도 널려 있었을 테고. 그러다 보면 어영부영 졸
업은 할 수 있었겠지."

"대충 이해가 가네. 여기는 한국 학생들이 몇 안 되니 말할 사람도
없었을 테고. 영어도 안 되니 친구도 없었을 테고. 존나 지옥 생활하
다 갔겠다."

호태는 그렇게 말하더니 나를 올려다보았다.

"왜? 뭘?"

"하자고."

"뭘, 시꺄?"

"공부, 시꺄. 적응 못해서 돌아가면 존나 쪽팔리잖아."

이준이 나와 호태를 빤히 쳐다보다 고개를 저었다.

"너는 왜?"

이준이 말했다.

"나는 요즘 내가 누구인지 모르겠어. 한국 사람인지 이 나라 사람
인지. 내 정체성이 헷갈려."

"한국 사람이지."

"전에는 한국 사람이었지. 지금 내 국적은 이 나라 사람으로 되어
있잖아. 그런데 이 나라 사람들이 나를 보면 그냥 아시안이야. 한국인
이라고. 니들은 내가 어느 나라 사람 같아?"

이준이 침울한 표정을 지었다. 나와 호태는 뭐라고 말을 해야 할지
몰라 가만히 있었다.

"그것 봐. 너희들도 대답을 못 하잖아. 한국인인데 한국 사람이 아니고, 이 나라 사람인데 이 나라 사람들은 나를 아시안, 한국 사람이라고 해. 난 요즘 내가 누구인지를 모르겠다니까."

걱정 근심 없는 사람 없다더니 고민이라고는 없어 보였던 이준이도 우리가 모르는 고민이 있었구나! 삼나무 옆 골목으로 총총 사라지는 이준이 다른 때와 다르게 외로워 보였다.

"그럴 수 있겠다."

"듣고 보니 그러네."

06

즐겁다 - 풍월 읊는 시간들

시간은 더디 가는 것 같으면서도 빨리 가는 것 같다. 학교를 다니기 시작하면서 세 번의 짧은 방학이 지나갔고, 두 달간의 긴 방학이 한 번 지나갔다. 그러는 동안 나도 공부에 익숙해져 갔다. 순전히 호태의 영향이 컸다. 서당 개 삼 년이면 풍월을 읊는다더니 영어를 씹어 먹을 듯 공부하는 친구와 딱 붙어 있으니 공부를 안 할 수도 없다.

엄마는 보이스톡을 하면 아직도 놀면서 공부하라고 소떼 양떼를 들먹였다. 그러면 나는 호태를 들먹인다.

"엄마. 호태가 풍월을 읊고 있어서 하기 싫어도 들려오고, 놀고 싶어도 들려와."

그러면 또 엄마는 호태가 고맙다고 좋아라 한다. 나는 이제 안다. 공부 타령하는 엄마들보다 진짜 고수는 우리 엄마라는 것을. 고수 중에 고수!

1년 몇 개월이 지나는 동안 나는 주변에 있는 사람들과도 친분을 쌓아갔다. 김치 장사를 하는 이준의 엄마를 우리는 김치 이모라고 불렀다. 김치 이모는 나나 호태를 친조카와 다르지 않게 생각하는 것 같았다. 복단 할머니와 김치 이모는 처음 만나는 날부터 헤어진 친지를 만나게 된 것처럼 반가워해서 호태가 장난을 치기도 했다.

"할매. 그래 반갑나? 혹시 김치 이모, 할매가 몰래 숨겨놨던 딸 아이가? 아주 기냥 잃어버렸던 가족을 다시 만난 것처럼 좋아하시네."

"야야. 이게 보통 인연이가. 같은 경상도 토백이를 이 머나먼 땅에서 우째 만날끼라꼬. 이 먼 나라에서 이리 만나는 것도 하나님 은헨기라. 감사한 일이제. 남에 나라에서 우리나라 사람이면 다 피붙인데 거기다가 경상도 아이가."

호태 작은아버지는 교회를 다니진 않는다. 그래도 일요일이면 꼭 나와 할머니를 하늘터 한인교회에 데려다주었다. 그리고 끝날 때쯤 되면 데리러 왔다. 나는 빠질 때도 많았지만 할머니가 빠지는 날은 없었다. 복단 할머니는 차가 북쪽 하버브릿지를 건널 때면 영락없이 그렁그렁 눈물을 매달았다.

"천천히 운전하그라. 느그 형이 높은 한강 다리를 건너다 사고 났다아이가."

"엄니. 다리 건너지 않는 곳으로 교회를 옮기는 게 낫지 않겠습니까?"

"됐다. 다리를 안 본다고 생각이 안 나나. 내가 일부러 다리 건너로 다니는 거 아이가. 내 마음에 집 짓고 사는 느그 형, 내 큰아들 잊지 않을라꼬."

10학년 새 학기가 시작되었다. 거의 두 달 만에 학교를 나온 학생들의 얼굴엔 물오른 버들강아지마냥 생기가 돌았다. 샬롯은 나와 호태를 보더니 팔을 벌리며 다가왔다.

"Hi, Deedo! Hi, Lucas!"

다이어트를 한 거야? 샬롯은 두 달 동안 자기 나라를 다녀왔다는데 좀 핼쓱해져 있었다.

"You guys haven't changed a bit. Did you go back to Korea? (너희들은 여전하구나! 너희들은 한국에 안 갔었어?)"

"No, I didn't. (아니. 안 갔어.)"

"헐! 와?"

가끔씩 툭툭 던지는 샬롯의 한국말은 별것도 아닌데 별것처럼 들려온다. 샬롯은 우리에게만 주는 선물이라며 상자를 내밀었다.

"These are the special presents only for you guys. (여기 너희들을 위한 특별한 선물이야.)"

샬롯은 우리에게 러시아 전통 목각인형을 선물했다. 각기 다른 모습의 마트료시키였다. 호태가 말했다.

"I am so sorry we have nothing to give you. (너에게 줄 게 없어서

미안하네.)"

"It's okay. You can bring me a gift if you go back to korea next time. (괜찮아. 너희들도 한국 다녀올 때 선물 사 오면 돼.)"

그렇지. 그래야 샬롯이지. 아무튼 재미있는 러시안 참새다. 샬롯은 늦게 나타난 이준을 보고 눈을 동그랗게 떴다.

"Oh, my god! I have totally forgotten one for Alex! (오마이 갓! 알렉스 선물은 생각을 못 했는데.)"

샬롯은 쏘리를 연발하며 이준의 팔을 잡았다.

"It's alright, It's alright. (괜찮아, 괜찮아.)"

샬롯은 코히마라마 공원까지 우리를 따라와 축구팀에 끼어 뛰어다녔다. 긴치마가 펄럭거렸지만 신경도 쓰는 것 같지 않았다. 호태가 이어폰을 빼더니 소리쳤다.

"Charlotte, I think your uniform skirt will be torn! (샬롯! 너 교복 치마 찢어지겠다!)"

그러자 갑자기 치마를 벗어 가방 쪽으로 던졌는데 반바지가 보인다. 러시안 참새, 쟤는 도대체가 남자야, 여자야? 한국 여자애들은 어떻게 하면 치마를 짧게 입을까, 몸에 붙게 입을까를 신경쓰는 것 같았는데, 긴치마 속에 반바지? 다른 여학생들도 교복 치마 길이나 옷의 모양에는 그다지 신경 쓰는 것 같지는 않았다. 그래도 그렇지 속에다 반바지까지 입고 다니는 것은 심한 거 아냐?

"골 때린다, 너."

샬롯이 내 말을 따라 했다.

"골 때린다, 너."

이준이 날린 공이 골대를 때리고 공원 옆 도랑 쪽으로 날아갔다. 내가 쫓아갔다. 도랑에 처박혔을지도 모른다고 생각했는데 검정 티를 입은 남학생이 공을 들고 나타났다.

"Is this your ball? (이거 네 공이니?)"

"Okay. Thank you. 어, 그런데 한국인?"

"한국인. 너도 한국인이네. 반가워."

"나는 이어 텐(year 10)."

"나는 학년이 없어."

아니 학생이 아닌가? 의문스런 내 표정을 읽었는지 그가 말했다.

"내가 아직 학교를 못 들어가서. 내 나이는 열일곱. 진채문이라고 해."

"나는 열여섯인데 나보다 형이네요. 디도라고 해요. 와. 우리 엄마 성도 진인데 형도?"

"그래? 진 씨 성이 드문데 반갑네. 그런데 말야, 형은 맞는데 존대는 하지 마. 한 살 차이에 뭘. 이 나라는 고등학교가 주니어와 씨니어로 나뉘진다면서."

"네, 형. 이어 9, 10, 11은 주니어고, 이어 12, 13은 씨니어라고 해요. 형은 학생 아니에요?"

"나는 아직 학교 없어. 어학원 다녀."

채문 형은 오래전부터 알던 친구처럼 친근감 있게 말을 했다.

"형도 우리랑 축구 할래요?"

"한 살 차인데 자꾸 존대? 그런 거 하지 말라니까."

"오케이. 알았어, 형."

나는 채문 형과 같이 골대 앞으로 갔다. 서로가 화기애애하게 인사를 했다. 내가 채문 형이 어학원을 다닌다고 하자 이준이 물었다.

"형은 영어 배우려고 어학원 다녀?"

"아니. 영어는 아무 문제없어. 나하고 내 동생은 필리핀에서 4년이나 유학했거든."

"근데 왜 어학원엘 다녀?"

"학교에 가려면 어학원에서 공부한 이력이 있어야 받아준대서."

이준이 고개를 갸웃거렸다.

"그런 이력이 있어야 한다고? 영어를 할 줄 아는데 어학원 다닌 이력이 있어야 한다고? 나는 처음 듣는 말인데."

"어? 좀 이상해. 영어 못하는 우리도 작년에 입학을 했는데. 지금도 잘 못하지만."

호태도 고개를 갸웃거렸다.

"뭔가 아닌 것 같네. 형! 어학원에서 공부한 이력이 있어야 한다고 누가 그랬는데?"

"유학원에서. 유학원에서 그렇게 말하면서 나와 내 동생을 어학원에 입학을 시켰거든. 몇 개월 다녀야 한다면서. 그렇지 않아도 우리 이모도 이상하다고 그러고 있는 중이야. 이모가 우리 가디언으로 쫓아와서 같이 살거든. 그러니까 이모도 아는 것은 없지. 유학원 통해서 왔으니까 그 유학원 원장 말만 믿을 수밖에."

고개를 갸웃거리던 이준이 말했다.

"그래도 내가 니들보다는 이 나라를 좀 아니까 올리비아한테 물어볼게."

어느 새 해가 뉘엿뉘엿 넘어가고 있었다. 우리 다섯 사람은 공원의 너른 잔디 벌판을 빠져나왔다.

"형네 집은 어디야? 우리는 걸어가면 되는데."

"나도. 셀윈 컬리지 근처."

채문 형은 언덕길을 올라갈 때 호태의 휠체어가 밀릴까 뒤에서 보호를 했다. 친절하기도 했지만 자상한 성격인 것 같았다. 이준이 물었다.

"형은 버스 타고 어학원 다녀?"

"아니. 이모 차."

"와아. 온 지도 얼마 안 됐다면서 형 이모 대박이다. 여기는 운전 좌석이 오른쪽이라 연습하고 나간 사람들도 역주행하는 실수를 한다는데."

"우리 이모는 그림 그리는 사람인데 겁이 별로 없는 편. 여기 오자마자 오천 불에 10년 넘은 늙은 중고자동차를 사서 바로 하이웨이로 나갔는데 뭐. 차는 지금 렌트한 집주인 여자가 호주로 간다면서 팔고 간 거야."

공원에서 코히마라마 로드까지는 멀지않은 거리다. 우리는 채문 형과 헤어져 각자의 집으로 돌아갔다.

호태와 나는 지난해와 마찬가지로 같은 수업을 선택하였으므로 새 학년에도 3일째 같은 교실에서 수업을 하고 있었다. 그리고 다음 수업이 문제의 영어 수업 시간이다. 내가 듣고 싶어서가 아니라 순전히 호태의 의견과 권유와 밀어붙임으로.

수업 시간은 학생들 각자가 드라마(연기), 경제, 영어, 프랑스어, 독일어, 역사, 음악, 컴퓨팅, 미술(역사), 미술(디자인), 미술(페인팅), 수학, 물리학, 생물학, 화학, 요리, 관광업, 체육 등등 이 중에서 마음에 드는 것을 선택하여 듣는 것인데, 영어, 수학, 과학은 필수로 들어야 한다. 그런데 유학생들은 이솔(ESOL) 수업을 영어로 대신할 수 있어서 영어 과목을 들을 필요는 없었다.

이 나라 영어 수업은 한국으로 따지면 국어 수업이었기 때문에 난이도가 높다. 이솔 수업은 영어 문법, 단어 발음, 짧은 글쓰기 등을 공부했지만, 영어 수업은 주로 장편 책을 읽거나 영화를 보고 독후감을 쓴다든지 에세이를 쓰는 것이다. 시험도 딱 한 가지 주제를 갖고 빈 종이를 가득 채워야만 한다. 이 나라는 한국처럼 객관식 시험지라고는 없어서 다른 과목들 역시 주관식이긴 하다. 그렇지만 다른 과목은 문제가 여러 개 있으니 그나마 괜찮다. 그런데 영어 시험만큼은 그 시간에 발표된 딱 한 가지 주제를 갖고 백지를 채워 나가는 것이라 유학생들에게는 버거운 과목이었다. 과제를 발표할 때도 앞에 나가 스피치(speech)를 해야 하니 이래저래 유학생들이 좋은 점수를 받기는 힘들다. 그런 이유로 유학생들 대부분은 이솔(ESOL) 수업으로 영어를 대신하고 만다. 물론 모든 학교가 다 그런 것은 아니겠지만 우리 학교만큼은 그랬다.

호태와 나는 새 학년에 어떤 수업을 들을 것인지를 의논할 때 작은 충돌이 있었다. 호태가 느닷없이 영어 수업을 들어보는 것이 어떻겠냐고 제안을 했기 때문이다.

"아, 미친! 나는 못 해! 그 수업 시간이 어떤지 창모한테 들어서 알고 있는데 말이야, 내가 어떻게? 내 실력으로는 택도 없어, 시꺄. 쪽 팔리려고 환장했냐?"

"야! 그래도 한번 시도를 해 보자. 정 안될 것 같으면 학기 초 1주일이나 2주 사이에 바꿀 수 있는 기회가 있다잖아."

"정신 나간 소리 마, 시꺄. 우리 외할머니가 하는 말이 있는데 말야. 갓난애기한테 쌀밥 먹이면 죽는대. 그건 애기한테 쥐약이라고. 난 영어에는 애기라고 미친놈아. 넌 나를 죽이고 싶냐?"

호태는 싫다는 나를 설득하여 기어코 영어 수업을 듣게 하는데 성공하여 드디어 오늘이 그 첫 수업에 들어가는 날이라는 거지.

영어 수업에 들어가니 유학생이라곤 우리 빼고 두 명이 더 있었는데 희모와 샬롯이었다. 희모는 전 과목이 우수한 성적이라 영어 수업에 들어와 있는 것이 당연하게 느껴졌고, 샬롯도 영어만큼은 유학생 중 누구에게도 뒤지지 않으니 당연하게 느껴졌다. 그런데 나는?

나는 첫 시간부터 주눅이 들어 기가 죽었다. 희모는 나와 눈이 마주치자 모르는 사람처럼 고개를 돌렸다. 어우, 저 얼음덩어리 새끼! 샬롯이 나를 보더니 손을 흔들었다.

"Wow, Deedo. Let's study hard together. (와우, 디도. 우리 잘해 보자.)"

쟤는 왜 호태는 빼고 나한테만 잘해 보자는 거야? 내 수준이 영어 수업 듣기는 부족하다고 빈정거리는 거야? 에이, 설마. 샬롯 쟤가 가끔 조크를 날리긴 해도 치사하게 누구 빈정대는 스타일은 아니지.

나 스스로 열등감을 치워버리려고 하는데 이 나라 키위 학생 몇 명이 나를 돌아보고 미소를 지었다. 쟤들은 또 뭐야? 환영한다는 미소야, 비웃는 미소야? 내가 호태 쪽으로 몸을 기울여 소곤거렸다.

"야, 쟤들이 지금 나 무시하는 거냐?"

"아우 짜식. 쓸데없는 열등감 열나 쩐다, 쩔어. 환영하는 뜻인데 왜 오해를 하고 지랄이심?"

그런가? 나는 어차피 닥친 거 복단 할머니 식 컨셉으로 밀어붙여 보려고 눈에 힘을 주었다, 빡! 자신감 있는 눈빛을 해 보이려고 눈도 크게 떠 보였다.

영어 선생 아만다(Amanda)는 우리 세 명의 이름을 호명하여 얼굴을 확인하더니 바로 화이트보드에 영화 한 편을 쏘았다. 제목은 '리멤버 더 타이탄(Remember the Titans)'이다. 자막 없는 영화 한 편을 보는 그 시간이 답답하긴 했지만 지루하지는 않았다. 내가 좋아하는 스포츠, 운동선수들의 이야기라는 흥미거리가 있었으니까. 그러나 이틀 후 두 번째 영어 시간이 돌아왔을 때 나의 짧은 영어 실력은 박살이 나고 말았다. 왜냐하면 선생님은 수업 시간이 시작되자마자 A4 용지를 나눠주며 전 시간에 본 영화에 대해 무조건 쓰라고 했기 때문이다.

내가 A4 용지에 쓴 것은 단 다섯 마디.

"It is a film about racial discrimination.(인종 차별 영화다.)"

"This film is based on a true story. (실화를 바탕으로 만든 영화다.)"

"It is about what happens amongst football players. (풋볼 선수들 사이에서 벌어지는 일을 다룬 영화다.)"

"They fight because of racial discrimination but somehow become friends at the end. (인종차별로 싸우다 나중에는 친해진다.)"

"It's a very moving film. (참 감동적인 영화다.)"

나는 친구들의 펜 움직이는 소리를 들으며 한참을 망설인 끝에 용지 끝자락에 선생님께 메시지를 남겼다.

<Ms. Amanda, I will take an English class next time. I'll try again to improve my English skills before I take your English lessons someday. Deedo. (아만다

선생님, 다음 기회에 영어 수업을 듣겠습니다. 열심히 영어 실력을 키워서 언젠가는 영어 수업에 다시 도전하겠습니다. 디도) 〉

나는 옆에 앉은 호태가 용지를 거의 채우고 있을 때쯤, 나의 썰렁한 A4용지를 책상 위에 올려놓고 교실을 나왔다. 울컥 목이 메어 왔다. 창피한 기분도 아닌, 슬픈 기분도 아닌 뭐라고 표현하기 힘든 기분이 목을 따끔거리게 한다.

영화를 본 날 호태와 함께 학교에서 돌아오자마자 그 영화를 다운받아 다음 시간을 대비하기는 했었다. 영화를 보게 했으면 그 이유가 있을 테니까. 다섯 문장 쓴 것만 해도 나 나름대로는 준비를 한 거였는데……. 호태가 여러 번 되풀이해서 보고 또 볼 때 나도 그럴 걸!

나는 집으로 돌아와 한글 자막이 있는 '리멤버 더 타이탄'을 찾아 차분한 마음으로 감상을 했다. 타이탄 팀들이 경기장에 입장하는 소리가 유난히 귀에 박혔다.

We feel, hoo, hah, real good!
We feel, hoo, hah, real good!
We feel, hoo, hah, real good!……

한글 자막을 찾아보니, "그래, 그래. 우리가 왔노라. 그래, 그래. 우리가 왔노라. 그래, 그래. 우리가 왔노라……."라고 쓰여 있는데 어째서 저런 번역이 나왔는지 이해조차 가지 않았다.

아무튼 그래, 그래. 머지않은 날에 다시 영어 교실로 돌아가면 된다. 그러면 된다. 선생님께 남긴 짧은 메시지를 지키면 될 일이다. 그래서 운동하는 저 외국 또래 놈들의 말도, 마음도, 가슴으로 느껴 주절주절 떠들어 봐야겠다.

그러니까 내가 영어 수업을 포기하는 데는 2주까지 갈 필요조차 없었다. 단 두 번의 수업을 받은 후 포기를 하고 말았으니까. 그리고 영어 수업 대신 미술(디자인)을 듣기로 결정하였다. 호태와 친구가 된 이후 처음으로 다른 교실에서 공부하게 된 상황이 우리를 당황스럽게 만들었다. 겨우 한 과목이었는데도. 호태는 나에게 무척 미안해했으나 나는 생각보다 쪽팔리지 않았고 오히려 담담하였다. 나 자신을 돌아보는 계기가 된 것 같아 잘됐다는 생각도 들었다. 덕분에 나에게는 첫 번째 목표가 생긴 것이니까. 언젠가는 영어 수업을 들어갈 거라는 목표!

한 과목을 각자 다른 교실에서 공부를 한다는 것이 어색하긴 했다. 그러나 우리는 서로 느끼고 있었다. 이것이 이제 각자의 삶을 살아가기 위한 헤어짐의 시작이라는 것을. 서운하긴 했지만 우리는 그냥 웃었다.

"얌마! 후년쯤 영어 교실에서 만나자."

"뭐더러 후년까지 가노? 내년으로 해라, 시꺄."

나와 호태는 오후에 교문 앞에서 이준을 기다리고 있었다. 인터내

셔널 올리비아(Olivia) 선생을 같이 만나자고 했기 때문이다. 올리비아는 우리를 보자 눈을 동그랗게 뜨며 미소를 지었다. 언젠가 이준이 했던 말이 생각났다.

"올리비아 선생님은 '강남스타일'에 반해 일본차를 타다가 차까지 한국 자동차로 바꿨다니까. 가수 싸이의 강남스타일이 세계를 강타하던 때였거든. 그즈음 어느 날 정문에서 올리비아와 마주쳤는데 갑자기, '강남스따일!' 외치더니 가방까지 바닥에 놓고 말 춤을 추는 거야. '오빠 강남스타일 강남 스타일, 오오오오 오빠 강남스타일, 강남스타일, 오오오오 오빠 강남스타일……' 그러니까 주변에 있던 학생들이 몽땅 펄쩍펄쩍 난리치게 말 춤을 추더라고. 너희들이 들어오기 전까지만 해도 한국인이라고는 학교에 나뿐이었거든. 우리는 지금까지 키위들이 모여 사는 동네에 살아서 한국인도 거의 볼 수 없었지만 동양인들도 많지 않았어. 나는 싸이의 강남스타일이 폭풍 같은 인기를 얻으면서 '강남스타일'이 돼버렸다니까. 초등학교 1학년(year 1)에 입학했던 그 날부터 줄곧 '알렉스'였는데, 한국인이라는 이유 딱 하나로. 국력이라는 말이 실감 나더라. 외국에서 살다 보면 모국의 위상이 나의 위상이고, 고국의 인기가 나의 인기라니까. 아무튼 싸이 덕분에 그때 내가 얼마나 우쭐대며 학교를 다녔는지 몰라."

올리비아가 춤을 추는 것을 상상하니까 나도 모르게 쿡, 웃음이 나왔다.

"Why are you laughing Deedo? (왜 웃는 거야, 디도?)"

"Nothing (아무것도 아니에요.)"

이준은 채문 형에게 관련된 이야기를 차분히 설명하였다. 올리비아가 입꼬리를 씰룩이더니 이준의 말을 자르고 목소리를 높였다.

"No. It's not. School don't require you to prove that you have attended a language school. There is no such a policy in school. If you lack confidence in English, you can join an English course for beginners in school. Who told you that you would need to prove that? (아니다. 절대 아니야. 학교에서는 어학원을 다녔다는 것을 증명하라고 요구하지 않아. 학교에서는 그런 정책이 없어. 만약 영어가 약하면 학교에서 초보반 영어 코스를 들으면 돼. 누가 그런 걸 증명해야 된다고 말했지?)"

"I've heard it from education agency. (유학원에서 그랬대요.)"

"No way! There are no schools having that policy. I don't understand the people from your country. Why do they think that they have to enrol a school only through an education agency? If they want to enrol, simply they can come to school directly to get some information for themselves. If they have difficulties with English, they can be accompanied by someone who can speak English or they can ask for an interpreter to help them at school. (말도 안 돼. 그런 정책을 가진 학교는 없어. 나는 너희 나라에서 온 사람들을 이해할 수 없어. 왜 그들은 유학원을 통해서 학교 등록을 해야 한다고 생각하지? 만약 학교에 등록하고 싶다면, 직접 학교로 오면 알고 싶은 정보를

얻을 수 있어. 만약 그들이 영어가 힘들면 영어가 가능한 사람과 동행하면 되고 아니면 학교에서 통역사를 붙여 상담할 수도 있어.)"

올리비아 선생이 답답한 표정을 지었다.

"Education agencies should only tell them truths when they seek help. Listen carefully. I have one thing to recommend you that you ask your friends to come to school directly with their guardian to have a consultation. (유학원들은 사람들이 도움을 청할 때 오로지 진실만을 말해야 해. 잘 들어. 내가 너에게 한 가지 제안할 것은, 네가 너의 친구들에게 그들의 가디언과 함께 직접 학교로 와서 상담을 받으라고 해.)"

우리는 올리비아와 상담을 한 후 채문 형네 집으로 몰려갔다. 처음 만난 채문 형의 이모는 무척 밝고 명랑했다.

"안녕. 반갑다. 다들 내 조카 같은 나이니까 오늘부터 나를 시안 이모라고 불러 줘. 이모 하기 싫은 사람은 말고."

오잉, 깜짝이야. 겉보기엔 얌전할 것 같았는데 저 시원시원한 말투! 이모 매력 있어. 매력 있어! 나는 얼른 나서서 대답했다.

"전 이모 할래요. 이모라고 부를 사람이 김치 이모뿐이었는데 콜이에요."

"저도 콜."

"저도요."

우리 세 사람이 모두 콜을 부르자 시안 이모도 기분이 좋은지 나팔꽃처럼 호호거렸다. 그때 채정이가 문을 열고 나타났는데 말이 별로 없는 아이인지 고개만 까딱하고는 들어가 버렸다. 올리비아의 말을 전해 들은 시안 이모의 얼굴이 환해졌다.

"그렇지? 어쩐지 이상하다고 생각했어."

시안 이모는 다음 날 채문 형과 채정이를 데리고 학교를 방문했다. 이준과 우리도 함께 그 자리에 있었다. 두 사람이 인터뷰에 들어갔다. 인터뷰를 끝낸 올리비아가 만족한지 환하게 웃었다.

"Good. Very good. No problem at all. (좋아. 아주 좋아. 아무런 문제가 없어.)"

나하고는 비교도 안 되는 실력을 가지고 어학원엘 가게 했다니 말도 안 돼. 아, 어처구니없는 유학원이다. 두 사람은 학교 방문 후 곧바로 학교 입학이 허락되었고 학년도 결정되었다. 필리핀에서 공부한 성적을 인정해 채문 형은 11학년, 채정이는 중학교 1학년인 7학년으로 배정을 받았다. 나이보다 학년이 높아진 채정은 일찍 대학생이 될 수 있어서 좋다나. 수업을 따라갈 수 있을지에 대해서는 걱정도 안 하는 듯했다.

"아무튼 너희들 모두 수고했다. 새로 생긴 조카들 덕분에 내가 큰 문제 하나를 푼 셈이 됐어. 그런 의미에서 내가 내일 거나하게 쏠게. 채문이 채정이 입학 축하 겸."

우리는 시안 이모의 제안으로 다음날 저녁 채문 형네 집에 모여 파티를 하기로 했다. 복단 할머니는 시안 이모네 집 이야기를 듣더니 또 마구 감사, 감사를 했다.

"할머니는 본 적도 없으면서 뭐가 그리 감사하노?"

"잘 됐데이. 잘 된기라. 느그들이 다들 도와줘서 고맙데이. 감사하데이."

할머니를 도와준 것도 아니고, 할머니 손자를 도와준 것도 아닌데 뭔 감사를 저리도 하시남. 이러니 내가 어찌 복단 할머니를 좋아하지 않을 수 있겠어.

"단이 할머니 대박 짱!"

복단 할머니가 빙그레 미소를 짓더니 아이들처럼 엄지를 세워들었다.

"우리 디도도 대박 짱짱이데이!"

호태가 웃었다.

"죽이 척척. 누가 보모 우리 할매라기보다 너거 할맨 줄 알것다야."

"뭔 소리래. 그게 사실 아냐?"

"내한테는 호태도 디도도 둘 다 똑같은 손자데이."

다음 날 저녁 채문 형네 집은 예상치 않게 판이 커져버렸다. 나와 호태, 이준이를 초대한 자리였는데, 갑자기 복단 할머니와 김치 이모까지 등장을 한 것이다. 복단 할머니는 질경이 절임을 갖고 나타났고, 김치 이모는 김치를 종류별로 갖고 달려왔다. 외국에서 사는 한국 사람들한테는 김치, 고추장, 된장이 최고니까. 복단 할머니와 김치 이모는 시안 이모와 순식간에 친해졌다.

"처자가 시안 이모구나. 반갑데이. 우리 시안 이모는 누구를 닮아

이리 이쁠까나? 이쁘데이. 이쁘게 생겨서 감사하데이."

시안 이모는 복단 할머니의 감사, 감사를 처음 들어서 그저 쑥스러웠나 보다. 얼굴까지 빨개져서는 손사래를 쳤다.

"서른여덟 늙다리 노처녀가 이쁠 리가요. 전혀 이쁘지 않아요. 아유, 할머니께서 고우시네요."

"이모가 늙다리문 내는 뭐고? 그런 소리 말그라. 젊데이. 이쁘데이. 아주 이쁘데이."

내가 따라 했다.

"젊데이. 이쁘데이. 아주 이쁘데이. 개 이쁘데이."

우리 복단 할머니의 눈치, 코치, 순발력이라니 참내.

"우리 디도도 이쁘데이. 아주 이쁘데이. 아이고야. 근데 이게 다 무슨 김치고. 배추김치. 열무김치, 깍두기, 알타리, 무김치, 쌈무, 파김치까지. 아이고야, 간만에 온갖 한국 김치를 보니 눈물이 다 나네. 아이고, 이준 엄마야, 고맙데이 감사하데이. 참말 감사하데이."

할머니도 참. 시안 이모네 가져온 선물 앞에서 그렇게 감사송을 허벌나게 부르면 시안 이모가 착각할 거 아냐. 자기네 주는 게 아니고 복단 할머니 주는 걸로. 그래서 얼른 시안 이모 귀에 대고 속삭였다.

"이모. 복단 할머니의 특기가 감사송을 부르는 거예요. 무엇이든지 감사. 죽어도 감사, 살아도 감사. 앞집 행복도 감사, 뒷집 평화도 감사, 그저 감사, 감사."

와우! 시안 이모의 음식 솜씨는 꽤나 좋았다. 우리가 즐겨 먹는 피자며 떡볶이도 만들었는데 한국 학교 길에서 먹던 그 맛과 다르지 않았다. 나는 날마다 수업을 마치자마자 집으로 사라지는 창모와 희모가 생각나 중얼거렸다.

"창모랑 희모도 있었으면 좋았을 텐데."

김치 이모가 말했다.

"아, 그래. 창모. 나도 창모, 희모 안다. 내가 마트 말고도 몇 집 개인적으로 배달하는 집이 있다 아이가. 그런데 창모네는 김치를 사는 것이 아이고 자기 집으로 출장 와서 직접 담아 달라카데. 양념도 절인 배추도 다 있다면서. 그래서 처음에는 김치를 담글 줄 몰라 담는 법을 배우려고 그러나 했다. 그런데 그건 아닌 것 같더마는. 아무튼 집이 멀면 안 가겠지만 가까우니 내가 가서 두 번이나 담아 줬제. 걔들은 내가 김치 하러 갈 때마다 공부만 하고 있더라. 이준아, 숙제가 그리 많나?"

"숙제는 뭘. 숙제는 엄마가 젤 많이 내주면서. 파 다듬어라, 양파 까라, 저기 다라이 가져다 아버지 쥐라, 아버지 배추 절이는 것 좀 도와 드려라."

웃음이 많은 김치 이모는 이준이 말이 끝나지도 않았는데 하하하 눈이 감기게 웃어댔다.

"아이고, 미안타, 미안타. 지가 이렇게 살아예. 애들이 도와주지 않으면 김치 일 못해예. 일꾼을 쓰면 그 비용이 만만치 않아서 식구들끼리 하는데 여간 벅찬 일이 아니라예."

"그렇제, 그렇제. 내 식구 먹는 김치 해대는 것도 쉬운 일이 아닌데 넘들 먹을 김치를 하니 오죽하것노. 바쁜 날은 내를 불러라, 이준 어매야. 김치 장사할 줄 알았으면 아그들을 한 서넛 더 낳았으면 좋을 뻔 했고마는."

우리 할머니 왜 저러셔? 김치 이모가 애만 낳으려고 태어났나. 막걸리 한 사발에 우리 할머니 주책이시네.

"바쁠 때는 저도 불러 주세요. 노는 게 일인데요 뭐."

"엄마, 그러면 나 이제 엄마 숙제에서 빠져도 되는 거네요? 사실은 학교 숙제할 시간 없어서 숙제 안 해 갈 때도 있었어. 숙제가 별로 없기는 하지만."

이준이 말에 김치 이모가 금방 눈물 먹은 표정을 지었다.

"그랬나! 우짜노, 미안해서. 우짠지 창모네 집에 김치 하러 가면 개들은 늘 공부하는 것 같드라. 니는 숙제라곤 없는 것 같아서 이상타 했다."

"창모랑 희모는 학교 숙제를 하는 것이 아니고, 한국 교과서까지 공부하느라 그럴 거예요."

시안 이모가 말했다.

"아니 한국 교과서까지 공부할 거면 유학 왜 왔대? 한국에서 공부하지. 이 나라 수업하기만으로도 벅찰 텐데 한국 교과서까지 하면 머리가 터지겠다."

"머리 터지고 있는 거 같아요."

그 말을 들으니 희모를 처음 만난 날 던지고 간 한 마디가 다시 떠올랐다.

"우리 엄마 마음!"

나는 그 말을 들은 이후에도 희모와 대화를 해 본 적이 별로 없었다. 늘 무뚝뚝한 표정에 말수도 없는 데다가 말을 시켜도 시큰둥했다.

"너 우리랑 축구하러 갈래?"

"못 가!"

"왜?"

"알아서 뭐하게."

뭐 이 정도였으니까.

시안 이모가 말했다.

"미술 학원 운영할 때 보면 그렇더라고요. 애들이 지들 맘으로 공부, 공부하는 애들이 얼마나 되겠어요. 참 웃기는 게요. 공부, 공부하면서 애들을 닦달하는 엄마들 보면요, 대체로 학교 다닐 때 공부 못한 사람이더라고요. 그게 무슨 심린지 모르겠지만요."

"나는 무식해서 잘은 모르지만 얼라들은 놀 때 놀면서 커야 정상적인 어른으로 자라는 기다. 이 세상에 숙제 없고 짐 덩어리 없이 태어나는 사람은 없다아이가. 다 숙제 많은 불쌍한 인생이지. 그런데 굳이 숙제나 짐 덩어리를 만들어 자식한테 지울 필요가 있나? 그건 자식을 위하는 게 아니고 자식을 괴롭히는 거다. 아고 미안타. 아그들 앞에서 내가 지금 뭔 소리 하노. 미안타, 미안타. 내가 흥을 본 것은 아니니 그런 줄 알거레이. 느그들은 다른 걱정 말고 지금은 파뤼 시간이니까 파뤼를 즐기면 되는 기라."

"할머니, 파아뤼이이?"

내가 복단 할머니 앞으로 얼굴을 들이밀며 흉내를 냈다.

"옆집 할배 아담이 파뤼라 카데."

시안 이모는 복단 할머니를 대놓고 부러워했다.

"할머니께서는 저보다 훨 나으신데요. 저는 영어가 애기 수준이라 말도 못 붙이는데요."

"와 그라노. 지는 지 나라말하고, 나는 내 나라말하고 그라모 되지 뭐. 그러다 보면 한두 마디씩 통할 때도 있데이. 그라모 저절로 배워지는 거 아이가? 처음에 내한테 파뤼 파뤼 하길래, 파리가 날아댕기나 했다. 그런데 파리라고는 한 마리도 안 보이니까 내가 물었제. '파리가 와?' 했더니 음식 먹는 시늉을 하면서 춤추는 시늉을 하는 거라. 그래 내가 눈치를 챘다아이가. 처음부터 파티라고 했으모 내가 알아들었을 텐데 아니 그 노친네가 파뤼이 파뤼이 하니 내가 우째 알아듣겠노."

우리가 와글거리며 웃자 할머니도 웃으셨는데 갑자기 눈물을 글썽였다.

"아이고나, 좋데이. 와 이리 좋노. 우리나라 말하는 사람들끼리 모여 있으니 참말로 좋네."

복단 할머니도 남의 나라말을 못하니 경상도 말로 불도저처럼 밀어

붙이기는 해도 외로웠었나 보다. 답답했었나 보다.

잠깐 바람을 쐬러 밖으로 나왔다. 우람한 카우리 나무 저편에서 왁 자지껄 파티를 즐기는 소리가 들렸다. 그쪽 파란 현관문 집에서도 파티를 즐기는 모양이었다. 평일이라면 밤 12시가 다가오는 이 시간에 있을 수 없는 소란이다. 시끄러움이다. 그러나 일주일 중 이 금요일만큼은 어느 집이나 떠들 자격이 있고 파티를 즐길 권한이 있다. 이 나라의 문화고 이 나라의 룰이니까.

"좋네. 재미있다, 그쟈?"

돌아보니 호태다. 갑자기 쿵쿵쿵, 음악 소리가 크게 울려왔다. 밑을 내려다보니 자동차 안에 남자가 눕다시피 앉아 있었다.

"저 차 안에서 들리는 음악 소린데. 근데 저 남자는 뭐 하는 거고?"

"모르지. 내가 내려가 보고 올까?"

내가 계단으로 내려서려고 할 때 채문 형이 나왔다.

"내려갈 필요 없어. 우리 옆집 남잔데 뽕하는 거야."

"뽕?"

나와 호태가 동시에 같은 말로 묻자 채문 형이 웃었다.

"저게 저 키위 남자의 금요일 일상이야. 바로 옆에 사는 사람인데 일주일 열심히 일을 하고 금요일 저녁이면 저렇게 스트레스를 푸는 거 같아."

내가 말했다.

"뽕하면 감옥 가는 거 아냐? 뽕이란 게 마약이잖아."

"뭐 잘은 모르지만 이 나라에서도 불법은 불법이래. 그러니 신고하면 잡혀가겠지. 그런데 이상하게 담배 파는 상점에서 강도가 낮은 대마초 같은 걸 팔기는 판다더라."

"그럼 뭐야? 강도가 낮은 거는 허용이 된다는 말?"

내 물음에 채문 형이 피식 웃었다.

"그야 나도 모르지. 근데 디도, 너 되게 관심 둔다? 관심 있어?"

"어우 형. 뭔 소리래. 나 본드도 맡아본 적 없는데."

"그래도 저 남자는 신기하게도 저게 끝이야. 음악 틀어놓고 퍼질러져 있는 거. 저게 다야. 나는 은근 재밌더라고, 저 아저씨."

그날 파티는 그렇게 끝이 났지만 나는 내내 아쉬운 생각이 들었다. 창모와 희모가 있었으면 더 좋았을 텐데 걔들은 어째서 이런 자리에 있으면 안 되는 것인지 안타까운 마음이 들었다. 동생은 '우리 엄마 마음'이라고 했고, 형은 '사육 중이라서'라고 했다. 별나라에서 온 애들은 아닐 텐데 왠지 달라 보인다. 이 형제들 뭐냐? 그 형제의 이름만으로 괜시리 짠함이 느껴졌다. 왠지 모를 측은지심이.

07

우울하다 - 창모와 시안 이모

채문 형네 집은 학교에서 제일 가까운 데 있다. 우리는 집으로 돌아
가는 길에 채문 형네 집에 들렀다. 시안 이모가 냅다 반가워하며 봉골
레 파스타를 해 준다고 덜거덕거렸다.

"이모, 금방 갈 거예요. 이민성에서 비자 나왔나 궁금해서 들른 거
예요."

"아직 안 나왔어. 조금만 기다려. 펜네(penne) 면도 있고 마카로니
도 있어. 어떤 걸로 만들어 줄까? 아니면 라면? 떡볶이?"

이모는 우리만 보면 뭐라도 해주고 싶은 모양이었다.

"이모. 우리가 올 때마다 뭘 주시려고 하면 편하게 들를 수가 없어
요. 안 주셔도 돼요."

"이모, 맞아요."

여기가 한국도 아니고, 채문 형네도 부모가 보내주는 돈으로 생활을 하는 것일 텐데 그만한 생각은 이제 우리에게도 있다. 한국에서야 쉽게 생각하고 쉽게 먹을 수 있는 것이 라면이고 떡볶이였다. 그러나 여기서는 한국 물건 하나라도 사려면 멀리 차를 몰고 나가야 한다. 게다가 비싸다. 우리가 살고 있는 마을에는 한국 마트라고는 없다. 이준의 말에 의하면 전에는 우리 집 근처에 있었다지, 아마. 그런데 한국인들이 많이 살지 않는 이곳에 가게가 잘 될 리가 없었겠지. 그러다 보니 한국인 주인이 망해 먹고 남섬 어딘가로 떠났다나. 아무튼 라면한 그릇, 떡볶이 한 접시라도 여기에선 귀할 수밖에 없다.

"이모. 우리 이따 저녁에 남은 스시 먹으려면 배를 비워놔야 돼요. 지금 먹으면 이따가 그거 못 먹어요. 임무에요, 임무."

나는 처음 이 나라에 왔을 때 호태네 작은아버지 부부가 문 닫고 퇴근해 오는 시간을 은근히 기다렸다. 왜냐하면 가게서 팔다가 남은 스시를 싸 들고 오시니까. 그게 얼마나 맛있었는지. 그런데 그것도 두 달 정도 먹으니까 물려버려 나중에는 스시가 몽땅 팔리기를 기도하게 되었다. 가게가 잘되라고 기도한 것이 아니라 순전히 스시가 먹기 싫어서.

그러던 어느 날 복단 할머니가 말했다.

"디도야. 이 나무판에 글씨 좀 써 도고."

"뭐라고요?"

"스시 3불에서 15불."

나는 나무판에 굵은 매직으로 〈SUSHI $3.00~$15〉이라고 썼다. 할머니는 그 나무 판에 작은 못을 박아 걸 수 있도록 줄을 달았다. 그리곤 아들 부부가 팔다가 남은 스시를 싸 들고 오자 집 입구에 있는 나무에다 나무판을 걸었다. 나무 밑에다가는 작은 탁자 하나를 놓고 스시를 올려놓았는데, 스시가 담긴 뚜껑에는 가격도 새로 썼다. 아이고, 우리 복단 할머니 본 것은 있어서 그걸 또 이렇게 실천에 옮기시는구나!

"할머니, 돈 통은 뭘로 해요?"

"여기 있다. 이 통조림 깡통이면 충분하것제? 옆집 할배 아담도 자기 집 피조아 나무에서 떨어진 피조아를 이렇게 팔더만. 라임오렌지도, 레몬도, 자몽도."

할머니의 반짝 스시 팔기는 동네 사람들에게 인기가 좋았다. 저녁마다 작은 탁자 위에 올려놓은 스시는 하나도 남김없이 팔려나갔다. 스시를 지키고 앉아 팔지 않아도 깡통 속에 들어온 돈은 늘 정확했다.

"키위들은 참 훌륭한 사람들이다. 우째 몰래 집어가는 사람이 한 사람도 없노?"

아무튼 할머니의 반짝 가게는 단골로 이용하는 사람들이 점점 늘어갔다. 가게에 가면 한 팩에 10불, 15불, 20불, 30불 하는 스시를 대부분 반 가격도 안 되게 살 수 있으니 얼마나 좋아. 가끔은 스시를 사러 기웃거리다가 인심 좋은 복단 할머니 눈에 띄면 공짜로도 한 팩 더 얻어갈 수 있다. 그러니 땡잡는 거 아닌가? 게다가 호태 작은아버지 가

게에 들어오는 채소나 연어 등은 신선한 재료 아니면 쓰지를 않는단
다. 그러니 뭐 까다로운 사람이라도 싸게 파는 이 스시를 먹어 본 사
람이라면 안 살 이유가 없다.

그래서 지금은 전처럼 굳이 스시를 먹지 않아도 된다. 그렇지만 우
리가 갈 때마다 시안 이모가 신경을 쓰니 내가 핑계를 댄 거다.

"비자가 빨리 나와야 형하고 채정이가 학교에 오는데요."

"그러게. 학비 냈으니까 곧 나오겠지. 학생 비자가 나와야 학교 수
업을 받을 수 있다니까 이민성에서 신경을 써 주겠지."

"학비 냈는데 그냥 오게 하면 안 되나?"

"이 나라는 쉽게 넘어가는 게 없는 것 같더라. 룰이 아닌 것은 통하
는 나라가 아닌 것 같아. 확실히 문화가 많이 다르네. 우리나라에서는
통하는 것도 이 나라에서는 안 통하는 것들이 많더라. 사실은 그것이
맞아. 그래야 하고. 룰은 지키라고 있는 것이니까."

시안 이모는 채문과 채정의 학비를 지불하면서 학비의 몇 %를 할
인받았다고 했다. 원래 그 몇 %는 소개자에게 주는 사례비 같은 거란
다. 그러니까 어학원을 통해서 입학을 했다면 할인된 금액은 유학원
으로 돌아갈 몫이었을 거다. 어쩌면 그보다 몇 %는 더 받아갈 수도?
그런데 직접 왔으니 학비를 할인해 준 것이지. 그러니까 그 유학원이
채문 형과 채정을 어학원으로 등록하게 한 건 그 몇 %의 돈을 받으
려고 그런 것? 그래서 올리비아가 일을 대신 해주려면 진실하게 해야

한다고 했던 것이구나! 아마도 그 유학원은 분명 두 사람이 어학원에 다 냈던 학비에서 몇 %의 소득금을 챙겼을 테다. 그리고 그것이 끝나면 학교에서도 챙길 계획이었을 테다.

"형, 그 유학원 좀 웃긴다. 어학원에서 냈던 돈은 어떻게 됐대?"

"공부한 만큼만 제외하고 나머지 돈은 돌려달라고 했대. 그랬더니 어학원에서 돌려주면 준다고 그랬다던데. 그리고 이모가 우리 집 일은 아무것도 하지 말라고도 했다는데."

"무슨 일을 또 해?"

"나도 어른들 얘기라 자세히는 모르는데 우리가 오기 전에 그 유학원하고 말해 놓은 게 있었대. 우리가 오클랜드 공항에 도착했을 때 픽업하는 것, 렌트 하우스를 구해주는 것, 자동차를 구해주는 것, 학교를 선택해 입학하게 하는 것 등등. 그러니까 우리 이모를 대신해 일을 해 주고, 그 대가로 2,000불을 주기로 했는데 그런 일들을 다 하지 말라고 한 거지. 근데 한 것도 없어. 공항에 픽업을 와 준 것 말고는. 이 집 렌트도 아는 사람이 도와줘서 사이트에서 찾아 계약한 거고, 자동차는 이 집주인한테 산 것이고. 학교는 너희들이 도와줘서 들어간 거고."

호태가 말했다.

"그럼 줄 것도 없고마. 공항 픽업 온 돈만 주면 되는 거 아이가, 형?"

"그렇지, 뭐."

복단 할머니 일을 돕는다고 빨래 바구니를 들고나가는데 전화벨이 울린다. 창모다. 창모는 간혹 한번씩 전화하는 친구라 내 폰에 이름이 뜨면 나도 모르게 놀란다. 그나마도 나한테나 전화를 하는 거 같았다. 이유는 모르지만.

"어, 창모야."

"너 어디야?"

"집에 있어. 너는?"

"나는 ……밖에."

"어딘데?"

"혹시 너 나올 수 있냐? ……여기 미션베인데."

나는 서둘러 미션베이로 가는 버스를 탔다. 학교 밖에서 창모를 만나다니 야밤에 해 뜰 일이다. 집이 리무에라라고 했는데 미션베이는 왜 갔을까? 나 뭐냐? 내가 형사야 뭐야. 친구가 가면 간 거지. 미션베이에 내려 전화를 했을 때 창모는 바닷가 너럭바위에 앉아 있었다.

"여기서 뭐 해?"

"씨박. 그냥 나왔어."

학교에서 끝나기가 바쁘게 집으로 가는 창모가 그냥이라고? 창모는 뭔가에 화가 나 있는 것 같았다.

"그래, 잘했어."

"잘했다고? 뭘?"

"그냥 나온 거."

창모는 나를 빤히 쳐다보았는데 눈에 스멀스멀 눈물이 고이고 있었다. 어우, 뭐냐, 이 자식. 왜 참새처럼 눈물을 지리고 지랄이야. 왜 그러냐고 묻고 싶었지만, 묻지 않기로 했다. 그동안 창모와 친구로 지내면서 묻고 싶을 때는 많았다. 학교가 끝나면 왜 잽싸게 집으로 가야 하는지. 같이 놀 시간은 왜 없는 것인지. 그런데 이상하게 창모한테만큼은 물으면 안 될 것 같은 기분이 들었다. 항상 그랬다. 창모의 눈물을 보니까 내 기분도 이상해졌다. 갑자기 여섯 살 시절 이별의 슬픔을 안겨줬던 마이크가 떠올라 흥얼거렸다.

너도 날 좋아할 줄은 몰랐어
어쩌면 좋아 너무나 좋아
꿈만 같아서 나 내 자신을 자꾸 꼬집어 봐
너무나 좋아 니가 날 혹시 안 좋아할 까 봐
혼자 얼마나 애태운지 몰라
그런데 너도 날 사랑한다니
어머나 다시 한 번 말해 봐

Tell me, tell me, tell tell tell tell tell tell me
나를 사랑한다고 날 기다려왔다고
Tell me, tell me, tell tell tell tell tell tell me
내가 필요하다고 말해 말해 줘요

Tell me, tell me, tell tell tell tell tell me

자꾸만 듣고 싶어 계속 내게 말해 줘

Tell me, tell me, tell tell tell tell tell me

노래를 부르고 있자니 목이 시큰해지며 알지 못할 눈물이 비집고 나왔다. 뭐야? 내가 내 마음을 알 수 없었다. 창모가 손등으로 눈물을 훔쳐냈다.

"씨박. 나도 말하고 싶지. 내 속을 다 말하면 속이 좀 뚫릴라나?"

"엉?"

"나도 놀고 싶지. 놀고 싶지 않아서가 아니라고. 농구도 축구도 좋아해. 하기 싫어서가 아냐. 학교 끝나자마자 집으로 가는 게 가고 싶어서 가는 게 아니라고."

"야, 임마. 누가 뭐래?"

"씨박, 우리 엄마 뜻이야. 우리 엄마 명령이야, 씨박."

"명령이라고?"

"엉. 씨박, 끝내주는 인간이 돼야 한다잖아."

"끝내주는 인간, 뭐?"

"잘난 인간. 그게 울 엄마 꿈이니까. 우리 아빠처럼 판검사, 이런 거."

나도 모르게 비아냥거리는 소리가 툭 튀어나왔다.

"지랄이다!"

창모가 내 말에 쿡, 웃었다.

"씨박. 그래, 지랄이다, 우리 엄마. 그래서 나와 내 동생 희모는 지랄하고 산다."

"너희 아버지 검사냐?"

"엉."

"좋겠다. 나는 아버지도 없는데."

"너 좋겠다."

이 새끼 뭐야? 내가 아버지가 없다는데 좋겠다고? 미친! 갑자기 어릴 때 죽었다는 외할머니 남동생이 했다는 말이 생각났다.

"내한테도 동생이 있었구마. 시루떡을 유난히 좋아했던 동생이었니라. 그런데 그 시절에 시루떡을 어데 가서 먹노. 다 가난하던 시절이었는데. 겨우 누가 죽어야지만 시루떡을 먹을 수 있었으니. 어느 날 내가 산에서 나물을 해갖고 왔더니 동생이 이러는 기라. '누야, 나는 울 아버지가 죽었으므 좋겠다. 그라므 시루떡 안 허나.' 내가 그 말을 듣고 동생을 흠씬 두들겨줬다아이가. 그런데 그놈이 다음날 저수지 가서 놀다가 물에 빠져 죽었는 기라. 그래서 내는 지금도 시루떡 안 먹는데이. 시루떡만 보면 죽은 내 동생이 생각나 명치끝이 아프데이. 나이 어린 동생이 철이 없어 그리 말한 것을, 떡이 그렇게 묵고싶어 그리 말했던 것을, 그것을 내가 두들겨 팼다아이가."

갑자기 외할머니가 했던 말이 생각나니 창모 말을 이해 못할 것도 없었다. 부모님이 너무 싫으면 그럴 수도 있는 거 아닌가. 아버지가 싫으면 아버지 없는 내가 부러울 수도 있는 거 아냐?

"얌마. 그래도 대놓고 부러워는 마라. 아버지 기억이라곤 없는 나는 니가 부럽다, 시꺄."

"어, 그래. 내가 실수했네. 나는 아빠가 싫어서 그런 것이 아니고 부모 자체가 귀찮은 존재 같아서 한 소리야. 정말 귀찮아, 씨박. 너는 유학 왜 왔냐? 영어 공부하려고?"

"아니. 우리 엄마가 놀면서 공부하라고 보낸 거지. 한국에서는 나처럼 슬슬 놀면서 학교 다녔다가는 문제아 되고 말 걸. 내가 문제없어도 선생님들이나 남들이 문제아같이 취급하면 문제아지 뭐. 울 엄마가 그걸 미리 막은 거지, 따지고 보면."

"대박! 로또 엄마네. 너 정말 좋겠다. 부럽다, 야."

또 좋겠다고? 그럼 이 검사 아들이 부러워하는 것은 내가 다 갖추고 있다는 얘기가 되나? 참 나. 나를 부러워하는 놈도 있으니 나쁘지 않네. 그건 그렇고 내가 오늘 창모 놈한테 들은 씨박 소리가 몇 번이냐? 이 친구는 어째서 씨바도 아니고 씨발도 아니고 '씨박' 이래?

"씨박, 사는 게 존나 재미없다."

사는 게 재미없다? 어디서 많이 들어 본 말 같다. 드라마에서 들었나? 거기서 중년 아저씨들이거나, 아줌마들이 자주 입에 올리던 말 같은데 창모가 한다. 나이로 봐서는 그 말이 어울릴 턱이 없는데 창모가 한다. 아버지가 알아주는 검사라면서 사는 게 재미없다니 대체 창모 주변에서 무슨 일이 일어나고 있는지 감이 오질 않았다. 조금 감이 있기는 하다. 엄마가 별스럽게 공부 타령을 한다는 것. 혹시 창모 엄마도 학교 다닐 때 꼴등만 했나? 시안 이모 말이 공부 못한 사람들이 자식한테는 공부 타령 더 한다는데.

창모는 해가 넘어가는데도 멍 때리고 앉아 일어날 생각을 하지 않았다. 사는 게 존나 재미없다는 애한테 내가 무슨 말을 한들 재미가 날까! 나도 입을 다물고 가만히 앉아 있었다. 저편 바위 쪽에는 아까부터 청년인지 청소년인지 다섯 명이 어슬렁거리더니 세 명이 모래사장을 가로질러 가고 있었다. 그들은 가면서도 남아있는 두 명과 손짓을 주고받으며 장난을 치는 것 같았다.

"쟤들 좀 불량스러워 보이는데 좀 이상하지 않냐?"

멍 때리고 있던 창모가 그제야 내가 말한 쪽을 보더니 일어났다.

"여기 저런 애들 많아. 가자."

"근데 왜 자꾸 수상해 보이는 거지?"

우리가 모래사장을 지나 야외 주차장으로 들어섰을 때였다. 사람들이 흰색 스즈키 차량 앞에서 웅성거리고 있었다. 경찰차 한 대가 오더니 사람들이 모여 있는 곳에 멈추었다. 그런데 스즈키 차의 왼쪽 유리는 박살나 있었고 문짝도 우그러져 있었다. 사람들이 웅성거리며 모여들었을 때 노부부가 나서서 설명을 했다.

"Suddenly a young man ran towards the car and broke the window and took the bag from the inside and then gone with the wind. (갑자기 청년 하나가 저만치서 달려와 창문을 부순 뒤에 안에 있던 가

방을 꺼내 바람처럼 사라졌어요.)"

"가방 쌤쳐서 날랐다는 거지? 아까 그놈들이 틀림없어. 내가 이상하다고 했잖아."

"그놈들 짓인 거 같네."

"근데 KKM8880. 이거 내가 아는 차 같은데. 시안 이모 차 같은데."

그때였다. 시안 이모가 사람들 틈을 비집고 들어오더니 얼음땡이 된 사람처럼 서 있었다.

"시안 이모?"

영어가 서툰 시안 이모를 대신해 창모가 경찰에게 설명을 했다.

"이모님, 없어진 물건이 뭔지 말해 달래요."

"응. 가방이 없어졌어."

경찰은 가방 안에 들었던 물건과 이모의 주소며 전화번호를 묻고는 돌아갔다. 창모와 나는 시안 이모 차 안에 떨어진 유리 조각들을 대충 치웠다. 창모가 말했다.

"차를 주차시키고 다른 곳에 갈 때는 차 안에 가방을 보이게 두면 안 된다고 하더라고요. 차 안에 동전이라도 보이면 조무래기 애숭이 좀도둑들이 이런 일을 벌일 수 있대요. 전에 친구 엄마도 이렇게 당하는 거 본 적 있어요."

"동전 몇 개에도?"

"좀도둑들은 사람을 해하거나 강도짓을 하지는 않는데, 이렇게 차를 부수거나 깨거나 한대요. 이모도 앞으로는 가방을 보이게 두지 마세요."

"아까 그놈들이 분명해. 이모, 어디에 있었어요?"

"한국 마트 다녀오는 길에 커피가 마시고 싶더라. 그래서 커피 한 잔 사들고 나와 저기 나무 밑 벤치에 앉아 있었지."

"어쩐지 그놈들이 뭔가를 살피는 거 같더라고. 이모를 보고 있었던 거 같아요. 아, 개새끼들!"

창모와 나는 학교 근처 이모네 집 앞에서 내렸다.

"창모야, 집까지 데려다준다니까."

"괜찮아요. 버스 타면 금방 가요."

걸어갈 수 있는 거리였지만 창모와 함께 버스를 탔다. 나와 창모는 두 정거장을 가는 동안 한마디도 하지 않았다.

"나 먼저 내린다. 내일 학교서 보자."

버스 손님들이 저마다 기사에게 짧은 인사를 건네며 내렸다.

"Thank you."

"Thanks."

"Thank you."

언젠가 유치원 꼬마가 아빠 손잡고 내리며 하던 인사말이 생각나 나도 써먹어 보았다.

"Thanks, driver."

잠이 오지 않았다. 유난히 길게 느껴지는 하루다.

08

나쁘다 - KKM8880

학교에서 돌아오는 길에 또 채문 형 집에 들렀다.

"우리 내일부터 학교 간다. 비자 나왔어."

현관 들어갈 때부터 전화를 받고 있던 시안 이모의 목소리가 높아졌다.

"그걸 내가 왜요? 억지 부리지 말고 일한 만큼만 청구하세요. 이천 불을 다 달라는 게 말이 돼요? 뭐 깡패예요? 전화는 이만 끊네요!"

전화를 끊은 시안 이모의 표정이 매우 좋질 않자 채문 형이 물었다.

"이모, 왜?"

"아니 그 민하수인지 뭔지 그 원장 웃기는 사람이네. 날더러 이천 불 다 보내달란다."

"휙! 픽업뿐이 한 거 없잖아."

지난번에 말한 그 2,000불인 것 같은데 내가 생각해도 그건 아니라는 생각이 들었다.

"와아, 진짜 날로 먹겠다는 거네요."

이준이 말했다.

"미안해요. 이모. 제가 부끄럽고 창피스러운 마음이 다 드네요."

미안하거나 쑥스러우면 머리를 긁적이는 버릇이 있는 이준이 뒤통수를 긁적이며 시안 이모를 위로했다.

"그래도 이모, 좋은 한국 사람도 많아요. 제가 다니는 사진관 아저씨, 한국 마트 사장님, 스시 집 점원 아줌마 다 좋아요."

"그럼, 그렇겠지. 이 세상이 이렇게 잘 굴러가고 있는 것은, 나쁜 사람보다 좋은 사람이 더 많이 살고 있기 때문이니까. 모든 유학원이 다 저러면 유학원이란 게 존재하진 않겠지. 나는 좋은 유학원이 더 많다고 생각하고 싶어. 걱정 마."

시안 이모는 이준이 왜 그런 말을 하는지 알고 있다는 눈치였다.

"맞아요. 제 먼 친척 중에도 캐나다에서 유학원을 운영하는데 인기가 좋대요."

나는 너스레까지 떨며 시안 이모의 마음을 위로하려고 애를 썼다. 캐나다에 친척은 개뿔. 있긴 뭐가 있어. 전에 내가 유학 간다니까 개나발 문학도가 나불거린 소리지. 그래도 무슨 말이라도 해서 실망에 빠진 시안 이모를 위로하고 싶었다. 다행히 시안 이모는 이민자들을 싸잡아 말하지도 않았고 내 생각처럼 실망에 빠진 것 같지는 않았다.

살짝 긁힌 정도? 차 박살 나는 일까지 당했는데 또 그 원장이란 인간까지? 어른들의 세계란 참 우리들의 세계와 다른 것 같다. 갑자기 그 세계로 들어가는 것이 두려운 생각이 들었다. 언제고 들어갈 곳이라 들어가기 싫다고 안 들어갈 수도 없는데. 거기, 우리 세계보다 훨씬 지랄 맞은 데 아냐? 시안 이모 차의 유리는 새로 끼워졌지만 문짝의 우그러진 상처는 그대로 남아 있었다. 복단 할머니는 시안 이모 차 소식에 혀를 끌끌 찼다.

"커피 한 잔 값 된통 비싸게 치렀다. 우짜겠노. 배웠으면 된 기라. 우리도 다 같이 배우지 않았나. 나도 차에다 가방 놓고 내리지 말아야 것다. 아무튼 사람 다치지 않았으면 됐다. 더 많이 부서지지 않았으니 됐다. 그것을 감사해야제. 다 나쁜 건 없데이."

누가 들으면 우리 복단 할머니가 차 운전하고 다니는 줄 알겠네. 감사하지 않을 날이 없고 감사하지 않을 일이 없는 귀여운 할머니. 복단 할머니는 냉장고에서 며칠 전에 담은 민들레 김치를 다른 통에 담더니 집을 나섰다. 내가 할머니 뒤에 대고 외쳤다.

"어디 가세요?"

"채문이네 위로하러 간다. 그런 일을 당했는데 가봐야지. 몇 알갱이 안 되는 우리끼리 서로 보듬고 살아야 안하나."

"걸어가시게요?"

"그깟 몇 정거장이다. 운동 삼아 걸으면 된다."

내가 할머니를 따라나섰다. 몇 알갱이 안 되는 '우리끼리 운동'을 열심히 하는 할머니 보호 차!

　채문 형과 채정이 입학을 했다. 그런데 입학한 첫날 수업을 하고 나온 두 사람의 표정은 죽상이었다. 첫날이라 마치는 시간쯤 학교로 온 시안 이모가 물었다.

"왜들 표정이 그래?"

"이모, 유학원 원장이 전화를 해서 나한테 돈 얘기를 했어. 이모가 전화를 안 받는다고. 돈 달라고 전해 달래."

채정이 말하자 채문 형도 기분 나쁜 표정으로 말했다.

"이모, 나한테도 전화해서 이모한테 전하래요. 이천불 빨리 입금시켜 달라고. 그러면서 문자로 계좌번호 남겼어요."

시안 이모가 당장 전화를 했다.

"더 이상 참을 수가 없네. 이봐요. 당신 자식 키우는 사람 맞아요? 어른 맞냐고? 어른이면 어른다운 짓을 해야지 애들이 당신한테 빚을 졌어요? 어디다가 전화를 하냐고? 내가 확실히 말하지요. 그 돈 다 못 줘요. 그러니까 공항 픽업비가 얼만지 문자 남기면 이체시킬 테니까 그런 줄 알아요. 그리고 아직 어학원에서 돌려주는 돈 입금 안 됐던데 그 돈이나 먼저 돌려주기 바래요. 내 돈을 함부로 건들지 않는 게 좋을 겁니다. 앞으로 할 얘기 있으면 문자로 남기고 전화는 마시지요. 우리 애들한테 한 번만 더 전화하면 참지 않습니다."

호태 방에서 과일을 먹고 있을 때 거실에서 두런거리는 소리가 들려왔다.

"여보. 이 유학원 원장이 진욱이 괴롭히고 협박해서 돈 뜯어냈다는 그 사람 아니에요? 뉴질랜드 땅에서 추방하게 만든다고까지 협박하고."

"맞아. 그 민하수란 사람 아주 몹쓸 인간이라. 이민 사회에서도 내놓은 못 된 인간이지. 유학생들 등쳐먹고 그 부모들 등쳐먹고. 유학원 이름도 벌써 몇 번이나 바꿨지, 아마."

"이름을 왜요?"

"떳떳하면 바꾸겠나. 여기에 있는 유학원 먹칠은 그 사람이 다하고 있을 거다. 좋은 마음으로 헌신적으로 유학생을 돕는 유학원들은 그 사람 때문에 피해 본다. 우리 스시 가게에 자주 오는 백완우 원장 그 사람 봐. 그 사람은 어려운 학생들 밥도 사 먹여가며 얼마나 정스럽게 일하는데. 우리 가게 한 블록 아래 있는 한울 유학원 원장도 사람 참 진실하고 성실하다. 아무튼 민하수 그 사람 큰 문제야. 또 어떤 유학생 엄마한테는 기막힌 일도 저지르려고 수를 썼었나 봐. 그 엄마가 한국에서 5톤이나 되는 물건을 배로 부쳤는데, 그 엄마 몰래 그걸 다시 한국으로 돌려보내 달라고 담당자한테 전화를 했더라네. 그 엄마가 그걸 알고 하도 기가 막혀 아리랑포스트지에 글을 올리려다가 모른 척 그냥 됐다더라고. 그러고 사는 인생이 유치하고 불쌍하기도 하지만, 사람 같지 않은 인간과 더 이상 엮이기 싫어서."

나도 호태도 귀가 거실 쪽으로 쏠렸다. 시안 이모네 괴롭히는 그 사람 아냐?

"그래도 교회는 열심히 다니나 보던데요. 우리 주방에서 일하는 하리 씨가 같은 교회 다닌다 하더라고요. 하긴 뭐. 교회서도 어지간히 설치는 모양이던데."

"그러니 교회 다니는 사람들이 교회 다니는 사람 때문에 욕을 먹지. 그 인간은 교회 다닌다며 하는 짓은 안 다니는 사람들만도 못하니 참. 하나님을 모르는 사람도 그렇게 양심 팔아먹고 사는 사람 별로 없어. 이민 사회가 좋게 굴러가야 하는데 드문드문 못된 인간들이 박혀 물을 흐려놓네. 어디든 미꾸라지 한 마리가 문제야, 문제. 쯔쯔."

호태와 내가 거실로 나가자 두 분은 하던 얘기를 딱 멈추었다. 아리랑포스트지가 아줌마 앞에 펼쳐져 있었다. 호태가 유학원 광고 문구를 가리키며 말했다.

"여기 광고지에 난 이 유학원이요?"

"니들은 그런 거 몰라도 된다."

"이미 알고 있는데요, 뭐."

호태가 시안 이모네가 당한 이야기를 했다. 복단 할머니도 끌끌 혀를 찼다.

"와들 그라노? 같은 나라 사람끼리. 서로 보듬고 도와주고 살면 을매나 좋노? 옛날이야 남을 해하면 대를 지나서 자손이 그 죄를 받는다 했제. 지금은 바로 자기가 그 죄를 받는다아이가. 사람들이 와 그걸 모르노? 자기 자식 잘되게 하려면 넘 자식한테 잘해야 되는 기라.

아이고. 쯔쯔쯔."

채문 형과 채정은 빠르게 학교생활에 적응해 갔다. 역시 유학 생활을 해 본 남매라 적응 능력이 남다른 것 같았다.

언제 교문 안으로 들어와 있었는지 흰색 자동차 안에서 시안 이모가 우리를 보고 있었다.

"이모도 픽업?"

"나도 픽업해 보고 싶지. 근데 너무 가까워서 못하지. 채문이 채정이 데리고 마트 가려고."

"아, 저기 고목나무와 매미가 오네요."

고목나무와 매미는 내가 채정과 토유투를 두고 하는 말인데 토유투는 채정이의 단짝 친구다. 학교 입학한 첫날부터 친하게 된 친구라나. 토유투는 사모안계 키위인데 한국어에 관심이 많은 친구다. 토유투는 시안 이모를 보자 부리부리한 눈을 껌벅이며 한국말로 인사를 했다.

"이모, 너 오셨어요? 너 안녕하셨니?"

어라? 존대를 하는 거야, 반말을 하는 거야? 아마도 내 영어 수준이 딱 쟤 만큼이겠지? 갑자기 공부를 더 열심히 해야겠다는 생각이 든다.

"그래, 토유투. 나도 안녕했어."

"토유투, 안녕."

"안녕."

우리는 그렇게 인사를 하는데 채문 형은 친절하게 토유투를 허그했다. 토유투가 쑥스러운 표정을 지었다.

"오빠, 놀리지 마. 내 친구 토유투는 나하고 달라. 엄청 순진해."

우리는 다 같이 벙찐 표정으로 채정을 쳐다보았다. 저하고 달라? 자기가 어떤데? 기막혀라!

"너는 안 순진해?"

내가 묻자 대답은커녕 눈길도 안 주고 차 문을 열고 들어가 앉았다. 아유, 조 쥐방울 같은 것이 새침하기는⋯⋯. 그러고 보니 유난히 나한테만 그러는 것 같은데 이유를 알 수 없었다.

"너희들 좋겠다. 오늘부터 2주 동안 텀 방학에 들어간다며. 한 텀 공부하느라 다들 수고했다."

시안 이모 차가 학교 교문을 나서는 것을 보고 나가려는데 어디선가 낯익은 목소리가 들렸다. 창모다.

"희모야. 너 먼저 집에 가."

"형, 너는?"

"나는 한 시간 정도 있다가 갈게."

"엄마 난리치면 너, 형 책임이다!"

희모는 창모를 향해 한마디 내질러놓고는 버스 정거장을 향해 뛰었다. 내가 소리쳤다.

"희모야! 다음에 나랑 공 차러 가자!"

희모는 뒤도 돌아보지 않았다. 물론 대꾸조차 없었다. 버스가 올 시간이 다 된 것 같았다. 엄마가 난리치면? 무슨 난리? 창모가 우리 곁으로 오더니 갑자기 제안을 했다.

"우리 컵라면 먹으러 갈래? 내가 살게. 다음 주부터 2주 동안 우리 못 만나니까 뭐라도 먹고 헤어지자."

창모가 웬일? 끝나자마자 집으로 가지 않고 우리와 어울리겠다니 반갑기도 했지만 은근 걱정도 되었다.

"너만 좋다면야 우리는 언제고 콜."

나는 그 끝에 '그런데 괜찮아?' 물으려다가 그만두었다. 나와 호태, 이준, 창모 네 사람은 학교 옆 작은 데어리(dairy)로 갔다. 인도 사람이 운영하는 가게였는데 거기서는 특별하게도 한국 컵라면을 판다. 끓인 물도 부어주기 때문에 라면이 먹고 싶을 때는 이 데어리만 한 곳도 없었다. 한국 마트 아니면 어디에서도 만날 수 없는 가게였다. 한국의 컵라면은 이 나라 키위들에게도 인기가 좋아서 그 데어리에는 수업이 끝나는 시간이면 학생들이 늘 밀려 있었다. 그러다 보니 다른 학교 주변에서는 볼 수 없는 풍경, 그러니까 컵라면을 먹는 외국인 학생들을 자주 만날 수 있었다.

"오홋. 이 맛이야! 라면은 역시 우리나라 대한민국 라면이다."

내 말에 호태가 피식피식 웃는다.

"외국에 살면 자기도 모르게 애국자가 된다더라."

"나 시방 애국자 된 겨?"

"시방 그런 거여."

호태와 나는 역시 죽이 잘 맞아.

"서당 개 삼 년이면 풍월을 읊는다는 말 알지? 수년 지나면 호태가 터득한 세 개 외국어가 다 내 머릿속에 들어오게 돼 있어. 개새끼도 하는데 나는 개보다는 낫잖냐."

"아, 미친 상상. 만약 그런 일이 일어난다면 나는 다 때려치우고 대기업 아들들 옆에서 구두닦이라도 할 거야."

평소 얌전한 이준이에게 그런 돈 욕심이?

"부자가 되는 것이 꿈인 거임?"

"아니 뭐 꼭 그렇다기보다는 밤마다 양파 까느라 눈물 질질거리기 싫어서."

아, 그래, 그렇겠구나. 이준이 마음이 이해가 간다. 김치 장사를 하는 부모님을 도와 온 식구들이 저녁마다 밤마다 채소 다듬는 일을 한다는데, 그러다 보면 그럴 수도 있겠다. 뭐 대기업 아들들 옆에만 있어도 부자만 된다면야 굳이 양파 까느라 질질거릴 필요 있나.

"씨박. 그럼 나는 다 때려치우고 신사임당 아주머니 사진만 눈깔 빠지게 들여다보고 있겠다. 혹 아냐, 우리 엄마가 신사임당처럼 변할지. 수천 년 흐른 후에 오만 원짜리 돈에 우리 엄마 사진 박힐지."

"야야. 몇천 년 후에는 종이돈이라는 게 있겠냐?"

"그건 그래. 세상이 이렇게 변해 가는데. 아마 몸에 바코드 새기고 다녀서 돈이란 게 필요 없을 수도."

"그럴 수도."

호태가 마치 형처럼 말했다.

"우리 할머니가 그랬잖냐. 사람은 다 숙제가 있고 짐이 있다잖냐. 공짜로 뭐 얻을 생각 말고 라면 국물도 남김없이 쳐 넣거레이. 우리가 짊어질 짐을 잘 지고 가려면 지금부터 열심히 먹어야 안 되겠나."

컵라면을 들고 학교 벤치에서 떠들고 있는데 창모 폰이 울렸다. 창모가 그러거나 말거나 폰을 보지도 않자 이준이 말했다.

"전화 받아."

"싫어. 오늘은 폰도 방학이야."

창모는 주머니에서 폰을 꺼내더니 아예 전원 버튼을 눌러 버렸다. 희모가 던지고 간 말이 떠올랐다.

"엄마 난리치면 너 책임이다."

아, 창모네 집 난리 나는 거 아냐? 나는 창모가 웃고 있어도 웃는 것처럼 보이지가 않았다. 폰을 끄고 있는 것도 안타까운 마음이 들었다.

"야, 우리 이제 가자. 방학 중에 만나면 되지 뭐."

"공탱이가 웬일?"

호태는 농담처럼 말했지만 내가 왜 그러는지 모르지 않는다. 아니 다들 모르지 않는다. 창모 말을 시원하게 들어본 적은 없지만 감이라는 게 있으니까. 집으로 돌아오며 호태가 혼잣말처럼 중얼거렸다.

"아, 쓰으으……창모가 안됐데이."

"그래. 안됐다. 창모도. 희모도. 쓰발이다."

텀 방학을 시작한 첫 주 월요일 김치 이모 차를 타고 이준이 왔다.

"어, 웬일?"

"그냥."

"아이고나. 이준이 왔나? 어매도 왔네."

"김치 팔고 남은 것 좀 갖고 왔어예."

"무슨 소리고. 애써 맹근 것을 팔아야제 여길 갖고 오면 우짜노?"

"어제 팔고 남은 거라예."

"김치는 시어 고부라져도 쓸 데가 있제. 김치찌개 하면 을매나 좋은데 그 귀한 걸 나를 주노?"

복단 할머니와 김치 이모는 만날 때마다 손을 잡고 몇 수년 만에 상봉하는 사람들처럼 반가워한다.

"배달 가는 중에 들렀어예. 시안 씨도 주려고 조금 쌌는데 후딱 전달해 주고 가야돼예."

"아이고. 그리 힘들게 맹글어 다 나눠주면 우짜노. 어쨌든 내 잘 묵으께. 고맙데이 감사하데이."

김치 이모가 채문 형네 들를 거라는 말에 호태에게 말했다.

"호태야, 우리 채문이 형네 가자."

"I'd rather stay home. (나는 집에 있을래.)"

"I'd rather?"

"니나 갔다 온나. 나는 그냥 영화나 한편 볼란다."

I'd rather? I want to 가 아니고? 자식. 은근슬쩍 아주 요상한 방법으로 생각하고 공부하게 만든다니까.

시안 이모가 이젤을 들고 밖으로 나오다가 우리를 보고 반색을 한다. 볼 때마다 느끼는 것이지만 진짜 적응이 되지 않는다. 말 안하고 가만히 있으면 여리하고 얌전한 여인 같다. 그런데 입을 열면 씩씩한 선머슴 같은 에너지가 전해진다. 참으로 요상한 반전 매력의 소유자다.

"지나는 길이라예. 이것 좀 묵어볼래예? 열무김치라예."

"언니. 파는 음식을 저 주면 되겠어요? 내가 사 먹을게요."

"뭔 소리. 이것은 팔다가 남은 거니 괜찮아예."

"그럼, 언니. 이것은 감사히 먹고 다음에는 내가 사 먹을게요. 그런데 이준이랑 디도, 너희들은 어디 가는데?"

"그냥 따라왔어요. 혹시 채문이 형 있으면 놀까 하고요. 오늘부터 방학이잖아요."

"걔들은 뭘 살 게 있다며 좀 전에 실비아 파크에 갔어. 좀 늦을 거라던데."

아, 맞다. 어제 우리더러 영화 한 편 때리러 가자더니 채정이랑 간 모양이었다.

"그럼 나랑 놀러 갈래? 나 지금 스케치하러 어디라도 가려는데 너희들이 같이 가주면 나는 좋지."

김치 이모가 우리를 떨궈 놓고 배달지를 향해 떠났다. 시안 이모는 김치 이모 차가 사라지는 것을 물끄러미 바라보고 섰더니 말했다.

"영이 언니 차가 멀어지는 것을 보고 있으면 말이지. 영화 속에 나오는 한 장면 같아. 아름다워. 다음엔 저 모습도 스케치해 봐야겠어."

내가 이준이 옆구리를 툭 치며 킥킥거렸다.

"낡은 차 뒤꽁무니가 아름다우면 내 엉덩이는 명품이겠다. 그치?"

"넌 감성을 좀 키울 필요가 있어, 임마. 시안 이모는 눈에 보이는 것보다 안 보이는 것들을 볼 줄 아는 눈을 가진 거지. 그러니까 무엇을 보더라도 스케치할 것들을 찾아내잖냐."

이준이의 꿈은 소설가였다. 김치 이모는 뉴질랜드에 온 후 계속 김치를 만들어 파는 홈 비즈니스를 하고 있지만 한국에서는 잡지사 기자 생활을 했다고 한다. 사실은 소설이나 시를 쓰고 싶었으나 등단하기도 전에 기자가 되었다나. 이모가 외출 준비를 하며 물었다.

"이준아, 너 글 잘 쓰는 거는 엄마 닮은 거겠다?"

"잘 쓰기는요, 뭘. 그래도 굳이 따지자면 엄마 닮은 거 같은데요."

"엄마는 누구 닮았을까?"

"엄마 말로는 외할아버지 유전자 한 귀퉁이를 물려받았다는데요. 외할아버지는 농부셨대요. 엄마가 기억하는 외할아버지는 문학을 좋아하셨다 하더라고요. 논갈이를 하다가 땡볕이 쏟아지는 시간이면 잠시라도 둑에 걸터앉아 책을 읽으셨다는데요. 〈헤밍웨이〉 소설이나 이광수의 소설, 백석의 시집 뭐 그런 것들이요."

"와. 멋진 농부셨네."

문학이 뭔지 아는 지식은 없으나 무조건 읽는 것이 좋아서 읽고, 글이 재미있어서 그냥 읽기만 하셨다던 이준이네 외할아버지. 그래, 그래. 이준이네 외할아버지에게 배움이 있었다면 필을 들었을지도 모른다. 소설을 썼을지도 모르고 시를 지었을지도 모른다. 그래서 농부가 아닌 문인이 되었을지도 모른다. 외할아버지를 닮았든 김치 이모를 닮았든 아무튼 이준이는 학교생활을 하는 동안 여러 번 문예상을 받았단다. 시안 이모와 이준이는 은근히 닮은 구석이 있었다. 종이만 있으면 이모는 선을 그어댔고, 이준이는 옆집에서 소리가 들리든 앞집에서 들리든 들리는 소리를 옮겨 적는 버릇이 있었다. 우리는 그런 이준이에게 밥이었다. 혼자 조용해서 보면 호태와 내가 떠들고 있는 얘기를 적고 있기가 일쑤다.

"이모, 이 시끼 앞에서는 비밀 얘기하면 안 돼요."

"왜?"

"지금까지 우리들이 떠드는 얘기, 이 시끼 공책에 엄청 적혀있을걸요."

"뻥치지 마. 엄청은 아냐."

"그게 이상해? 나도. 색다르게 보이는 거 있으면 그리는데."

예술하는 사람들은 확실히 4차원 기질이 있어. 이준이 자식만 봐도 그렇다. 아무튼 남들이 볼 때는 낙서를 하고 있는 것처럼 보일 수 있으나 이준이는 나름대로 의미가 있는 짓을 하고 있는 것이 틀림없다.

"이모. 스케치하러는 어디로 가려고요?"

"나는 버클랜드비치를 가볼까 하는데. 어디 좋은 데 있어?"

"버클랜드비치 거기 좋아요."

"저는 한 번도 안 가 본 곳이지만 저도 좋아요."

시안 이모의 차를 타 본 것은 오늘이 두 번째다. 지난번 미션베이 사건 때 처음 타 보고 오늘 타는 것인데 10년이 넘은 차량치고는 안은 깨끗하다. 이준이 말했다.

"오래된 차 같지 않아요."

"사람 속이나 차 속이나 보이지 않는 것을 누가 알 수 있겠니. 멀쩡하게 보여도 멀쩡하지 않은 것들이 더 많은 세상이라서 말이지."

시안 이모는 그렇게 말하곤 우리를 향해 씨익, 미소를 지었다. 버클랜드비치는 오후의 햇살로 눈부시게 반짝거렸다. 시안 이모는 긴 머리를 휘날리며 바다를 향해 팔을 벌렸다.

"아아, 좋다. 이 나라는 정말이지 살 것 같아. 복 받은 나라야. 이런 아름다운 자연. 그림 같이 걸려있는 저 구름들, 신선한 바람, 너무 좋아. 신선이 된 기분이야."

시안 이모는 차 안에서 카메라를 들고 나오더니 한 컷 한 컷 셔터를 눌러댔다. 스케치할 것들을 찾고 있는 거다. 이준이와 배구공을 갖고 주거니 받거니 놀고 있을 때 시안 이모가 소리친다.

"야호오오!"

"야호오오오!"

내가 큭큭거렸다.

"여기가 산이야?"

"야호는 산에서만 하라는 법 있냐? 아무 데서나 기분 좋으면 지르라고 있는 말 아냐?"

시안 이모는 운전석에 앉자마자 찍은 사진을 들여다보며 감탄을 해댔다.

"아, 내가 신의 손을 가졌다면 좋겠다. 그러면 저 물비늘까지, 바람 소리까지 화폭에 담아낼 수 있을 텐데 말이지."

말도 안 돼. 아무리 신이라도 물비늘 정도면 모르겠으나 바람 소리를 화폭에 담아낼 수 있을까? 하지만 뭐 4차원 인물이 그렇다면 그런 거지. 혼자 배구공을 갖고 장난치던 이준이 바닷물 속으로 들어가고 있었다.

"이준이 봐요! 바닷물 속으로 왜 들어가는 거지?"

내가 차 문을 열고 이준을 향해 뛰었다.

"야, 임마! 너 자살 시도하는 거면 딴 데 가서 해라! 바다가 욕한다, 너!"

"아, 미친! 자살은 내가 아니라 공이 하고 있는 거 안 보이냐?"

나의 배구공은 이준의 노력에도 불구하고 끝내 파도를 타고 멀리멀리 사라져갔다. 시안 이모가 옷이 홀랑 젖은 이준에게 얇은 담요 하나를 내어주었다.

"배구공은 참 좋겠다. 태평양, 대서양, 인도양을 향해 여행길에 나섰으니 얼마나 좋아. 나도 공이었으면 좋겠다, 애. 돈도 안 들이고 바다 여행 실컷 하잖아."

내가 말했다.

"이모, 여행을 하고 싶으면 공보다는 고래나 상어, 물고기로 태어나는 게 어때요?"

"그건 싫어, 애. 잡히면 작살나는데. 공은 적어도 죽임을 당하진 않을 거야. 난 그냥 공 할래."

"그럼 공 하세요. 내가 그냥 상어 입안에 날려 보내줄게요. 상어 뱃속 구경도 실컷 하시라고."

"오호. 그거 엄청 즐겁겠는데. 근데 오늘은 그만 돌아가고 또 다음에 다른 데도 가자."

이준이 말했다.

"이모, 내가 여기서 빠져나가는 지름길을 알아요. 일단 저 앞에서 좌회전을 하세요."

시안 이모가 운전하는 차가 좌회전을 해서 400미터 정도 앞으로 갔을 때 빨간 차 한 대가 파란 대문집 앞에 세워져 있었다.

"어! 저 차 창모네 차 아냐? 창모 엄마를 본 적은 없지만 차는 몇 번 봤어. 어쩌다가 창모 태우고 가는 거."

내 말에 이준이 덤덤한 표정으로 말했다.

"창모네 차 맞아. 이 집 창모랑 희모가 과학 과외 오는 집이야. 내가 아는 애도 여기 오는데 토요일마다 창모하고 희모 온다더라고. 애네 엄마가 유일하게 픽업해 주는 곳이라던데. 학교야 어쩌다 가끔씩이지만."

시안 이모가 놀란다.

"에엥? 이 멀리까지?"

"네. 매주 토요일마다 여기 와서 수학과 과학을 배운다더라고요."

"오늘은 토요일이 아니고 월요일인데?"

"가끔 서로 시간이 안 맞으면 전날 하기도 하고 다음날 하기도 한대요. 오늘은 아마 방학 중이니까 보충 수업을 온 걸 수도 있어요."

시안 이모가 고개를 갸웃거렸다.

"보충수업까지? 우리 채문이와 채정이는 아무것도 안 하는데."

"저도 안 해요. 혼자서 역사 공부는 좀 하죠. 조선왕조실록이라든가 한국사 같은 거는 혼자 책으로 읽어요. 그런데 한국 교과서까지는 하지 않아요. 학교 수업 따라가기도 벅찬데 언제 해요. 머리 돌아 버리게요."

"그런데 창모 어머니는 학교 픽업은 왜 어쩌다 가끔씩만 오는 거지?"

"창모 어머니 영어 공부하러 어학원 다닌다고 들었어요. 다른 엄마들하고는 다른 거 같아요. 보통 엄마들은 자기들끼리 몰려다니면서 노는데 창모네 엄마는 그런 거 한심하게 생각한대요. 오래도록 이민자 생활하면서도 영어 공부도 안 하고 자기들끼리 노니까 이 나라 키위들하고는 말 한마디 제대로 못 한다고요. 가끔씩 픽업 오실 때는 주차장으로 안 들어오고 길 건너에서 창모 희모만 데리고 가서 얼굴 본 적은 한 번도 없어요."

시안 이모가 악셀을 밟아 달리는 속도를 높였다. 그런데 한 10분

정도 달렸을까. 갑자기 차가 멈출 듯 주춤주춤 좌우로 헐떡거리더니
딱, 멈춰버렸다. 순간 시안 이모의 얼굴이 새하얗게 질려버렸다. 우
리도 마찬가지였다.

"이모, 차에 기름 있어요?"

"응. 당연히 기름은 있지. 거의 만땅인데 왜 이러지?"

다행히 오가는 차량이 많지 않아 사이드 등을 다 켠 후 한 오 분 정
도 그대로 서 있었다. 시안 이모가 아이를 달래듯 조심스럽게 시동을
켠 후 갓길로 차를 몰았다.

"기막혀."

시안 이모는 보닛을 열어 살펴보더니 다시 문을 닫았다.

"봐도 소용없어. 자동차에 대해서는 아는 게 없는데 뭐."

이준이 자기 아버지에게 전화를 했다.

"오래된 차는 그럴 수도 있대요. 일단 시동을 끄고 한 15분 정도 더
있다가 시동을 켜 보래요. 그런 다음 고속도로를 빠져나가 가까운 자
동차 수리 센터를 먼저 가 보는 게 좋겠다고 하세요."

우리가 막 한국어 간판이 달린 자동차 수리 센터를 찾았을 때 한 남
자가 셔터 문을 내리고 있었다.

"오늘은 끝났는데요."

"잠깐만 봐주시면 안 될까요? 차가 고속도로에서 서버렸었어요."

시안 이모 말에 남자가 잠시 망설이더니 다시 셔터 문을 올렸다.

"사장님은 퇴근하셨어요. 저는 차만 수리하는 사람이라……. 그래

도 잠깐 봐 드릴게요."

남자가 차를 살펴보더니 고개를 갸웃거렸다.

"이 차 전에도 같은 이유로 여기 왔었잖아요. 엔진에 문제가 있어서 저희 사장님이 엔진을 바꿀 거 아니면 폐차를 해야 할 것 같다고 하셨는데요."

"진짜요? 이 차가 맞아요?"

"그럼요. 그때는 단발머리 아줌마가 갖고 왔었는데요. 키가 크고 얼굴에 여드름 자국이 많은 아주머니요. 느낌이 독특해서 기억하고 있어요."

"맞아요, 단발머리 한국인."

남자는 손톱 끝이 시커먼 손으로 수리 내역서 공책을 뒤적이더니 시안 이모에게 보여주었다.

"여기 있잖아요. KKM8880. 아마 오늘 같은 일이 그전에도 한 번 있어서 사장님이 엔진을 갈든지 폐차를 하든지 하라고 했던 겁니다. 저희 사장님 남을 속이거나 허튼소리는 안 합니다. 사람 목숨이 달린 문제인데요."

시안 이모는 할 말을 잃은 사람처럼 무표정하게 서 있었다.

"차는 일단 맡기고 가도 되지요?"

"네, 그렇게 하세요. 일단 사장님이 보셔야 하니까요."

시안 이모와 우리는 터덜터덜 버스 정류장을 향했다.

"디도. 이준. 미안해."

이준이 잔뜩 무안한 표정을 지었다.

"저희는 괜찮아요. 어떡해요?"

"그 집주인 연락처 알아요? 진짜 나쁜 짓을 했네요. 어떻게 위험한 차를 팔아먹고 가버린대요? 이준아, 좋은 사람도 많다며? 그 아줌마야말로 양심에 털 난 사람 아냐? 어떻게 폐차나 해야 할 차를 팔아먹고 가?"

정류장 의자에 앉아 버스를 기다리는 동안 시안 이모는 말없이 카메라에 찍힌 사진만 계속 돌려보고 있었다. 사진을 보는 것인지 상한 마음을 달래고 있는 중인지 알 수가 없었다. 그때 시안 이모 폰에 딩동, 문자 들어오는 소리. 문자를 본 시안 이모 얼굴이 아까보다 더 굳어졌다. 내가 물었다.

"이모, 왜요?"

시안 이모가 문자를 우리에게 내민다.

> 2,000불 입금을 기다렸는데 안 주시네요. 그래서 어쩔 수 없이 어학원에서 돌려받은 2,300불에서 2,000불 제하고 나머지 300불 이체했습니다.

휙! 그때 내 폰이 울렸다. 창모다.

"어, 창모야."

"너 어디야?"

"여기이……. 글쎄. 나도 잘 모르겠는데 하윅 근처?"

"나는 버클랜드. 잠깐 쉬는 시간이라 바람 쐬러 나왔어."

"전화는 그냥 한 거지?"

"엉. 씨박, 돌아버리겠다. 머리가 터질 것 같아. 수학이나 과학 같은 거는 쓰레기통에나 처박았으면 좋겠다. 씨박. 어떤 인간이 그런 걸 만들어 낸 거야?"

창모와 전화를 끊자 버스가 막 도착을 했다. 버스 안은 거의 텅텅 비어 있었다. 우리는 버스에서 내릴 때까지 한마디도 하지 않았다. 집으로 돌아오는 길목이 다른 때보다 어둡게 느껴졌다. 올려다보니 늘 켜져 있던 가로등 불빛이 꺼져 있었다. 언제가 창모가 했던 말이 떠올랐다.

"내가 씨박이라고 'ㄱ'을 붙이는 이유는 별거 아니야. 'ㄹ'을 붙이면 왠지 끝까지 간 놈 같잖아. 막 돼먹은 놈 같잖아. 그래도 'ㄱ'을 붙이면 끝까지 다 간 놈 같지는 않거든. 나는 나름 참으려고 노력하는 거야."

어른이라고? 어른들이라고? 웃기지 마라! 그 아저씨나 그 아줌마나 나이만 꿀떡꿀떡 처먹은 씨박 인간들이다. 나는 집으로 들어가는 골목 은행나무 앞에 있는 벤치에 앉아 폰을 열었다. 그리고 달랑 두 글자를 써서 창모에게 전송을 했다.

씨박!

09

아프다 - 걱정 못

　퀸즈 버스데이(Queen's Birthday)가 다가오고 있었다. 뉴질랜드가 왜 영국 여왕 생일을 축하하는지는 자세히 모르겠으나 아무튼 휴일은 무조건 좋다. 해마다 6월이 시작되는 첫 주 월요일로 정해진 이 휴일은 놀러 가기에는 딱 좋은 날이다. 작년에는 호태 가족과 함께 로토루아를 가기로 했었는데 나와 복단 할머니만 가지 못했다. 나는 지독한 감기를 앓고 있었기 때문인데 복단 할머니는 나에게 뜨신 밥이라도 해줘야 된다며 빠지신 거다. 그곳을 다녀온 호태에게 영화 '반지의 제왕'을 촬영한 곳이란 이야기만 들었을 뿐이다.

　교문 앞에서 만난 이준이 말했다.

　"니들 퀸즈데이에 뭐 해? 우리 가족은 낚시 가기로 했는데 같이 갈래?"

횟! 어절씨구, 좋지. 놀러 가는데 내가 빠지면 되나.

"좋지. 무조건 콜."

"나도."

"일요일 밤에 도착할 건데 다음날도 휴일이니까 우리 집에서 다 같이 자자."

"오케이. 좋지."

그런데 호태는 갈 수가 없었다. 간혹은 다친 다리가 쑤셔 고통스러워할 때가 있었는데 하필이면 이때에…….

호태가 빠져 서운하기는 했지만 어쩔 수 없지. 왕가레이비치로 떠나는 금요일 오후의 하늘은 새털구름이 깔려 장관을 이루었다. 가는 길에 창밖으로 보이는 초원의 양떼들과 소떼들이 그림 같았다. 도무지 불행이라고는 없는 나라, 평화만 존재하는 나라 같은 느낌이랄까!

저들이 뛰노는 것을 보며 함께 뛰놀며 공부하라고? 우리 엄마가 선물한 풍경들이 새삼 가슴 벅차게 감사하다. 나는 폰을 크게 확장시켜 지나가는 풍경을 담아 엄마에게 전송했다. 바로 들어오는 카톡!

> 참말 멋지다. 우리 디도 실컷, 맘껏 즐겨라.
> 공부는 못해도 된다!

이준이 옆에 있다가 엄마가 보낸 카톡을 보더니 그대로 메모장에 옮겨 적는다.

"아, 시끼. 너 컵라면 두 개."

"왜?"

"울 엄마 카톡 표절한 값."

"지랄. 도미 한 마리."

"지랄. 도미 두 마리."

이준의 여동생 참이가 끼어들었다.

"지랄났네."

작은 소리로 장난을 쳤는데 자이 누나가 들었나 보다.

"지랄나게 싱겁다, 니들."

김치 이모가 소리쳤다.

"디도야, 저것 좀 봐라!"

앗, 깜짝이야! 덩치가 큰 두 명의 마오리 남자 등에 업혀 가는 재들은 누구래?

"도미다. 저렇게 큰 고기 봤나?"

두 떡대들 등짝에 업혀가는 떡대 도미 꼬리가 남자들 엉덩이 밑으로 내려와 있다. 와아. 크기도 하다. 나는 얼른 사진을 찍어 엄마와 호태와 개나발이한테 전송을 했다. 이준이 한소리 했다.

"그렇게 카톡 막 보내다가는 폰 데이터 금방 소진된다, 너."

폰 사용량을 검색했다. 으. 아껴 써야겠다. 이제 막 시작했는데 데이터가 벌써 반이나 소진됐다. 금요일 늦은 밤에 도착한 우리 일행은 왕가레이 근처 모텔에서 하룻밤을 묵었다. 이준이와 바다가 내려다보이는 모텔 베란다로 나갔다. 머리 위로 은하수가 흐르고 있었다.

"야아. 별 한번 우라지게 많다. 개 많아. 내가 초딩 때 살던 서울 하늘에 왜 그렇게 별이 없었는지 이제 알겠다."

"공기가 나빠서겠지."

"아냐. 다 여기로 이사를 온 거지."

참이가 우리 사이를 비집고 들어왔다.

"별도 자기가 좋은 데서 살 권리가 있어. 저 별들은 내가 어릴 때부터 늘 저기서 살았거든. 서울에서 이사 온 별이 아니거든. 서울에서 이사 온 별은 먼지 묻어서 반짝이지도 않을 걸."

권리 같은 소리하고 있네. 쟤 입은 당최 당해낼 수가 없어.

다음 날 아저씨가 낚싯대를 설치하는 동안 나와 이준이, 김치 이모는 바닷가에 텐트를 쳤다. 참이와 자이 누나는 차 안에 있는 먹을거리들을 바닷가로 옮겨왔다. 제법 큰 갈매기들이 우리 주변으로 날아들었다.

"갑자기 갈매기들이 왜 저래요?"

"우리가 낚시를 할 거라는 걸 갈매기들이 벌써 알고 저런다 아이가. 뭐라도 얻어먹으려고 온 기다."

김치 이모가 허리를 펴고 하늘을 올려다보았다.

"날씨 참 좋데이."

이 넓고 광활한 바닷가에 우리뿐이라니. 호태도 있었으면. 창모도 있었으면. 눈길도 안 주는 싸가지 희모도 있었으면. 채문이 형도 채정이도…… 특히 창모! 늘 뭔가 할 말이 많은 듯한, 그러면서도 말을 않는 창모가 있었으면 좋았을 텐데 말이지.

낚싯대 몇 개가 계속 흔들거렸다.

"눈먼 고기가 왕가레이로 다 모였나, 뭔 일이고?"

"뭔 말이여, 이 사람아. 내가 낚시를 잘하는 거지. 눈먼 고기라니?"

아저씨는 김치 이모와 주거니 받거니 목소리를 높였다가는 웃으면서 고기를 낚아 올렸다.

"이것은 놔줘야겠어예. 아직 어리다."

"그놈 참. 어린 게 그건 왜 물어갖고 명줄을 재촉하지? 한번 잡혔던 놈은 놔줘도 비실거리던데."

저렇게 마음이 약해서야 낚시는 어떻게 하신대. 부부는 어린 물고기가 상처를 입을까, 조심조심 입에서 낚싯바늘을 뺐다.

"이 정도면 큰데 놔줘야 돼요?"

"아니다. 이 정도면 정해진 크기에서 한 3센티 정도 모자란다. 딱 보면 안다. 작은 놈들을 잡았다가는 이 나라 정부 방침에 경을 칠 일이다. 가끔 조개니 물고기니 개수와 크기를 어겨 망신살이 뻗치는 한국인들 꽤 있다. 지들이 잡은 거 앞에 놓고 사진도 찍히고. 특히 전복 작은 걸 잡았다가는 큰난다. 장어는 아무나 잡을 수도 없어. 마오리들에게나 잡을 권한이 있다나 뭐라나."

나와 이준이는 굴이 닥지닥지 붙은 바위를 돌며 굴을 따 먹었다.

"이건 따 먹어도 걸리지 않아?"

"안 된다는 말도 듣긴 들었는데 확실히는 몰라."

참이는 아예 초고추장 통을 들고 다니며 따먹었는데 아주 능숙했다.

"별천지에 온 것 같다, 야."

하늘은 맑았고 새파란 바다는 평화를 깔아놓은 듯 찬란하게 아름다웠다. 갈매기들조차 자연의 풍요를 노래하는 듯 훨훨 저들 세상이다.

왕가레이의 풍요를 펑펑 누리고 돌아오던 일요일 밤, 운전하는 아저씨를 뺀 나머지 식구들은 모두 잠에 취해 있었다. 차 안이라는 것조차 잊은 채 단잠에 들어간 거다.

"집에 다 왔다. 다들 내려라."

잠을 깨우는 아저씨 목소리에 부스스 눈을 떴다. 아침인가 했더니 달이 가로등 옆에 떠 있다. 먼저 차 문을 열고 나간 김치 이모의 목소리가 들려왔다.

"니 창모 아이가?"

"창모야, 니 와 여기 있노? 우리 집에 왔나? 우짜노. 우리는 나갔다가 인자 온다아이가."

창모가? 나는 튕기듯 밖으로 나갔다. 창모가 왼손을 부여잡고 나무 밑에 서 있었다. 가만 보니 팔목에 붕대를 칭칭 감고 있었는데 피가 번져 있는 듯 보였다.

"창모야, 너 왜 이래?"

"야야, 니 팔목이 와 이리됐노? 붕대가 핏물에 다 젖어뿐네. 어여 드가자. 드가자, 어서!"

김치 이모가 새 붕대를 갈아주려고 감겨있던 붕대를 풀자 샘솟듯

피가 퐁퐁 솟아 나왔다.

"야야, 이게 웬일이고? 손목에 구멍이 패였다!"

아저씨가 말했다.

"야야, 너 병원 갔다가 왔나?"

창모는 기어이 꺼이꺼이 눈물을 쏟아냈다.

"죽었으면 좋겠어요. 엄마를 참을 수가 없어요, 아줌마. 엄마가 여기까지 쫓아올 줄 알았으면 그냥 한국에서 살 걸 그랬어요. 한국에서 살 때 엄마가 너무 지겨워서 지옥 같았어요. 그래서 아빠가 유학 가라고 했을 때 무조건 간다고 했어요. 그런데 여기서는 더 큰 지옥에서 사는 거 같아요. 어어어어어……. 제 가슴을 열면 심장보다 창자보다 엄마가 쾅쾅 박아 놓은 못들이 먼저 툭, 툭, 튀어나올 거 같아요. 어어어어……."

김치 이모의 눈물샘이 터졌다. 김치 이모는 서둘러 약상자 속에서 치료 도구들을 꺼냈다.

"아이고. 우짜노? 우짜면 좋노? 우짜면 좋노?"

아저씨는 한숨을 푹푹 쉬며 뒷짐을 지고 창밖만 내다보고 있었다. 자이 누나와 참이는 훌쩍거리며 각자의 방으로 들어갔다. 김치 이모와 아저씨는 창모에게 무슨 일이 벌어졌었는지 캐묻지 않았다. 나도 묻지 않았다. 약품 상자 속에 못이 왜 들어 있었을까! 김치 이모는 약품 상자를 닫으려다가 상자 속에서 못 하나를 꺼냈다. 그리고 잠시 가만히 있더니 그것을 창모에게 내밀었다.

"창모야. 니 걱정 인형이라는 말 들어본 적 있나? 자기에게 걱정 되는 일이 있으면 걱정 근심을 인형에게 줘 버리는 거다. 그라모 걱정을 인형에게 줬으니 자신의 걱정은 없어져버리는 거다. 창모야. 이 못에다가 오늘 속상했던 것을 다 주거라. 니 가슴에 박지 말고 이 못에게 다 주거라. 그런 다음 이 못을 쓰레기통에 버리는 거다. 그라모 니 마음에 속상함은 이 못이 다 갖고 버려지는 거다. 알것나? 그라모 되지 않것나?"

김치 이모가 창모네 집에 전화를 하는 것 같았다.

"창모야. 오늘은 여기서 자고 가도 된데이. 엄마한테 허락받았다."

이준이 자기 침대를 창모에게 내주었다. 창모는 아무 말도 하지 않았다. 나와 이준은 바닥에 나란히 누웠다. 모두 아무 말도 하지 않았다. 배터리 충전을 해서 보니 창모 전화가 여러 번 와 있었다. 시간을 보니 우리가 왕가레이에서 돌아오던 시간이다. 잠에 취해 있던 시간.

아침에 일어났는데 창모가 보이지 않았다.

"김치 이모, 창모는요?"

"방에 없나?"

"네. 없어요."

"아이고나. 아침 일찍 일어나 갔는갑다. 나도 몬 봤는데 은제 갔을꼬?"

창모에게 전화를 했지만 꺼져 있었다.

이틀 밤을 지내고 들어왔을 뿐인데 며칠은 된 기분이다. 호태가 나를 보더니 말했다.

"어제 저녁에 창모한테서 전화가 왔었어. 너 전화기 꺼져 있다고. 그래서 놀러 갔다고 했지. 저녁에 오는데 이준이네 집에서 잘 거라고."

아, 그랬었구나! 그래서 이준이네 집 앞에 있었던 거구나! 아, 시끼! 사람 참 가슴 시리게 하네.

창모는 며칠째 학교에 오지 않았다. 희모도 오지 않았다. 전화는 여전히 꺼져 있는 상태였다.

"김치 이모, 창모네 집 아신다 했잖아요. 창모네 집 좀 알려 주세요."

"이준이한테 얘기 들었다. 창모가 학교에 안 온다면서. 나도 걱정하던 참인데 니가 가볼라꼬? 이런 말 하기는 뭣 하다만 걔 엄마가 좀 다른 사람하고 다른 거 같더라. 창모, 희모 과학 가르치는 선생을 내가 좀 알고 있는데, 그 선생 말고는 다른 사람이 집에 오는 것도 싫어한다지 아마. 나야 김치 때문에 몇 번 가 본 거뿐이고. 아무튼 주소는 내가 갤카주꾸마."

주소를 주머니에 넣고 버스를 탔다. 이상하게 마음이 떨렸다. 창모네 집은 살짝 언덕진 곳에 있었다. 벨을 눌렀는데 아무런 기척이 없었다. 아무도 없나? 다시 벨을 길게 눌렀다. 현관문이 열리더니 검은 원피스의 아주머니가 고개를 내밀었다.

"안녕하세요."

"그런데."

"네?"

"그런데 누구냐고?"

"창모 친군데 학교를 안 와서……."

내 말이 끝나기도 전에 쾅, 문이 닫혔다. 안에서 남자가 크게 화를 내는 소리가 들려왔다.

"당신은 기본적인 예의도 몰라? 창모 친구라잖아!"

한참을 문밖에 서 있었지만 문은 다시 열리지 않았다. 무슨 이런 경우가? 아들의 친구라는데. 그대로 되돌아올 수가 없어 길가 나무 밑을 서성거렸다. 그때 현관문이 열리며 중년 남자가 나왔다. 남자가 다가와 물었다.

"네가 창모 친구라 했니?"

"네."

"혹시 창모가 갈 만한 데 없을까?"

그것을 나한테 묻고 있다니! 짐작은 했지만 그래도 물었다.

"죄송하지만 누구세요?"

남자는 잠시 머뭇거리더니 말했다.

"창모 아버지다."

"아, 네. 안녕하세요."

"그래. 나는 내일 아침 비행기로 서울로 돌아가야 되는데, 나중에 창모 만나거든 나한테 연락 좀 하라고 전해 줄 수 있을까?"

"아, 네. 만나면 그러겠어요."

이 시끼 어디로 간 거냐? 아니 어디 있는 거야 대체? 집으로 돌아오는 기분이 착잡했다. 짐 덩어리 하나를 지고 오는 기분이었다. 미션베이 너럭바위로 가 보았다. 거기에도 창모는 없었다. 집으로 들어가자 호태가 물었다.

"만났나? 학교에 왜 안 온다노?"

"못 만났어."

"와? 걔 엄마가 뭐라는데?"

"걔 엄마? 완전 싸이코패스."

호태 얼굴 표정이 싸해졌다.

이틀 후 창모에게서 전화가 왔다.

"야, 새꺄! 너 어디야!"

"에이, 씨박! 나 여기까지 왜 왔냐? 여기서도 이렇게 힘들 걸 나 왜 온 거냐, 씨박?"

"에이 새끼. 너 거기지? 내가 금방 갈게."

나는 창모에게 온 전화를 끊고 서둘러 미션베이로 가는 버스를 탔다. 바닷가 카페 거리 인기 좋은 '킹 요거트' 가게 앞에는 여전히 젊은 사람들이 줄지어 서 있었다. 특별히 연어 요리가 맛있다고 소문난 '블랑뜨레 레스토랑'엔 아직 이른 저녁인데도 사람들이 꽤 앉아 있다. 힐끔 보았을 뿐인데 쿠킹 시간 수업을 같이 듣는 엠마가 보인다.

저 애는 이리가나 저리가나 눈에도 잘 띈다. 같이 앉아 있는 저분은 엄마인가, 생김새가 엠마와 비슷하다. 누구는 속이 뒤집어져 욕을 퍼대고 있는데, 누구는 요리를 즐기며 우아한 시간을 보내고 있다. 공평한 하나님으로 알고 있었는데 지금 보이는 것은 어째 공평하지 않은 것 같다. 하나님이 말하는 공평은 이런 비교급의 공평이 아닌 걸까?

바닷가 모래사장을 걸어 너럭바위로 갔다. 창모가 전처럼 바다를 보고 있었다. 뒤에서 보니 사슴 형상을 하고 누워있는 너럭바위와 창모가 왠지 닮아 보인다. 오늘은 다른 때보다 어깨가 더 늘어져 있다. 그 시끼 참. 우라지게 짠하게 만드네. 이럴 때 창모의 등은 하염없이 가엾다. 창모는 손에 들고 있던 물병을 열어 마시더니 털썩 주저앉는다. 오늘은 또 바다에 대고 '씨박' 소리를 얼마나 뿜어댔을까. 바닷속으로 몸을 담기 시작한 해넘이의 조화 때문인지, 아직도 분통이 터져 부글거리는 심정 탓인지 창모의 얼굴은 귓불까지 붉은 칠을 하고 있었다. 붕대를 감은 팔목을 보자 패인 구멍이 생각나 나도 모르게 목이 움츠러들었다.

"팔목 괜찮냐?"

"이거? 괜찮아. 죽지 않고 살아 있잖아."

"개소리. 니 맘대로 죽으면 나한테 또 죽지."

"아, 씨박. 돌아버리겠어. 고래 뱃속이라도 쑤시고 들어가고 싶다."

고래 뱃속에 들어가 숨겠다는 소리야, 죽겠다는 소리야? 16세 풋풋한 소년이 고달픈 인생살이에 지친 중년 가장같이 말을 한다. 게다가 저 참담한 표정이라니 참 어울리지도 않는다. 대체 무슨 일이 일어났던 걸까, 내 기분도 가라앉는다. 창모는 참을 수 없을 만큼 힘들면 이곳으로 달려와 바다를 의지하는 것 같다. 오늘도 힘들어서 왔을 테다. 여러 가지 묻고 싶었지만 오늘도 묻지 않기로 했다. 대신에 무거운 분위기를 바꿔보려고 일부러 목소리를 높였다.

"이번 주 토요일에 애들하고 축구 한 게임 뛸까?"

"과학, 수학 과외 가잖아……. 씨박."

"아, 그렇지."

아 그렇지? 나는 내 머리통을 한 대 갈겨주고 싶었다. 물을 걸 물어야지, 언제는 창모가 토요일에 집에 있는 걸 봤나 말이다. 노는 날이 있었던가 말이다. 휴일이 있었던가 말이다. 쉬는 날이 있었던가 말이다. 불난 집에 부채질을 한 것 같아 창모에게 미안한 마음이 들었다. 과외를 내가 시킨 것도 아닌데 왜 미안한 마음이 드는지 참. 창모는 고통스런 표정으로 말없이 앉아있더니 작은 못 하나를 꺼내 바위를 긁어댔다. 김치 이모가 준 못인가? 창모의 못 긁는 소리가 아프게 들려왔다. 자기의 몸을 긁어대는 것 같았다.

"한국 교과서 몇 학년 걸 하는 거냐?"

"고 2학년 거."

"미친! 말만 들어도 머리에서 연기 난다. 너나 나나 한국에 있으면 중 3인데 고 2학년 거를?"

돌게 생겼네. 양쪽 나라 교과 과목을 다 공부한다는 게 내 머리로

는 이해도 가지 않을 뿐더러 그것을 하고 있는 창모도 이해가 가지
않았다.

"그런데 넌 왜 한 번도 묻질 않냐?"

"뭘?"

"나한테 아무것도 물어보지 않잖아."

"뭘 물어. 말하고 싶으면 하겠지."

창모가 푹 한숨을 쉰다. 그러더니 또 물병을 들이켰다.

"참 신기해. 먼저 번 다니던 학교에 친하게 지내던 친구가 있었는데
걔가 너하고 비슷하게 생겼었어. 걔 아빠 사업이 망해 한국으로 불려
들어갔지만. 그래서 그랬나 봐. 처음 봤을 때부터 그냥 너한테 마음이
가더라. 내가 실수를 해도 봐 줄 거 같고 이해해 줄 거 같고. 한국으로
돌아간 그 친구가 그랬거든. 그런데 가만 보니 성격도 비슷하더라."

"그랬냐. 다행이네."

아, 그래서 그나마 나한테 전화를 했던 거구나. 물론 그것도 어쩌
다가지만.

"전에는 그 친구가 있어서 그래도 위로가 됐던 거 같아. 내가 투덜
거려도 다 들어주고 아무것도 묻지도 않고. 그런데 너도 그러더라."

"아참! 너희 아버지가 연락해 달라고 하셨는데."

"아, 존나 불쌍한 우리 아빠? 흐흐흐."

창모가 싱겁게 흐흐거리며 바위를 긁던 못을 주머니에 넣는다.

"희모랑 둘이 나갔다 왔어."

"어, 그랬냐?"

"씨박. 우리 엄마는 엄마라기보다 학교 선생이다. 내 기억으로 엄마는 나한테 항상 선생이었던 거 같아. 씨박, 그것도 차가운 사감 선생. 우리 아빠가 언젠가 그러더라. 엄마가 나를 4살 때부터 영어 선생을 붙여 가르쳤다고. 영어만이 아니고 다른 것도. 어릴 때 기억이라고는 공부해, 공부해, 공부해, 그것뿐 다른 것은 없어. 아니 있긴 있구나. 씨박, 존나 야단맞던 기억. 그리고…… 아빠와 엄마가 허구한 날 머리통 터지게 싸우던 기억."

창모가 다시 못을 꺼내 바위를 직직 긁어댔다.

"우리 아빠가 온 건 이혼장에 도장 찍어달라고. 그런데 우리 아빠를 원망할 수도 없어. 우리 엄마는 아빠한테도 선생이거든. 수평 관계는 없어. 다 수직관계야. 나라도 우리 엄마 같은 여자하고는 못 살아. 아니 안 살지. 돌았냐! 미쳤냐!"

창모 엄마의 싸늘한 표정이 머리를 스치고 지나갔다.

"혼자 잘났고 혼자 똑똑하고 자기 말이 다 옳고 자기 맘대로 안 되면 난리가 나고. 나라도 백 번 천 번 이혼장 들이밀어, 씨박. 엄마한테서 벗어날 수 있을 것 같아 아버지가 시키는 대로 유학 왔는데 여기까지 따라와 우리를 지옥에서 살게 한다. 피곤해. 피곤해서 돌아버리겠어. 아빠는 엄마한테서 우리를 떼어놓을 생각이었다는데……하도 공부, 공부, 시간표, 계획표 짜서 힘들게 하니까. 처음에는 아빠 친구 집에서 홈스테이를 했거든. 희모랑 같이. 그때는 괜찮았어. 아니 좋았어. 그렇게 편할 수가 없었어……. 살 것 같았거든."

내가 처음으로 물었다.

"팔목은 왜 그렇게 된 거냐?"

"쪽팔려서 말하기도 싫다. 창피해."

"새끼. 친구 사이에 쪽팔리긴. 쪽팔려서 하기 싫으면 쪽팔린 일은
그냥 저 바닷물 속에 던져버려."

창모가 물을 마셨다.

"아버지가 도장 찍어달라고 사정하니까 갑자기 아버지한테 달려들
어 셔츠를 확 찢더라고. 씨박, 그러더니 고래고래 소리를 지르더라.
내가 뭘 잘못했냐고. 니 자식새끼들 키우느라 최선을 다한 것뿐이 없
다고. 아버지가 참을 수 없었는지 엄마를 밀었어. 그래서 넘어졌는데
일어나더니……. 미친. 아버지 뺨을 후려갈기는 거야. 남자가 그 꼴
을 당하고 참겠냐. 아버지도 갈겼지. 그러니까 옆에 있는 머그컵을 확
깨더니……. 아버지한테 달려들려는데……. 내가 아버지 앞을 막는
순간 내 팔목을 찌른 거지. 나를 찌르려고 찌른 거는 아냐. 근데…….
근데……. 하루하루가 왜 이렇게 엿 같냐? 빡친다, 개 빡쳐. 씨발."

진짜 개 빡쳤겠다. 창모는 고개를 푹 숙이고 말없이 앉아있었다. 나
도 뭐라 할 말이 없어 바다만 바라보았다. 창모가 내게 기대오는 것
같아 쳐다보았다. 그런데 졸고 있는 건가?

"창모야."

뭐야, 자는 거야? 근데 이건 술 냄새? 창모 손에서 물병이 떨어졌

다. 물병을 주워 마셔보았다.

"아우, 새끼! 이거 뭐야? 술이잖아! 창모야!"

"엉. 졸리다."

오죽하면 그랬겠냐. 오죽하면……. 잠든 창모 옆에 앉아 있는데 저편에서 희모가 나타났다. 희모는 나와 눈이 마주치자 놀란 표정을 지었다.

"희모야."

대답도 없는 희모가 오늘은 가엾기만 하다.

"창모 데리러 온 거야?"

희모는 눈도 마주치지 않은 채 고개만 끄덕였다.

"궁금했어. 니들 형제 안 보이니까 학교가 썰렁하더라."

희모는 아무 말 없이 바다를 보고 섰더니 입고 있던 점퍼를 벗어 창모를 덮어주었다. 그러더니 작은 병을 내게 내밀며,

"형한테 줘."

짧은 한 마디를 남기고 뒤돌아갔다. 희모의 어깨도 축 처진 것이 창모와 다를 것이 없다. Hangover cures? 숙취해소 음료? 아마도 희모는 자기 형이 물병에 넣고 마시는 게 술이었다는 것을 알고 있었던 것 같다. 희모가 돌아가고 한 시간 넘게 잠들어 있던 창모가 일어났다.

"희모 왔었구나. 그놈 내 동생 감기 걸렸는데……."

"내가 해장으로 컵라면 사 줄게."

"해장? 해장이라니까 갑자기 내가 꼰대가 된 거 같다."

우리는 버스를 타고 학교 앞에서 내렸다. 컵라면 하나씩을 들고 학교 벤치에 자리를 잡고 앉았다. 저녁이라 학교 주차장은 텅 비어 있었고 지나가는 학생도 없었다. 운동장 저편 테니스장에서 퍽퍽, 공치는 소리만 들려왔다.

"넌 한국에 언제 가?"

"모르지. 이번 12월 긴 방학에는 갔다 오고 싶은데 그거야 내 마음이지 뭐."

"가면 되지, 왜?"

"휘규우! 비행기 값이 컵라면값이면 가지, 시꺄. 공평하긴 공평하다. 나는 너처럼 부모가 부자는 아니지만 마음은 편하고, 너는 부모가 부자긴 하지만 마음은 지옥이고. 존나 웃기네."

"씨박. 나는 가난해도 상관없으니까 너처럼 마음 편하고 싶다. 희모가 불쌍해. 나는 가끔 싫은 표현이라도 하지, 개는 말을 안 해. 개 속은 나도 모르겠어. 가까운 친구도 없고 혼자잖아."

뭘 물어도, 인사를 해도 퉁명스럽기만 했던 희모. 창모도 이렇게 힘들어하는데 저라고 편할 리가……

"이제 집에 가자."

"괜찮겠어?"

"안 괜찮으면 어쩔 건데. 죽냐?"

"개소리."

집에 와서 엄마에게 보이스톡을 했다. 엄마, 할머니, 남도 형이 돌려가며 전화를 받는다.

"엄마, 감사하데이. 고맙데이."

"뭐가?"

"다."

"싱겁기는."

10

아름답다 – 김치 이모와 채문 형

내일은 학교에 가지 않는다. 복단 할머니가 나갈 준비를 하고 있었다. 김치 이모가 대량 주문이 들어와 일손이 모자란다고 도움을 요청했다나. 처음 있는 일이다. 나도 따라나섰다. 이준이 양파를 까며 말했다.

"앞으로는 여기도 좋은 사람 많다는 말 아무한테도 하지 말아야겠어요."

"와?"

"자신 없어서요. 누가 좋은 사람인 줄 잘 모르겠어."

복단 할머니가 손을 좌우로 흔든다.

"아이다. 그래도 좋은 사람이 더 많다 아이가."

"맞다. 내가 보기에는 시안 이모가 운이 나빴던 것 같다. 그래서 이런 말이 안 있나. 공항에 누가 픽업을 나오냐에 따라서 이민 생활이 잘 풀리는지 안 풀리는지가 결정된다꼬. 우리가 채문이네를 더 일찍 알았으모 얼마나 좋았것노? 그게 참 미안타. 내가 알았으모 공항에 픽업을 나갔을 낀데."

김치 이모는 그랬을 거다. 아마 배달도 미루고 공항으로 달려갔을 걸.

5시 반쯤 시안 이모가 파란색 스위프트를 끌고 나타났다. 문제의 차를 폐차시킨 후 김치 이모가 소개해준 한국인 딜러 마크 장에게서 산 차다. 시안 이모는 주문한 김치가 있어서 지나는 길에 그것을 가지고 가려고 들렀단다.

"아이고나, 차 이뿌다. 진짜로 봐도 봐도 좋네예. 잘 샀어예."

"한국에서 마지막으로 어린이 그림책 시리즈 삽화 그려주고 받은 돈 다 지불하고 샀으니 좋아야 돼요. 이 차는 별일 없어야 하는데."

"6개월 탄 차면 이 나라에서는 새 차나 마찬가지라예. 지난번에 그 사람은 참 나빠예. 그런 일이 또 있으모 안 되지예. 아고나, 이뻐라. 참 이쁜 차라예. 우리 물 떠놓고 고사라도 지낼까예? 이 차 타고 다니는 동안 사고 나지 말라꼬 치성이라도 드리까예?"

"이쁜이 이모는 내가 우리 하늘터 교회로 전도하지 않았나. 고사보다는 기도를 해 주는 게 좋것다."

"아. 그렇지예. 교회 다니는 사람은 고사 이런 거는 안 드리지예. 마음속으로 마이 마이 빌어주께예."

시안 이모는 빌어주는 사람이 여럿이라면서 활짝 웃었다.

"영이 언니는 참 대단해요. 이 김치 만드는 일을 날마다 반복하는 거잖아요."

"그렇지예. 나보다 우리 애들이 지겨울 거라예. 벌써 15년이 넘었는데. 슬픈 일도 많았어예. 홈 비즈니스를 시작한 초창기에는 하루에 서너 시간 자면서 온갖 김치를 다 했어예. 배추김치, 무김치, 열무, 알타리, 갓, 파, 부추, 오이소박이, 고추소박이, 깻잎김치, 배추물김치, 양배추물김치, 닥치는 대로 다 했지예. 배추김치만 일주일에 600포기씩 담았으니까 말 다했지예. 어느 날 새벽에 일을 하는데 천둥 번개가 막 치더라꼬예. 그래서 내가 큰딸 자이에게 물었어예. '니 안 무섭나?' 그랬더니 딸이 구석진 곳을 가리키며 이러더라고예. '엄마, 나는 천둥번개보다 저 파가 더 무섭다.' 그래서 돌아보니 구석진 곳에 다듬어야 할 파가 한 다라이 쌓여 있었던 거라예. 그때 큰딸아이가 했던 말이 생각나면 지금도 가슴이 아파예. 오래전에는 생강 때문에 마이 운 적도 있어예. 참이가 10살 때였는데 그때도 다들 모여 이렇게 채소를 다듬으며 지냈지예. 그런데 참이가 잠이 들은기라예. 그래서 침대에다 눕힐라꼬 애를 안는데 한 손에는 칼을, 한 손에는 생강을 들고 잠이 들어있다아입니꺼. 그 모습을 보는 순간 마음이 참 아프데예. 애들도 그렇게 컸어예. 그래도 지는 이 김치가 참 고마워예. 이 김치로 애들을 길렀고 이 김치로 영주권을 받았고 지금도 김치 덕분에 살고 있다아입니꺼"

복단 할머니가 말했다.

"자이도 참이도 다들 애썼구마. 느그들은 참말 좋은 자식덜이다. 요새 애들이 이런 일을 쳐다나 보겠나. 이준 어매는 자식 농사 잘 지었다. 감사하데이."

"아니라예, 아니라예. 제가 기른 게 아니고 지들이 착하게 커준 거뿐이라예. 그런데 김치 만드는 일이 고된 건 사실이라예. 손도 마이 가고 힘도 마이 들고예. 그래도 채소를 다듬으며 포장을 하며 아이들과 이야기를 참 마이 했지예. 이준이는 평소에는 수다스럽지 않은데 말을 하기 시작하면 재밌게 잘했어예. 특히 자기가 읽은 책 얘기를 마이 들려줬지예. 한두 시간을 꼼짝도 않고 이야기를 했는데 얼마나 재미있게 하는지 우리를 얘기 속에 쏙 빠지게 만드는 재주가 있었어예. 그래서 우리 언니가 하루는 '쟈는 고저 없이 줄줄줄 얘기를 저리 잘하니 거미 똥구멍 같다야' 하더라고예. 그때부터 우리 식구들 사이에는 이준이가 '거미 똥구멍'이 됐다아입니꺼."

아, 거미 똥구멍! 내가 뒤집어지게 웃으니까 이준이 나를 향해 양파를 한 개 던졌다. 나와 참이와 이준이 양파를 까느라 눈물을 질금거리는 것을 보고 할머니가 말했다.

"애통해하는 자는 복이 있나니. 너거들은 복 마이 마이 받을 끼다. 애통이 뭐꼬? 눈물을 많이 흘리는 사람 아이가."

참이가 대꾸했다.

"할머니. 양파 깔 때 흘리는 눈물은 그 애통이 아닌 거 같은데요?

슬퍼하는 눈물도 아닌데요, 뭐"

"뭔 소리고. 다 엄마를 돕느라 흘리는 눈물 아이가. 부모를 애통해하는 마음이 있으니 양파도 까는 거 아이가. 좋은 기 좋은 기다. 좋게 생각하모 다 좋게 된데이."

말도 안 돼. 양파 깔 때 흘리는 눈물은 성경에 나오는 애통과 아무 관계도 없다. 그 눈물이 이 눈물이 아닌 것을 할머니가 모를 리 있나. 그런데도 그렇게 해석을 하니 말이 안 되는 것도 아니다. 뭐든지 좋게 긍정적으로 생각하는 할머니만의 특별한 재주다.

우리 틈에 끼여 채소를 다듬던 시안 이모가 생각난 듯이 말했다.

"참! 저희 집에 두 달 정도 플랫 들이려고요. 할머니, 교회에서 본 정하림 씨 있잖아요. 어린 딸 가디언으로 와 있는 린이 엄마요. 하필이면 이사 간 집이 물새는 집이라 공사 들어간다나 봐요. 잠깐 다른 곳에 있어야 될 거 같다고 고민하기에 들어오라고 했어요. 제 방 플랫 주고 저는 그동안 채정이 방을 같이 쓰면 될 것 같아서요."

"늦둥이 딸 유학 때문에 와 있는 엄마 말이가? 하필이면 와 그런 집으로 들어갔노? 도와줄 수 있으면 도와줘야제. 그것도 다 복 쌓는 기라. 교회서 친하게 지내더니 잘됐네. 아이구, 감사하데이."

아, 초등생 린이와 그 애 엄마라면 나도 교회서 봤기 때문에 안다. 교회 가면 시안 이모가 그 아줌마와 가깝게 지내니 모를 수는 없지.

오전 시간, 배달할 김치들을 차에 싣던 아저씨가 자꾸만 허리를 튼다.

"요 며칠 무리를 한 모양이네예. 들어가예, 내가 할 테니까."

"됐다. 괜찮다."

김치 이모 배달 차에 이준과 내가 올라탔다. 평소에는 김치 이모 혼자 하는 일이라는데 배달량이 너무 많아 우리가 도우미를 자청한 거다. 이모는 타이 팡, 투푸우 샵, 다와 마켓, 세이브웨이, 림스 마켓 등등 여러 마켓을 다 돌려면 시간 걸린다고 말렸지만 내친김에 해보는 거지, 뭐. 경험도 하고 김치 이모도 돕고.

"엄마, 어디부터 가요?"

"타카푸나, 노스코트, 그랜필드도 가긴 가야 하는데 북쪽까지 돌기는 벅차고 시내 쪽과 동쪽만 가야겠고마."

김치 이모의 배달차가 마운트 로스킬, 그랜 인니를 거쳐 호윅을 향해 달렸다. 바람도 시원하니 일을 하러 나온 것이 아니고 드라이브를 하는 기분이다.

"그런데 이모. 김치가 거의 중국 마트에 들어가네요. 중국 사람들이 이렇게 김치를 잘 먹는지 몰랐어요."

"맞제, 한국 마트는 별로 안 들어간다. 한국 마트는 야채 가게 주인이 배추, 무가 남으면 직접 김치를 담아 팔기도 한데이. 그리고 한국에서 수입해 오는 김치들도 많다아이가. 한국의 고운정 김치는 중국에서 만들어서 중국 마트로 납품한데이. 그런데 중국 사람들은 '메이드 인 차이나'가 붙어 있는 고운정 김치보다 우리 '밭두렁 김치'를 더 잘 먹는다아이가."

"아 진짜요? 인 차이나보다 인 코리아 김치가 걔네들도 좋은가? 뭐 김치 원조는 우리나라니까요."

이준이와 나는 포장된 김치를 트롤리에 실어 진열장 앞까지 옮기는 일을 했다. 그러면 이모는 평소 놓던 자리를 찾아 김치 팩들을 가지런히 진열해 놓았다.

"너거가 있으니 훨씬 수월하다야."

'타이 팡'과 '투푸우 샵'에서는 자리 때문에 이모가 애를 먹어야 했다. 김치 이모보다 먼저 와서 진열해 놓고 간 논두렁김치가 밭두렁김치 자리까지 차지를 하고 있으니 말이지.

"이 사람들은 우째 항상 이러는지 모르것다."

"이름도 비슷한데요."

"새로 생긴 지 얼마 안 된 김친데 이름을 그렇게 지었네. 그거야 머라카겠노. 그래도 자리는 이래 하면 안 되는데. 그렇다꼬 싸울 수야 있나. 같은 동포끼리 봐줘야제."

중국 마트는 사람들이 그렇게 많은 거 같지 않은데도 왁자지껄한 느낌이 들었다. 이준이 말했다.

"중국인들은 참 시끄러워."

"말투가 그런 기다. 저 사람들이 왁자지껄 우악스러운 것 같아도 자기 동포들끼리 의리는 좋다아이가. 서로 잘되기를 응원해 주고 밀어주고 끌어주고 그런다. 배울 점도 많다."

아무튼 할머니나 김치 이모는 긍정과 감사가 뼛속까지 박혀 있다니까.

우리는 호윅 마켓에 진열을 끝내고 그 안에 있는 음식점에서 김밥과 순댓국밥, 순두부를 시켜 먹은 후 다시 길을 떠났다. 하일랜드팍, 다네모라를 거쳐 마누카우로 들어갈 때쯤 되니 슬슬 잠이 왔다.

"힘들제? 이게 쉬운 거 같아도 피곤한 일이라."

"아뇨, 괜찮아요."

동쪽 지역 배달을 끝낸 후에는 마지막으로 파파쿠라로 들어갔는데 이모는 맛난 음식점이 있다며 우리를 만두 가게로 데리고 갔다. 손님이 바글바글 앉을 자리도 없었다. 30분이나 기다려 겨우 자리가 났는데, 덤플링(dumpling)이라는 만두 맛이 기다린 보람을 느끼게 해 주었다.

배달을 모두 마치고 돌아오는 길, 열어놓은 창문 안으로 따사로운 바람이 들어왔다. 한국은 가을이 깊어가는 계절인데 여기엔 목련이 팡팡 터지고 있으니…….

어느새 해가 저물고 있는 시간, 모토웨이를 달리는 차 안에서 노을 지는 하늘을 바라보고 있자니 한국에서 지냈던 시간들이 꿈만 같다.

김치 이모가 할머니와 호태도 맛보라고 포장해 준 덤플링을 들고 마당으로 들어서는데 카톡이 들어온다. 엄마다.

> 우리 디도, 잘 지내지? 시골은 요즘 가을걷이에 바쁘다. 엄마가 옷 몇 가지랑 너 좋아하는 과자 몇 개 사서 오늘 우체국 가 부쳤다.

한국 집에서는 양파는커녕 엄마나 할머니의 일손을 도와 뭐 하나 해본 적이 없었다. 멀리 떨어져 있으니 내 모습이 더 잘 보이는 것 같다. 아, 씨이! 그러지 말 걸! 나도 이준이처럼 참이처럼 자이 누나처럼 그럴 걸.

폭죽 터지는 소리에 잠이 깼었다. 가이 폭스 데이(Guy Fawkes Day) 이틀 전인데 불꽃놀이가 벌써 시작되고 있었다. 이 나라에서는 폭죽 터트리는 것이 금지되어 있는데 일 년에 딱 한 번 허락된 날이 있다. 그것이 가이 폭스 데이다. 그러니 앞으로 얼마간은 집 마당이나 거리에서는 불꽃이 피어오를 것이다. 복단 할머니는 지난 주에는 할로윈 데이(Halloween Day)라고 사탕을 사다 놓고 동네 아이들을 기다리더니, 오늘은 불꽃놀이를 하라고 나와 호태에게 폭죽을 주었다.

"옆집 아담이 가이 폭인지 나이 폭인지 불꽃놀이 하라고 이걸 주더만. 아고 야야, 지금 몇 시냐? 아담네 집에 여섯 시까지 가기로 했는데. 어떤 할매 친구를 소개해 준다고 해서."

"지금 6시 다 되어가요."

"I gotta go! I gotta run! (나 가야하는데. 나 빨리 가야하는데.)"

나와 호태가 엄지척을 했더니 할머니가 활짝 웃었다.

"꼬부랑말 잘 써 먹었드나?"

복단 할머니와 아담 할아버지는 서로 말도 통하지 않으면서 친구를 먹고 왕래를 하고 지낸다. 거참, 신기하기도 하지. 그래도 가이 폭인지 나이 폭인지 하는 걸 보면 아담 할아버지가 하는 말이 귀에 들려온다는 거잖아. 아무튼 연구 대상들이셔. 할머니는 경상도식 한국말을 하고 할아버지는 영어를 하면서 뭔 친구를 먹어? 그래도 'gotta' 만큼은 순전히 할머니 덕에 배운 원어민 냄새 풀풀 풍기는 영어다. 작년에 옆집을 드나들며 복단 할머니가 배워온 영어. 그 말을 아담 할아버지한테 듣고는 한동안 얼마나 아이 가라, 가라, 가라, 가라를 해대셨는지 상남이네 세바스찬이 있었으면 그 개새끼도 알아들었을 걸.

불꽃놀이까지 하다가 잠이 든 바람에 학교에 조금 늦었다. 샬롯은 긴 방학에 남섬 여행을 할 거라며 벌렁거리고 있었고, 핀은 이번 학년 끝내면 아예 영국으로 돌아간다고 벌써부터 이별 파티 운운하고 있었다.

브레이크 타임이 끝나간다. 채정이 일본 유학생들 틈에 섞여 떠들고 있다. 이준이 말했다.

"채정이 쟤는 웃긴다. 일본어는 배우지도 않았다는데 어떻게 일본말을 저렇게 잘해? 이해가 안 가."

"쟤 처음에는 자기도 일본 애들이 모여 말하고 있으면 왜 걔들이 하는 말이 귀에 들리는지 몰랐대. 그런데 아주 어릴 때부터 만화나 애니메이션 그런 거 보려고 인터넷을 많이 이용했다나 봐. 만화 보면 일본말 많이 나오잖아, 왜. 그러니까 저도 모르게 자연스럽게 익혀진 것 같대. 일본 애들이 영어나 수학 모르는 거 있으면 쟤가 일본어로 설명해 준다잖아. 쟤네 엄마 공이 큰 거지. 만약에 쟤네 엄마가 꼬맹이라고 컴퓨터 못 만지게 했어 봐. 일본어 구경할 수 있었나. 채문이 형도 컴퓨터 엄청 잘하는데 학원도 안 다녔다는데, 뭐. 집에서 컴퓨터 이리저리 쑤시고 다니면서 익혔대. 컴퓨터도 여러 번 망가뜨리면서. 그러면 엄마가 조심해서 쓰라고 고쳐주고 고쳐주고 그랬대."

내가 말하고 있을 때 토유투가 주차장 쪽에서 달려오며 큰소리로 채정이를 불러댔다.

"Harper! Sup my sister from another mother!"

내가 이준에게 물었다.

"뭔 말이야?"

"마오리 친구들이 잘 쓰는 말이야. '안녕, 나의 다른 어머니의 딸아' 뭐 이런 뜻이지. 그냥 뭐 친한 친구를 부를 때 쓰는 자기들만의 표현 방식인 것 같아. 너 이솔 시간이지? 난 쿠킹 시간이야. 간다."

쳇. 뭔 인사가 그렇게 긴 거야? 인사하다 날 새겠네. 이준이 뒤통수에 대고 내가 소리쳤다.

"이따 봐! 나의 다른 어머니의 아들아!"

채정이 팔짱을 끼고는 나를 쏘아보듯 쳐다보았다.

"나의 다른 어머니의 딸아! 나중에 보자."

이솔(ESOL) 시간에 만나는 독일 여자 애 마리앤의 눈은 유난히 크고 파랗다. 한 달 전쯤부터 우리 학교에 나타났는데 차분하고 말이 별로 없었다. 채문 형이 말했다.

"마리앤을 볼 때마다 와이키키 해변이 생각나."

"왜?"

"그걸 나도 잘 모르겠어."

이솔 시간에 올리비아가 말했다.

"Alright. we're going to play a game now. Everyone submitted your childhood photo last time, right? I will be showing the photos one by one using the beam projector and you will need to guess who each person in the photo is. (자, 이제부터 게임을 하나 할 거야. 지난 시간에 모두 자기 어릴 때 사진을 제출했지, 그렇지? 지금부터 빔 프로젝터 스크린을 통해 사진을 한 장 씩 보여 줄 건데 누군지 맞추는 게임이야.)"

올리비아가 19명 학생의 사진을 하나하나 클릭하였다. 학생들은 학우들의 사진이 넘어갈 때마다 소리를 질러댔다.

"Liam! (리암!)"

"Jacob! (제이콥!)"

"Isabella (이사벨라!)"

학생들은 현재와 과거의 모습을 비교해 가며 서로 먼저 맞추려고 소리를 질러댔다. 채문 형의 사진을 보고 핀이 소리쳤다.

"The baby on Alfred's back! The baby wearing a pink swimming cap, it must be Harper! (알프레드가 업고 있는 저 아기! 분홍 수영 모자를 쓰고 있는 저 아기는 하퍼가 분명해!)"

알프레드는 채문 형의 영어 이름이고 하퍼는 채정의 이름이다. 채정은 미들스쿨이라 이 이솔 시간에는 있지도 않은 학생인데 핀은 알프레드보다 채정을 더 들먹인다. 영국인 저 자식, 혹시 채정이 좋아하는 거야? 올리비아가 19명의 사진을 다 보여줬을 때 인도인 세리타가 손을 들었다.

"Why, Cerita? (왜, 세리타?)"

"I would like to see the photos of Alfred and Maryanne once more. (알프레드 사진과 마리앤의 사진을 다시 보고 싶어요.)"

올리비아가 채문 형의 사진과 마리앤의 사진을 다시 보여 주었다. 세리타가 말했다.

"Teacher, the photo of Alfred shows his front view but I think I can see his back in Maryanne's photo as well. (선생님, 알프레드 사진은 앞모습이잖아요. 그 뒷모습이 마리앤의 사진 속에 있는 것 같아요.)"

올리비아는 채문 형과 마리앤의 사진을 번갈아 클릭했다. 아이들 사이에서 감탄사가 흘러나왔다. 감탄사는 점점 더 크게 흘러나왔다. 채문 형과 마리앤의 눈이 마주쳤다. 두 사람 다 놀란 얼굴이었다. 한 학생이 소리쳤다.

"Oh, that's right! The baby on his back is also in Maryanne's photo. Pink swimming cap, pink swimsuit. (어, 맞아요. 알프레드가 업고 있는 애기 뒷모습이 마리앤 사진에 있어요. 분홍 모자. 분홍 수영복!)"

올리비아도 기막히게 놀란 표정을 지었다.

"Maryanne, do you know where it is? (마리앤. 여기 어디지?)"

"Waikiki in Hawaii! (와이키키요!)"

"Alfred, do you know where it is? (알프레드. 여기 어디지?)"

"Yes! That′s Waikiki in Hawaii! (와이키키요!)"

마리앤이 자리에서 일어나 채문 형을 향해 말했다.

"Are you the Asian boy who was playing in the swimming pool? (그때 그 아시안 남자아이? 실내수영장에서 놀던 아이?)"

"Yes, that′s me! Are you the girl who gave me the lollipops? (맞아. 나야. 너는 그때 막대 사탕을 주고 간 여자아이?)"

"Yes, that′s me. (맞아. 나야.)"

교실은 삽시간에 감동의 파도가 치는 것 같았다. 학생들이 소리소리 질렀다. 어떤 아이는 고래고래 소리를 지르며 책상을 두드려댔다. 다른 교실에서 수업하던 학생들이 영어 교실로 몰려들었다. 그 속에는 이준도 있었다. 학생들이 지르는 소리에 교장도 다른 선생들도 달려왔다. 갑자기 학교 전체가 축제 분위기가 되었다.

마리앤이 채문에게로 와 하와이식 인사를 했다.

"Aloha! (알로하!)"

"Aloha! (알로하!)"

뭐 이런 만남이 있을까! 영화에서나 있을 법한 우연과 인연이다. 소설책에서나 나올 법한 일이다. 그렇다고 학교 전체가 축제 분위기라니. 올리비아는 채문 형 사진과 마리앤의 사진을 함께 빔 프로젝터 스크린에 앉혀 놓았다.

"Alfred. Will you come to the front and describe the situation at that time? (알프레드. 앞에 나와서 그때 상황을 설명해 보겠니?)"

채문 형이 앞으로 나갔다.

"I went to Waikiki when I was year 2 with my mother and younger sister. I was swimming in the outdoor swimming pool in a hotel. There was no one else in the pool but suddenly a foreign girl came to me. Her eyes were blue like the Waikiki ocean. She stared at me and said 'Aloha' (초등학교 2학년 때 엄마가 나와 동생을 데리고 와이키키에 여행을 갔었어요. 나는 호텔 안에 있는 야외 수영장에서 물놀이를 하고 있었어요. 수영장에는 나 혼자였습니다. 그런데 외국인 여자아이가 다가왔어요. 눈이 와이키키 해변의 바닷물처럼 파란 아이였습니다. 여자아이는 나를 빤히 쳐다보며 인사를 했어요. 알로하!)"

학생들도 지켜보던 선생님들도 미소를 머금고 조용히 들었다. 올리비아가 말했다.

"Alright, Alfred. Can you continue the story Maryanne? (좋아, 알프레드. 다음은 마리앤이 나와서 그다음 이야기를 해 볼까?)"

"The asian boy also said 'Aloha' to me but my mother was calling me, so I just gave him one of the lollipops and ran to her. When I saw him taking a photo with his mother and his younger sister he was carrying his sister on his back. (내가 인사를 하자 아시안 남자아이가 인사를 했어요. '알로하!' 그때 엄마가 나를 불렀습니다. 나는 들고 있던 막대 사탕을 남자아이에게 건네주고 엄마를 향해 뛰어갔어요. 부모님과 사진

을 찍을 때 보니 아시안 남자아이가 동생을 업고 있었습니다.)"

학생들이 몸을 흔들며 박자를 맞췄다.

"알.로.하! 알.로.하! 알.로.하……."

휘파람을 불던 핀이 외쳤다.

"What a destiny! (너희들은 운명이야!)"

수업이 다 끝나 밖으로 나갔을 때 채문 형이 기다리고 있었다. 잔뜩 흥분된 모습이다. 흥분이 안 되면 그게 더 이상한 거지.

"니들 우리 집에 가자. 보여줄 게 있어."

채문 형은 집으로 가자마자 앨범을 들고나왔다. 그리고 앨범 중간쯤을 펼쳤는데 거기에 빨강색 사각 종이 한 장이 꽂혀 있었다.

"이게 뭔데?"

"그때 마리앤이 준 막대사탕 쌌던 종이."

우리는 할 말을 잃은 사람처럼 입을 벌리고 채문 형을 쳐다보았다. 오늘 사진 사건을 전해 들은 시안 이모가 말했다.

"그때 그 막대사탕을 집에까지 가지고 왔더라. 먹지도 않고 책상 서랍에 보관을 했었어. 그런데 그걸 채정이가 훔쳐 먹은 거야. 얼마나 난리가 났었는지 몰라. 지 동생이라면 끔찍하더니 생전 처음 애를 때려서 울고불고 난리가 났었다니까. 그깟 사탕이 뭐라고. 그런데 그게 그깟 사탕이 아니었다는 거지. 이 빈 종이를 들고 아쉬워 눈물까지 찔끔거리더니 어느 날 보니까 앨범에 끼워놨더라. 니들 모르지? 그 외국 여자애가 채문이의 첫사랑이었다는 걸."

11

수상하다 - 긴 방학에

교회 사람을 따라 산나물을 하러 갔던 할머니는 봉지, 봉지 많이
도 해 왔다.

"한국에는 지금 첫눈이 내린다는데 나는 나물을 했다. 세상이 넓
긴 넓데이."

할머니는 그것을 나눠 먹어야겠다며 채문 형과 이준의 집으로 심
부름을 시켰다. 채문 형 집에 갔더니 낯선 차 한 대가 입구에 서 있었
다. 린이네가 플랫을 들어온다더니 오늘 왔댄다. 채문 형은 어디를 갔
는지 집에 없었다.

사진 사건 이후로 마리앤과 급속도로 가까워진 채문 형은 우리 모
르게 사라지는 날이 많았다. 우리는 점점 채문 형네 집에 들르는 일이
뜸해졌다. 가면 뭐해. 채문 형이 썸 타느라 나가고 없는 걸. 채문 형

한테 빌릴 책이 있어 전화를 했더니 역시 오늘도 집에 없단다. 이모한테 달래서 가져가라나. 나 참. 청춘사업을 시작한 게 분명하다. 가는 길에 들렀더니 오늘은 집 입구에 검정색 차가 있었다. 척 보기에도 비싼차 같다. 파란색 차는 시안 이모 것이고 회색 차는 린이네 차인데 검정색? 손님이 왔나? 시안 이모는 나와 호태를 보더니 반색을 한다.

"요즘 바쁘니? 다들 잘 안 오네. 채문이는?"

아니, 이모는 형을 왜 우리한테서 찾으시나? 썸 타는 조카의 상태를 모르는 거야? 내가 볼 땐 마리앤의 파란 눈에 풍덩 빠져 우리는 개똥 취급하고 있고만. 이모도 우리 같은 신세가 된 거야?

밖에 세워둔 검정색 차 주인인가, 눈이 가늘게 찢어진 여자가 나를 보더니 아는 체를 했다.

"너 우리 교회에서 본 거 같은데."

아, 저 사람! 언젠가 복단 할머니가 혼잣말을 한 적이 있다.

"얼굴색도 눈매도 심상치 않아 보이는구마. 기도를 마이 해야 되것다. 선하게 살아야 될 낀데."

교회에서 시안 이모가 저 사람을 가까이하는 것을 본 적이 없는데 형네 집에 왜 왔을까? 시안 이모가 채문 형 책꽂이에서 책을 찾고 있을 때 내가 물었다.

"저 사람, 이모랑 친해요?"

"아니. 얼굴만 봤지 친하지는 않아. 그리고 내 손님이 아니고 린이네 손님으로 온 거야."

학기가 다 끝나고 긴 방학에 들어가던 날 창모는 또 그 전처럼 컵라면을 먹으러 가자고 제안을 했다. 채문 형은 벌써 사라지고 없었다. 창모가 컵라면을 먹자는 것은 자기 엄마에게 어깃장을 놓고 있는 것일 테다. 분명 허락된 시간이 아닌 게 뻔하다. 자기가 마음대로 쓸 수 있는 시간이라면 미리 약속을 했을 테니까.

우리는 학교 벤치에 앉아 컵라면을 먹고 다 같이 코히마라마 공원으로 향했다. 창모와 처음으로 가는 공원이다. 늘 그랬던 것처럼 호태는 이어폰을 꽂았고, 나와 이준, 창모는 축구를 했다. 이준이 찬 공이 멀리 도랑 쪽으로 날아갔다. 내가 쫓아갔는데 어디로 간 것인지 보이지가 않는다. 나는 워터크래스(watercress)가 가득한 도랑을 따라가며 공을 찾았다. 그런데 날아간 공은 보이지 않고 사라진 채문 형이 도랑가 고사리나무 아래 마리앤과 앉아 있었다.

채문 형을 처음 만날 때도 도랑가였고 공 때문이었는데 또 비슷한 상황이다. 데이트 장소가 여기였어? 세쾨이어(Sequoia) 나무가 쭉쭉 뻗어있는 멋진 산책로도 있고 바다도 있는데 도랑가에서 뭘 해? 복단 할머니처럼 나물을 할 것도 아니면서. 에이씨, 어쩌지? 공을 더 찾자니 방해를 할 것 같고, 아는 체를 하자니 눈치가 보이고. 어우, 어우! 지금 뭐한 거야? 입 맞춘 거야? 아주 그냥 파란 눈에 빠져 익사하는 줄도 모를 형이네.

어쩔 수 없이 빈손으로 골대로 돌아왔더니 이준이 다시 찾아보겠다며 도랑가로 뛴다.

"야야, 이리 와! 넌 아직 얼라 시끼라서 19금 보면 못 써!"

학교 담장 위 빨강색 꽃 더미 버갠벌리아가 장관을 이루고 있을 때 학생들은 긴 방학에 들어갔다. 시안 이모는 긴 방학에 들어가자마자 한 달 후에 돌아온다며 채정이만 데리고 서둘러 한국으로 갔다. 크리스마스는 한국 가서 보낼 거라나. 하긴. 다른 것은 몰라도 이곳의 여름 크리스마스는 진짜 썰렁해. 그럼에도 채문 형이 이곳에 남은 것은 무슨 꿍꿍이가 있어서야. 분명해. 첫사랑이라잖아, 첫사랑!

채문 형의 식사는 린이네서 해주기로 했다니까 할머니는,

"사랑도 돌고 도는 것이다. 린이네가 당장 곤란한 일이 생길 때 방을 내주니 린이네한테 채문이 밥도 부탁할 수 있는 거 아이가. 물론 다 돈이 오가는 일이지만도 그것은 돈으로 따질 일이 아이다. 배려를 하면 언젠가는 배려도 받는데이. 그래서 베풀 수 있으면 베풀며 살아야 한데이. 그래서 남을 해하면 안 되는 기라. 준 것은 다 받게 돼 있제. 사랑을 베풀면 사랑이 오고, 악을 행하면 악이 오고!"

12월 말일 나는 호태 작은집 식구들을 따라 기스본(Gisborne)으로 해돋이 여행을 떠났다. 물론 호태와 복단 할머니도 함께였다. 세계에서 가장 먼저 해가 뜬다는 기스본에 도착했을 때 복단 할머니는 좋다, 좋다를 한 수십 번은 한 것 같다. 퍼시픽 코스트 하이웨이(Pacific Coast Highway)를 따라 보이는 마우리 교회들 모습이나 자연 풍경이 유명 화가의 작품에서 튀어나온 듯 펼쳐져 있다. 마치 반고흐의 그림처럼.

"저 밭이 포도밭이란 말이가? 포도주를 만들어 내는. 와, 와 뭐라고? 와날리?"

"할매, 와이너리."

"와이너리? 내 평생에 별란 데를 다 와 본데이."

새해, 첫 해가 떠오른다.

나는 기스본에서 해돋이를 보며 창모에게 문자를 넣었다.

> 창모, 파이링~~~. 기스본의 저 떠오르는 해를 너에게 준다. 으하하

방학 중 호태는 영어 먹어버리기에 더 열을 올렸다. 한 학년 동안 혼자 들었던 영어 성적이 우수하지는 않았다. 아니 죽자고 뛰었지만 아직은 우수할 수가 없었겠지. 표범과 노루가 같이 달리기 시작하면 당연히 노루는 힘에 겹다. 그렇지만 호태는 자기가 영어 수업을 들었다는 것에 큰 의미를 두는 것 같았다. 그리고 무사히 마쳤다는 것만으로도 뿌듯해 했다.

나는 나도 모르게 덩달이가 되어가고 있었고 서당 개가 되어가고 있었다. 내가 지금 뭘 하고 있는 거야, 하고 보면 공부를 하고 있고 단어를 익히고 있었다. 발음 연습을 하려고 노력하지 않아도 호태의 목소리가 들려오니 자연스럽게 듣게 된다. 자막 없는 영화를 일부러 보려고 틀지 않아도 호태가 거실에 앉아 보고 있으니 또 그것도 보게 된

다. 영어에 미친놈하고 단짝이 되어 있으니 미친놈은 아니라도 비스 무리 변해 가고 있는 것인가? 사실 호태가 아니라도 해야 한다는 것은 알고 있었고 해야만 했다. 영어 선생님 아만다에게 남겼던 메시지가 있지 않은가. 나는 남도 형에게 새해 인사를 하며 영어에 미친 호태 얘기를 했더니 형이 카톡을 보내왔다.

> **내 동생도 미친놈이 되길 빌고 빈다.**

뭐래? 누가 공부벌레 아니랄까 봐 새해 인사를 뭐 이따구로? 엄마도 안 하는 공부 타령을 왜 지가 하고 난리야!

나와 호태는 가끔 채문 형네 집에 놀러 갔다. 그런데 갈 때마다 지난번에 봤던 검은색 차가 밖에 서 있었다. 나는 그 차 주인을 검차 아줌마라고 칭했다.

"형. 저 검차 아줌마 말이야. 여기 자주 오는 것 같아. 형 집에 없을 때도 지나가다 몇 번 봤거든, 저 차."

"엉. 요새 린이 아줌마가 팔을 다쳐 깁스를 했잖아. 그래서 운전을 못 하니까 저 아줌마가 자주 와서 차를 태워주더라고. 그래서 그런 것 같아. 교회도 저 아줌마 차 타고 가시던데. 뭐 자주 오는 게 이상해서 물어보는 거야?"

"그 아줌마 느낌이 왠지 좀 안좋아 보여서. 시안 이모가 없으니까 썰렁하네."

린이 아줌마는 우리가 갈 때마다 친절하게 대해 주었다. 간혹 먹을 것을 내주기도 했다. 린이는 늦둥이고 스물 몇 살 아들도 있단다. 이 나라에서 대학 졸업하고 웰링턴 시에서 대기업에 다닌다나. 그런데 우리 엄마보다도 젊어 보이는 걸 보니 아버지 없이 고생만 하는 엄마가 측은하다. 그래, 그래. 나도 뭐든 열심히 하자 까짓거.

아침에 채문 형과 나는 김치 이모 차를 타고 오클랜드 공항으로 나갔다. 한국 갔던 시안 이모와 채정을 픽업하기 위해서다. 픽업은 시안 이모의 뜻이 전혀 아니고 순전히 김치 이모의 뜻이다. 공항에서 택시를 타면 된다는데도 굳이 굳이 공항으로 간 이유는 이모 나름의 뜻이 있었다. 공항에 누가 픽업 오느냐에 따라 거기서 잘 풀리는지 안 풀리는지가 결정된다는 말이 있으니 초반 전 고생은 심했으나 이제는 잘 풀리라는 뜻에서 가는 것이다. 그냥 마구 우겨서 가는 것이지. 잘 풀리고 안 풀리는 일이 꼭 그래서일까마는 마음이 그렇다는 거니 김치 이모는 역시 이민자 사이에 '천사' 맞다. 어른들 부류도 가지가지인가. 어떤 이민자는 같은 동포라고 뭐라도 도울 일 있으면 도우려 드는데, 어떤 이민자는 동포가 모르는 거 이용해서 음흉한 짓을 하고.

한 달 만에 만나는 시안 이모는 나를 보더니 그새 더 큰 것 같다며 등을 쓸어준다. 뭘 그렇게 바리바리 싸 왔는지 쌀 몇 포대는 넣은 것 같은 큰 가방을 두 개 올리자 9인승 배달 차가 쿨렁 움직인다.

"디도야. 이거 받아. 너희 엄마가 보내신 거야."

아! 카톡으로 엄마 전화번호를 묻더니……

집으로 와 엄마가 보낸 작은 가방을 열었다. 양말과 운동화, 그리고 비닐 팩에 둘둘 말려있는 이것은? 비닐을 얼마나 많이 감아 테이프로 붙였는지 누가 보면 금덩어리라도 든 줄 알았을 테다. 콩나물 무침!

보물 싸듯 해서 보낸 엄마의 콩나물 무침에 울컥, 목이 메어왔다. 내가 어릴 적부터 제일 잘 먹고 좋아했던 콩나물 무침이다. 운동화 속 깊숙이에는 편지도 한 장 들어 있었다.

디도야. 시안 이모란 분한테서 전화가 와서 내일 인천 공항으로 간다. 그분도 짐이 많을 테니 조금만 넣었다. 뛰놀기 좋아하는 우리 아들한테 제일 필요한 것은 양말과 운동화 아니겠니. 다른 것은 몰라도 양말과 운동화는 실컷 대 주마. 복단 할머니가 어련히 알아서 콩나물도 해 주시겠지만 그래도 우리 아들 콩나물 한 접시라도 내가 해 먹이고 싶었다. 아무 음식이나 다 가져갈 수 없으니 공항에서 콩나물은 심사에 걸릴 수도 있겠다. 걸리면 어쩔 수 없고, 다행히 안 걸리면 우리 디도 엄마표 콩나물 한 번 먹어 보거라. 다음 12월 방학에는 엄마가 비행기 표 끊어줄게. 꼭! 방학인데 한국도 못 오고. 미안하다, 디도야.

복단 할머니는 콩나물을 보더니 그렁그렁 눈물을 달았다.

"콩나물을 보이 내 고향이 통째로 날아온 거 같다. 디도야. 콩나물이 니 어매 맴이다. 이 할매가 앞으로 콩나물 마이 해 주꾸마. 고춧가루 넣어 빨갛게 해 주꾸마."

호태도 복단 할머니도 엄마가 보내준 콩나물은 한 젓가락도 손을 대지 않았다. 채문 형네서 플랫을 하는 린이네는 집이 다 수리되어 본래 집으로 돌아갔다.

11학년이 시작되고 한 텀이 거의 끝나갈 무렵 집에는 새로운 변화가 생겼다. 호태 작은아버지가 해밀턴 지역에 3호점 스시 가게를 오픈했다. 1, 2호점은 시내와 시내 근교에 있어서 집에서 일하러 다니는 게 가능했다. 그런데 해밀턴 지역은 거리가 멀어 두 분은 새로 연 스시집이 안정을 찾을 때까지 집을 옮길 수밖에 없었다.

"와 그리 먼 곳에 가게를 여노? 가까운 데다가 하지."

"그렇게 됐어요. 다행히 1, 2호점은 주리 박이 가족처럼 일을 해주니 관리를 맡기고 지가 왔다갔다 살피면 됩니다. 거기가 잘 돌아가면 그때는 거기에 주리 박을 보내고 다시 돌아올 생각이에요."

주리 박은 몇 년 전 크라이스트처치(christchurch) 지역에 큰 지진이 났을 때 남편과 아들을 잃고 혼자 사는 오십 대 중반의 참 좋은 아줌마다.

"그렇나? 맡길 사람이 있어 다행이다. 그 사람은 우째 그리 성실하고 믿음직 하노? 그래 험한 일을 당하고도 굳세게 살아가니 내 맴이 다 좋다. 참말 감사하데이."

"그러니까 여기는 엄니가 애들이랑 잘 계셔주세요. 이층은 봐서 플랫을 놓던가 할 테니까요. 비워 둬도 상관없고요."

아줌마 아저씨가 짐을 싣고 해밀턴으로 떠났다. 그래도 일주일에 한 번씩은 들러 장을 봐다 놓고 갔다. 어차피 시내에 있는 스시 가게도 들러봐야 하니 그다지 불편한 일은 아니라 한다.

린이네 집은 집주인이 수리를 해 주었는데도 또 물이 새 그동안 곤혹을 치르고 있었나 보다. 린이네는 그 집에서 아예 이사를 해 우리집 이층으로 플랫을 들어왔다. 이층은 거실 겸 방으로 쓸 수 있는 큰 방이 하나, 중간 방, 그리고 스터디 룸까지 있어서 두 모녀가 쓰기엔 충분하다. 물론 화장실도 따로 있다. 일층에 있는 주방만 같이 사용하면 될 일이다. 그런데 린이 아줌마가 어쩐지 전과 다르게 우울해 보였다. 특별히 하는 일이 없는 린이 아줌마는 종일 위에서 내려오지 않는 날도 많았다. 채문 형네서 플랫할 때 자주 보였던 검은색 차, 그리고 검차 아줌마는 보이지 않았다.

"린이 어매. 와 이리 기운이 없노? 아픈 기 아니걸랑 내랑 나물이나 가소."

말이 겨울이지 이 나라 오클랜드 날씨는 영하로 내려가지는 않기 때문에 겨울에도 식물이 자라니 할머니에게는 그 또한 감사, 감사거리다.

"민들레, 씀바귀, 고들빼기 이것들 좀 봐라. 이렇게 크고 실하다. 겨울에도 이런 나물을 해서 먹을 수 있는 나라가 어딨노. 이 나라 사람들이 나물해서 먹을 줄 모르니 지천에 먹을 것이 깔렸다 아이가. 질경이로 장아찌를 담아보기는 내가 이 나라에 와서 처음인기라. 잎이 이렇게 크고 넓다. 깻잎장아찌 담그듯 맹글어 먹으니 맛이 깻잎 콩잎 저리가라 안 카나. 참말로 감사한 일이라."

복단 할머니는 동네 한 바퀴 돌고 온다더니 시안 이모와 함께 들어왔다. 시안 이모는 이층으로 올라가더니 린이 아줌마와 같이 내려왔다.

"하럼 언니, 그러지 말고 얘기를 하세요. 혼자 끙끙거리다가는 병나고 말아요. 쉬쉬할 일이 따로 있지 이건 아니에요."

내가 방에서 들으니 어쩨 거실 분위기가 수상하다. 지난 12월이었단다. 린이 아줌마가 팔을 깁스하고 있을 때 필요할 때마다 차를 태워주던 검차 아줌마가 돈을 빌려 달라고 했다나. 자기 오빠가 가죽옷을 만들어 파는데 가죽을 살 돈이 없어 일을 못 하고 있다면서.

오클랜드 공항 면세점에서 가죽옷 주문이 들어와서 당장 일을 해야 하는데 가죽 살 돈이 없다면서.

기술이 워낙 좋아서 일만 시작하면 빌린 돈은 금방 갚을 수 있다고.

린이 아줌마는 세 달만 쓰고 돌려준다는 말을 믿고 삼천만 원을 빌려주었단다. 그러나 그 돈은 갚을 생각도 않고 오히려 이자놀이 하는 사람 취급을 하며 온갖 흉질을 하고 돌아다닌다는 거다.

복단 할머니가 눈을 동그랗게 떴다.

"돈 빌려간 여자가 누고? 내가 아는 사람이가?"

"그 여자 있잖아요. 바느질감 받아다가 일한다는 사람이요. 옷 수선도 하고."

"그런 사람도 있었나? 교회 사람들을 주일에만 보니 사람이 많지 않아도 누가 누군지 잘 모르겠다."

"왜 눈 갸름하게 찢어지고 얼굴에 잡티 많은 여자 있잖아요."

할머니는 그제야 알겠다는 듯 눈을 더 크게 떴다. 그때 아무런 기별도 없이 해밀턴에서 아저씨 아줌마가 들어왔다. 자초지종을 들은 아저씨가 말했다.

"린이 어머니가 큰 실수를 하셨네요. 돈 삼천이면 여기서는 큰돈입니다. 아니 뭘 믿고 그런 돈을 내준답니까. 그 옷일하는 남매 제가 압니다. 직접은 모르고 주변 사람들한테 들었어요. 그 교회 다니는 사람도 2년쯤 됐나, 그 여자한테 큰돈 빌려줬다가 큰 낭패를 보았다대요. 방귀 뀐 놈이 성낸다고 지가 빌려놓고 지가 큰소리치는 뻔뻔한 인간들이라고 수군거리는 소리를 들었는데, 그 교회 목사는 이 일을 압니까?"

시안 이모 말로는 쉬쉬해서 그렇지 목사도 알고, 몇몇 사람들도 알고 있다고 했다.

"그런데 이자 따먹는 여자라니 그것은 또 무슨 말이에요?"

"사실 그때 제가 가지고 있는 돈이 없었어요. 그런데 사정이 하도 딱해 대출을 받아 돈을 빌려서 줬네요. 그러니까 당연히 이자는 받아야 했고요. 그런데 제가 이자를 은행이자보다 더 내게 했네요. 왜냐하면 빨리 돌려줘야 하는 돈인데 은행 이자만 받으면 그거 믿고 언제까지나 마냥 쓰고 있으면 안 되잖아요. 아시다시피 환율도 오르락내리락 알 수 없는 일인 데다가 무엇보다 그들 남매가 어떤 사람들인지도 모르니 불안했고요. 이자가 부담이 되면 기간 안에 빨리 갚을 거라고만 생각했지 아예 안 줄 거라는 생각은 하지 않았어요. 그런데 저렇게 이자는커녕 원금도 안 줄지는 꿈에도 생각 못했네요. 제가 아무려면 그깟 삼 개월 이자 따먹자고 대출까지 받아다가 돈을 빌려주겠어요? 막말로 돈이 궁한 것도 아닌데 그깟 푼돈 벌자고 은행가서 돈을 빌려 달라 아쉬운 소리를 하겠냐고요. 낯 뜨겁고 번거로운 일이잖아요. 더군다나 담보로 내놓을 재산이라고는 하나도 없는 사람들이라 불안하기 짝이 없는 상황인데 그런 바보 등신짓을 하겠냐고요? 아니요, 아니에요. 사람이 살다 보면 그렇잖아요. 진짜 비빌 언덕이 꼭 필요할 때가 있잖아요. 백 원짜리 동전 하나도 간절할 때가 있잖아요. 그래서 그들 사정이 지금 그런 때인가 보다 생각하고 좋은 마음으로 해줬던 거예요. 잠시 잠깐 제가 비빌 언덕이 되어주어 그들이 잘살게 된다면 좋겠다는 마음으로요. 당장 가죽 살 돈이 없다고 매달리니 진짜 그런 줄 알았네요."

린이 아줌마가 억울했는지 말을 잇지 못하니까 시안 이모가 대신 말을 이었다.

"들려오는 소문으로는 그 오빠라는 사람이 동생한테 빚이 천만 원인가 있었대요. 그러니까 하림 언니한테 삼천만 원은 자기가 빌려가고, 차용증은 오빠가 쓰게 하고, 오빠한테는 자기 빚 갚으라며 거기에서 천만 원은 가져갔다는데요. 제가 들은 소문으로는 그 돈으로 딸이 한국 가서 성형을 하고 왔다는데 그거야 소문이니 확실치는 않지요. 이 언니는 측은지심을 베풀었다가 이자까지 갚고 있어요, 지금. 처음엔 1억을 빌려달라고 했대요."

"맙소사! 1억 빌려줬으면 큰일 날 뻔했습니다. 이러니 이민 사회에서 한국사람 등쳐먹는 건 한국사람이라는 말이 나오는 거지. 빌어먹을 인간들 같으니! 아무튼 의리없는 인간들은 다 없어. 믿음이니 신뢰니 이런 것하고는 거리가 멀다니까."

아저씨가 얼굴까지 벌게져서 한숨을 쉬었다. 진짜 허걱이다. 은혜를 악으로 갚는 인간들 같으니! 양심은 악마한테 팔아먹은 거야? 이 나라 이민성(Immigration)은 눈이 삔 거야? 보는 눈이 그렇게 없나? 이민 사회 물을 흐리는 인간들에게 영주권을 왜 줘?

하긴 뭐. 이민성 사람들이 신도 아니고 타국에서 온 사람들의 행실까지 어떻게 알아. 거짓말 탐지기보다 행실머리 싹 가려내는 탐지기는 개발 안 되는 거야? 우라질!

12

화나다 - 린이 아줌마

웰링턴에서 대기업에 다니는 린이 아줌마 아들 율이 형이 휴가차 왔다. 율이 형은 오늘 영구 영주권이 나왔다는데, 복단 할머니는 그게 왜 좋은 것인지도 모르면서 잘 됐다고, 잘 됐다고 감사, 감사를 한다.

일주일 동안 머물다 간다는 율이 형이 우리에게 요리를 해 준다나. 소고기 돼지고기 양념을 하는데 손놀림이 빠르다.

"헤이, 디도. 형이 맛나게 해 줄 거니 시다바리 좀 할래?"

와우, 율이 형 포스가 장난이 아니다. 율이 형 고기 볶는 솜씨는 끝판왕 수준이었다. 들어보니 고등학교 유학시절부터 알바의 달인이었다나. 부모가 돈이 없었던 것도 아닌데 알바의 달인? 고 3학년 여름방학 때는 인천공항에 도착한 이틀 후부터 압구정 유명 백화점에서 빨간 모자 쓰고 까만 운동화를 신고 하루 종일 강남 아줌마들의 장

바구니를 들어다 차에 실어주는 알바를 했단다. 대학 초년생 때는 스시 집에서 오뎅국 끓이고 설거지하는 알바를 하다가 대학 졸업반부터는 중국 유명 레스토랑에서 고기를 구워주는 알바를 했다고 했다. 그런데 지금도 다섯 시 땡, 퇴근을 하면 대학 때 알바하던 레스토랑 가서 또 알바를 한대나. 왜 그렇게까지? 돈뿐이 모르는 수전논가? 할머니가 물었다.

"그런데 율이는 우째 그렇게 알바를 달고 사노? 부모가 가난한 것도 아인데."

"부모님 돈은 부모님 돈이지 제 것이 아니니까요."

"맞다. 맞다. 율이는 참말로 훌륭하데이. 부모 것도 내 거, 내 것은 당연히 내 거. 이라모 아무리 자식이라도 이뿌지는 않제. 린이 어매요. 자식 농사 한번 기똥차게 지었구마. 왕대박 자식인기라."

복단 할머니는 감사, 감사를 또 허벌나게 부르짖었다.

"그래. 그리 알바를 해가 돈 말고 뭣을 또 벌었노?"

"네, 할머니. 벌은 거 많았어요. 삽시간에 몇 천만 원씩 카드를 긁고 가는 아줌마들. 생선 한 마리 사면서 일하는 저를 붙들고 이 눈깔이 싱싱해 뵈냐, 저 눈깔이 싱싱해 뵈냐 삼십 분을 고르더니, 갈치 한 마리 지하 5층 주차장에 있는 고급 승용차에 배달시키는 아줌마. 물건 가득 실은 카트를 밀고 따라오라기에 주차장으로 가나 했더니 백화점에서 이십 분은 걸어야 하는 아파트까지 가게 하는 아줌마. 뭐 이런 사람들에게서 배울 게 한두 가지겠어요. 한 달 알바비는 백오십만

원이었는데, 배운 것은 십오억쯤 될 거예요, 할머니."

복단 할머니 입이 떠억 벌어진다.

"보소, 린이 어매요. 머시 이리 이뿐 강아지가 있노. 울적한 마음은 접으소. 이케 번쩍거리는 보물을 가지고 있거마는."

율이 형은 채문 형을 포함한 우리를 체육 시설물이 드문드문 보이는 한적한 공원으로 데리고 갔다. 거기서 농구를 했는데 율이 형은 땀으로 범벅된 우리에게 맥주 한 캔씩을 던져주었다.

"갈증 나지? 음식으로 주는 거야. 먹고 싶은 사람은 먹고, 싫은 사람은 먹지 마. 술도 음식으로 먹으면 음식이고, 술술술 취하자고 마시넌 술이 되디라."

무슨 소린지 이해가 될 것도 같고 안 되는 거 같기도 하고, 아리송, 아리까리하고만. 술 취하지 말라는 성경 말을 해석해 준 건가? 처음 입에 댄 맥주가 지릿하니 뭔 맛인 줄 모르겠다. 술꾼들은 이것이 뭐가 맛있다고 부어라 마셔라 헬렐레 전봇대를 박고 다니시나?

그래도 맥주 캔을 들고 있으니 왠지 으쓱해진다. 대접받는 거 같고, 내가 조금 큰 거 같고, 인정받는 기분이 들고. 아버지가 살아 있었으면 지금쯤 아버지도 맥주 캔 하나쯤은 목을 축이라고 던져주셨을까? 율이 형한테 물었다.

"형한테 제일 처음 술을 준 사람은 누구예요?"

"우리 엄마. 중학교 1학년 때 갈증이 너무 나 계속 물을 마셔댔더니, 그럴 땐 맥주 한 잔이 더 좋다고 따라 주셨어. 그런데 진짜로 갈

증이 가시더라. 그게 술 마신 거는 아니지. 엄마가 술을 먹인 것도 아니고."

아리송하던 형 말이 조금 이해가 간다.

"형, 언제 웰링턴으로 돌아가요?"

그때 초록색 바지에 빨간 츄리닝 상의를 입은 청년이 다가오며 물었다.

"그래 휴가가 언제 끝난나고?"

알고보니 장세라는 그 형은 호태와 나처럼 오클랜드에서는 제일 친한 친구 사이라나. 아, 그런데 저건 무슨 패션이래냐? 딱 봤을 때는 우스웠는데 한국에서 의상학을 전공했다고 하니 뭔가 독특하니 세련된 느낌도 든다. 사람 마음이 참 간사하고 웃겨. 그 형은 맥주 두 캔에 워크홀리데이 비자로 오클랜드로 들어와 그 길로 눌러 살게 되었다나. 장세 형은 맥주를 마시며 그 시절 고생하던 얘기를 몇 편 들려주었다.

"돈이 떨어질 때가 되면 라면을 어떻게 먹었는지 아냐? 라면을 끓여 저녁엔 면만 건져먹고 아침엔 국물에 밥을 말아 먹는 거야. 그러다가 쌀도 떨어지고 라면 살 돈도 없으면 물에다가 고추장을 풀어 양파와 감자를 숭덩숭덩 썰어 넣고 팍팍 끓여 끼니를 때우는 거지. 그래도 양파는 싸니까 늘 있었거든. 그러니 제일 만만한 게 양파 찌개, 양파 절임이었지."

"김치 있잖아요. 만만한 거."

"애 좀 **봐라**. 너 김치를 모르는구나. 우리 같은 사람들 형편에 김치는 꿈이야. 내가 말이야. 한국에서는 십자가도 쳐다보기 싫었던 사람이거든. 근데 김치 얻어먹으려고 일요일마다 교회를 다녔다니까. 교회가면 밥에 김치에 점심 주니까. 지금은 그래도 익숙해져서 괜찮은데 그때 겨울은 왜 그렇게 추웠는지. 중국인 남학생과 같이 플랫을 했는데 걔는 플랫비를 나보다 조금 더 주고 침대서 자고 나는 바닥에서 잤거든. 얇아터진 침낭 속에서 자다보면 추운 것도 추운 거지만 자다보면 근질근질 거짓말 조금 보태면 솔방울 만한 바퀴벌레가 동침을 하자고 끼어드는 거야. 아우, 제기럴. 별별 거 하고 다 동거를 하고 지냈다니까. 하긴 뭐. 내가 아는 여자 애는 친구의 더블 사이즈 침대 반쪽만 빌려서 짐민 자고 디녔다더라. 더도, 채문이, 너희들은 가만 보니 그래도 편하게 유학생활 하는 것 같네. 부모님 잘 만난 거 감사해, 특히 김치 먹으며 유학하는 것도."

율이 형이 장세 형과 갈 곳이 있다며 자리를 떴다. 복단 할머니 말씀이 세상에는 감사할 것들 투성이라더니…….

호태가 살 책이 있다고 시내 서점을 가자고 한다. 호태와 나가려는데 이층에서 율이 형이 내려온다. 린이 아줌마가 돈 빌려준 여자를 만나러 간다 하니 형이 운전을 하기로 했단다. 어차피 검차 아줌마네 집을 가려면 서점을 지나가야 한다기에 나만 차에 올랐다. 호태는 이동이 불편하니 내가 대신 사 오면 될 일이다. 채문 형이 서점 앞에 내려주면서 얼른 책을 사 오라고 했다. 후다닥 책을 찾아 값을 치르고 나오는데 창모도 서점에서 나오고 있었다. 채문 형은 돌아가는 길에 내려줄 테니 창모도 차에 타라고 했다. 우리는 같이 차에 올랐다.

검차아줌마네 렌트 집은 빚쟁이가 사는 집이 아니라, 돈 빌려주는 대부 업자가 살 만한 번쩍한 집이었다. 시내 한복판에 있는 집들은 낡은 집이라도 렌트비가 엄청 비싸다던데 뭐래? 지들은 저런 곳에 살면서 왜? 그런데 더 웃기는 건 남매가 나와 더 큰소리를 친다. 누가 보면 린이 아줌마가 빚쟁이인 줄 알 거 같았다. 율이 형이 차 밖으로 나가 아줌마를 불렀다.

"어머니, 소용없는 것 같으니 그냥 집으로 가요."

"너 이 자식 뭐야, 새꺄. 내가 너보다 더 큰 아들이 있어! 버르장머리 없는 새끼야! 어린 자식이 배운데 없이 왜 끼어들어, 자식아!"

"제가 뭐라고 했습니까? 어머니께 집에 가자는 게 그게 욕먹을 소립니까? 언제 봤다고 쌍욕을 해요? 어른이면 어른답게 나잇값을 하십시오. 어른이라고 다 같은 어른이 아닙니다. 나이도 값나가게 드셔야 대접을 받는 겁니다. 나이 자랑은 내세울 게 한쪽도 없는 사람이나 하는 겁니다. 어머니 가세요! 말은 사람하고 해야지 아무나 하고 하는 게 아니잖아요!"

그래도 지가 잘났다고 계속 욕설을 퍼붓고 있으니 길가 집주인이 문을 열고 조용히 하란다. 와아, 뭐 이런 개 같은 경우가? 아니 형이 아줌마한테 집에 가자는데 뭘 어쨌다고 욕설을 퍼붓지? 나잇값을 하라는 말이 이래서 있는 거구나! 헛웃음이 났다. 율이 형이 먼저 차 안으로 들어와 앉는다. 형 표정이 붓으로 참을 인, 참을 인, 참을 인을 쓰느라 애를 쓰는 것 같았다. 창모가 욕설을 앙칼지게 날린다.

"개아들 쓰레기 새끼! 주제에 무슨 어른이라고. 일 원짜리도 못 되는 쪼잔이 새끼. 남의 돈이나 구걸해 처먹고! 뺏어 처먹고! 우려 처먹는 거지새끼. 더러운 꼬락서니네."

율이 형이 창모를 돌아보고 픽, 웃는다.

"흐흐, 한 쌍칼 하네. 그런데 창모야. 암행어사는 꼬맹이하고 싸우지 않는다. 욕은 사람한테 해야지 쓰레기한테는 아깝지. 개아들도 못 되니 버려. 쓰레기는 버리는 거야. 그래도 고맙다. 흐흐흐."

그래. 상남이네 세마스친도 상남이 말이라면 받들어 총인데. 저 먹여주는 집 아들이라고.

돌아오는 길에 린이 아줌마와 율이 형은 기가 막혔는지 아무 말도 하지 않았다.

율이 형이 웰링턴으로 돌아간다고 한다. 그놈의 정이 무엇인지 며칠 사이에 섭섭한 마음이 든다. 형이 나와 호태를 보며 인사를 한다.

"우리 또 보자."

우리는 서운한데 짤막한 한마디가 군더더기 없이 깔끔하다.

형을 보내고 들어 온 린이 아줌마가 피자를 쏘신댄다. 아줌마가 피자를 쏘는 이유는 공돈 아닌 공돈이 생겼다나. 3년 전 대학을 졸업하고 대기업에 입사한 율이 형은 부모님께 돈을 빌려 차를 샀단다. 형은 한 주에 300불씩을 꼬박꼬박 2년 6개월을 모아 차 값으로 빌려간 돈을 이번에 다 갚고 갔다 했다.

"아고, 린이 어매여. 참말 알찬 아들이다. 그 돈이 공돈은 절대 아니지. 세상에. 아들이 그 돈을 버느라 을매나 애를 썼겠나. 장하데이. 참말 감사한 아들이데이."

이런 일에 감사, 감사를 안 하면 우리 복단 할머니 입 부르트지. 할머니는 그저, 그저 손녀가 없는 것을 아쉬워했다.

호태가 말했다.

"배워라, 이디도. 유학비 공돈 아니다 너."

"그래. 배웠다, 시꺄. 내 가심 팩에 확실히 새겼다."

율이 형이 떠난 지 일주일 후 린이 아줌마가 사기꾼 때문에 속앓이를 하다가 기어코는 병이 난 것인가, 일층 거실에서 쓰러져버렸다.

급히 연락을 받고 달려온 시안 이모와 채문 형이 린이 아줌마를 태워 병원으로 갔다.

요즘 계속 머리가 아프다고 두통약을 처방받아 복용하시더니 끝내는 병원으로 실려 간 것이다. 피검사를 하고 MRI 검사를 했는데 슬쩍 뇌출혈이 지나갔단다. 다행히 더 큰 변은 없었다. 의사가 스트레스를 받지 말라 했는데, 어떻게 안 받아? 그 일은 누구라도 어처구니없어서 혈관 터질 일이다. 하나님은 졸고 계시는 거야? 방학 중이셔? 자기 도와준 사람한테 뒤통수 때려 갈기는 인간들이 버젓이 교회 안에서는 하나님 찬양을 누구보다 요란하게 부르짖고 있다는데.

복단 할머니는 린이 아줌마의 뇌출혈 소식을 듣고 얼굴 표정이 굳어져 있더니 시안 이모한테 수요일인 내일 교회를 가자고 부탁을 했다. 그동안 복단 할머니는 차를 태워주는 사람들한테 미안하다고 주일날만 교회를 갔었다. 그런데 갑자기 수요일 날 가자고 하신다. 검차 아줌마는 주일이고 수요일이고 빠지지도 않는단다. 예수님은 지가 제일 잘 믿는 양, 사랑받는 양 꼬랑지를 있는 대로 뻗치고 찬송을 하고 눈물 뿌려 기도를 한다니 할머니는 그 낯을 확인하러 가려는 것일까? 나도 따라나섰다.

목사님의 설교가 끝나자 검차 아줌마가 헤헤거리며 사람들과 인사를 한다. 그때 복단 할머니가 성큼 교단 위에 섰다.

"다들 앉아 보소, 교회 사람들."

교인들은 성경책을 끼고 나가려다가 영문을 몰라 자리에 앉았다. 목사는 아무런 의논도 없이 교단에 선 할머니를 어안이 벙벙해져서 쳐다보았다.

"이 늙은 권사가 잠깐 할 말이 있어 나왔소. 이 교회에 남의 돈을 삼천만 원이나 떼먹고 뻔뻔하게 배실배실 악질 행세를 하고 있는 사람이 있소이다! 여러분들! 그가 누구인지 조만간 알게 될 것이오. 알게 되면 그자의 혀 놀림에 속지 마소! 그리고 절대로, 절대로 돈을 빌려주는 일은 하지 마소. 돈도 빌려줄 사람이 따로 있다 아입니까. 일단 이 정도만 아시고 집으로 돌아갈 사람은 갑시다. 그러나 돈을 가져간 사람과 목사님 장로님 권사님들은 미안하지만 남아 지 말을 더 들어야 할 것이오."

그러자 대부분의 사람들이 남아 있었다. 샐샐거리던 검차아줌마의 얼굴이 벌겋게 달아올랐다.

"여그 있는 분들 중에는 누가 빌려주고 누가 빌려갔는지 아는 사람들도 꽤 있을 것이오. 삼 개월 쓰고 준다더니 지금이 몇 월이요? 도와 달라 쫓아다니며 돈 돈 돈, 돈타령을 해서 측은지심으로 은행에서 대출까지 받아 빌려줬답디다. 그런데 안적 갚지도 않고 이자도 안 주는 빚쟁이 여자가 예수를 따르는 여자요, 훼방꾼이요? 다들 의견 좀 내 보시오. 목사님, 대답 좀 해 보소? 이 말을 내한테 처음 듣는 소리요? 권사 양반들, 이 얘기를 들어본 적 없소?"

할머니 말에 아는 사람은 입을 다물고 있고 몰랐던 사람들은 웅성거렸다.

"정하림. 아 어매가 속상하고 억울한 것을 참고 삭히다 오늘 뇌출혈을 일으켜 지금 병원에 있소. 목사님, 대답을 해 보소! 이게 말이 되는 일이오? 목사는 설교나 잘하라고 이 자리에 세운 사람이 아니오. 목사는 바른 소리를 할 줄 모르면 그것은 이미 변질된 목사일 것이오. 저기 앉아 있는 저 권사님. 대답 좀 해 보소. 몇 년 전에 저 집사한테 돈 빌려줬다 교회가 시끄러웠다는데 맞소?"

복단 할머니가 검차 아줌마를 손가락질했다. 안경 쓴 권사가 고개를 끄덕였다.

"이래 말해서 안 됐지만 목사님은 그때 저 빚쟁이 집사한테도 바른말을 했어야 하고, 교인들한테도 드러냈어야 했소. 그랬다면 이렇게 같은 일이 교회 안에서 또 벌어지지는 않았을 거요. 누가 알까, 그러면 교회가 시끄러워질까, 그러면 교인이 떠나갈까, 그러면 헌금이 안 들어올까, 그러니 쉬쉬쉬쉬! 보소, 사람들! 바른 소리 해야할 때 쉬쉬거리면 오줌 싸고 지려 속바지만 젖을 뿐이오. 내 말이 틀렸소?"

사람들이 고개를 끄덕였다. 목사가 할머니 곁으로 가더니 내려오기를 부탁했다.

"권사님, 권사님. 이제 그만……."

"착각하지 마시오. 교회는 목사가 주인이 아니오. 하나님이 잠시 단을 맡겼을 뿐이오. 뒤에서 남의 뒤통수를 후려쳐놓고 교회 와선 눈물 뿌려 기도하는 척, 불쌍한 척, 가엾게 여김을 받으려고 꼬랑지를 흔들어 사람들 마음을 흐려놓는 잡것들의 놀이터가 아니오! 대출까지 받아 돈 빌려준 사람을 비방하고 모함하여 교회에서 내몰려는 자들의 소행이 통하면 안 되는 곳이오! 목사가 바른 소리 못하고 이리저리 모가지 조아리고, 여기저기 눈치나 살피는 것이 과연 하나님의 뜻인지 목사의 뜻인지 본분인지! 내가 내 나라 두고 여그 와 가만 보니 다들 고생하고 사는 것 같더이다. 다들 남에 나라 와 사느라고 고생이 많습디다. 헌금 한 푼이 얼마나 귀하고 감사한 돈인지 나도 느껴지더이다. 세상에 공짜가 있소? 아니 없소! 나는 말이오. 내 교회 목사가 바른 소리 할 줄 아는 목사였으므 좋것소."

그때 검차 아줌마가 소리쳤다.

"정하림 집사가 먼저 빌려준다고 했어요! 그리고 우리 뜯어먹으려고 비싼 이자 붙여먹었다고요!"

"여러분들! 여그 저 자에게 돈 빌려준 사람이 이자를 뜯어먹기 위해 빌려줬다고 생각하는 사람 있으모 손들어 보소! ……아무도 없지요. 내가 얘기 하나 해 주리다. 얼마 전 돈 빌려준 정하림 씨 아들이 휴가를 받아 다녀갔소이다. 대기업을 다니는데 2년 6개월 전 부모님한테 돈을 빌려 차를 샀다하오. 그런데 그 돈을 갚느라 2년 6개월을 주마다 300불씩 모았다 하는구만. 그래서 이번에 부모님께 그 돈을 다 갚고 돌아갔소. 자식도 부모 돈을 떼먹지 않고 갚았소. 또 그 돈을 빨리 갚기 위해 직장을 다니면서도 퇴근을 하면 일주일에 삼일은 레스토랑에서 알바라는 걸 했답디다. 설사 여유가 있는 집이라고 칩시다! 그런 집 돈은 안 갚아도 되는 돈이오? 그 돈은 개나 소나 써도 되는 돈입디까? 여그 지 새끼는 돈 벌러 내보내고 개나 소나 쓰라고 돈 던져 줄 사람 있으면 나서 보소!"

검차 아줌마가, 아줌마는 무슨! 검차 여자가 목소리를 높였다.

"여기는 교회에요! 왜 신성한 교회를 시끄럽게 해요! 권사님이면 권사답게 구세요!"

복단 할머니가 한동안 검차 여자를 한심한 듯 내려다보더니 한숨을 푹 내쉬었다.

"미친 마음을 가지고 있으모 남자는 미친놈이 되고 여자는 미친년이 되는 기라. 이 시끄러움이 어디서 왔노? 니가 집사가, 잡사가! 그 입을 찢어버려야 입을 다물 거가? 비싼 이자가 싫었으면 니가 안 빌렸으면 되는기고 빌렸으면 약속대로 갚으면 됐던 기라! 빌려준 사람은 그걸 원했던 기라. 지금도 시끄럽게 떠들지 말고 당장 돈을 돌려주면 되는 기라! 이자를 말하고 싶으면 줘놓고 말해라! 비빌 언덕이 되어 주려던 좋은 마음을 짓밟고 몸을 상하게 하고도 니가 무사하면 하늘이 없는 기라! 니 같은 것들이 이민 사회를 드럽히는 기다! 니 같은 것들이 남에 나라에 발 딛고 열심히 살아가는 한국 이민자들 이름에 먹칠하는 기다! 니 같이 대표의식 없이 막 되먹게 구는 것들이 나라 이름을 드럽히는 기다. 내 여그 와서 좋은 사람도 여럿 만났지만 니 같은 종자도 여럿 봤다. 그래도 내는 니 같은 것들이 수없이 많다고 생각 안 한다. 왜냐? 원래 니 같은 미꾸라지 한 마리가 연못을 흐리는 거제! 니 같은 게 이민 사회와 내 나라를 망신스럽게 하는 거제! 이 교회서 젤로 비싼 차를 타는 게 니라제? 꼴값 떨지 말고 차 팔아 빚 먼저 갚는 게 사람 짓이다! 뭐라? 권사답게? 입질 잘 못하면 아가리에 낚싯바늘 들어가는 게 이치다! 주둥이 닥치라!"

검차 여자가 벌떡 일어나더니 복단 할머니를 향해 손가락질을 해 댔다.

"권사님이 뭔데 참견이에요? 내가 권사님한테 돈을 빌렸어요? 밥을 달랬어요?"

복단 할머니가 여자를 노려보더니 교단 아래로 내려섰다. 그리곤 여자 앞으로 다가가 얼굴을 뚫어져라 쳐다보며 낮은 목소리로 차분하게 그렇지만 단호하게 말했다.

"하나님의 이름으로 말하니, 양의 탈을 쓴 요물아! 그 입을 닥치라!"

그러자 검차 여자가 비명을 지르며 넘어지더니 간질병 환자처럼 몸을 틀어댔다. 무슨 말을 하려는지 붕어처럼 입을 뻐끔거렸으나 목소리는 나오지 않았다. 복단 할머니는 여자를 내려다보며 보일 듯 말 듯 성호를 긋더니, 나와 시안 이모에게 눈짓을 했다.

"집에 가제이."

시안 이모가 운전을 하면서 물었다.

"그 사람 괜찮을까요?"

"괜찮다. 아무 일 없다."

린이 아줌마는 실려 간 지 며칠 만에 집으로 돌아왔다. 의사들도 하마터면 큰일을 당할 뻔했다고 안정을 취하라고 했단다. 복단 할머니는 불행 중 다행이라고 그만하길 다행이라고 감사, 또 감사를 했다. 늘 생각하는 것이지만 복단 할머니가 대학 졸업장만 있었으면 명강사가 됐을 텐데, 아, 아쉽다. 졸업장이 뭐라고. 복단 할머니도 참, 공부 좀 하시지. 공부는 커녕 껌 짝짝, 면도칼 씹으셨던 거 아녀?

감사, 감사하던 할머니가 화나시니까 한 성질 제대로 내시네. 대표 의식! 그렇지. 나를 알거나 보고 있는 외국인에게는 내가 곧 대한민국이니까. 한국인이니까.

13

슬프다 - 넘실거리는 파도 속으로

열일곱 살 Year 11학년도 조금만 더 있으면 두 번째 텀 방학에 들어간다. 주구장창 비가 내리는 오클랜드의 겨울나기는 참 쉽지 않다. 집안은 냉기가 흐르고 체감 온도는 차다. 빨래는 빨리 마르지도 않는다. 복단 할머니는 여기다가 널었다 저기다가 널었다 빨래를 안고 종일 종종거리셨다.

"우리나라 따뜻한 온돌집이 을매나 좋았노. 그거면 이딴 빨랫감들은 대번에 마를 낀데. 빨래 잘 마르는 것도 감사한 일이라는 걸 여그 와서야 깨닫는다 아이가. 우리 조상님들은 우째 그리 머리도 좋았능가 온돌집도 짓고 말이제."

목요일 학교 가는 길이 심하게 힘들었다. 비바람이 치는데 우산을 쓸 수가 없다. 휠체어에 앉은 호태가 들고 있던 우산이 바람에 날아가

뒹굴었다. 우산을 쫓아가는데 내 우산도 뒤집혀 작살이 났다. 곧 태풍이 온다더니 어제보다 바람이 심하다.

학교에서 만난 창모 얼굴이 먹구름이 낀 듯 어두웠다. 무슨 일이 또 있었던 것일까? 창모는 수업이 다 끝나자마자 집으로 갔는지 보이지 않았다. 아침 등굣길에는 그 난리를 치더니 오후에는 날이 개었다. 변덕스럽기는 암튼 오클랜드 겨울 날씨가 일등감이다. 채문 형은 여권 만료 재발급을 받으러 영사관엘 간다나. 나도 오래간만에 시내 구경이나 해 볼까, 시안 이모 차를 탔다. 영사관 건물 주차장이 만원이다. 참 이상도 하지. 한국이야 인구가 많다 보니 주차하기도 힘들고 복잡하다지만 이 나라 도시는 뭣 때문에 주차하기가 힘들고 주차비도 비싼 것일까? 인구도 적고 땅도 넓은데 이왕이면 도로도 널찍널찍 주차장도 큼직큼직 만들었으면 얼마나 좋아. 시안 이모는 주차비를 아끼려고 영사관 주변을 돌고 돌아 간신히 시간당 4불 하는 길거리 주차 공간에 차를 세웠다. 영사관 일을 끝낸 채문 형이 아이스크림이 당긴다면서 미션베이를 가자고 했다. 이 겨울에 뭔 아이스크림? 그래, 그래. 마리앤과 달달한 연애 중이니 만사 당기는 게 달콤한 거뿐이다 이거지? 나와 채문 형은 입맛대로 아이스크림을 토핑해 시안 이모가 있는 곳으로 갔다. 시안 이모는 그 옆 'Coff Coff' 라는 카페에서 따뜻한 아메리카노를 사 이모 차가 보이는 분수대 둘레에 앉아 차를 주시하였다.

나는 아까 얼굴 표정이 어두웠던 창모가 생각나 바닷가 저편을 바라보았다. 너럭바위가 있는 곳을 보니 누군가 앉아있는 것도 같았다. 창모에게 전화를 했다. 폰이 꺼져 있다. 괜히 마음이 불안하다.

"형, 나 저기 잠깐 갔다 올게."

나는 아이스크림을 먹으며 너럭바위로 갔다. 창모가 바다를 바라보고 앉아 있었다. 못으로 바위를 긁어대며. 무슨 일이 있었던 것이 틀림없다. 일 년 전쯤 손목 사건 이후 주머니에 늘 못을 지니고 다니는 창모, 못 긁는 것이 버릇이 된 친구다. 내 친구의 가슴 시린 버릇!

"창모야!"

창모가 나를 보더니 손등으로 눈물을 훔쳤다. 채문 형에게 전화를 해 먼저 가라고 하곤 창모 옆에 앉았다. 창모의 '걱정 못' 긁는 소리가 다른 때보다 더 아프게 들린다.

"내 걱정을 안고 떠난 못이 지금까지 몇 개나 될까? 내 걱정을 안고 바다에 빠지고, 숲속에 박히고, 마당으로 날아가고……."

"너 임마. 이 나라 정부가 니가 여기저기 못 버리고 다니는 거 알면 한국으로 추방시켜 버릴 거야. 이 나라는 환경을 엄청 신경쓰는 것 같더라. 그런데 위험한 못을 바다에, 산에, 숲에 뿌리고 다니면 당연히 싫어하지. 내가 대신 '걱정 사람' 돼 줄까? 나한테 해."

그래도 내 농담이 위안이 되었는지 쿡, 웃었다. 그래. 그렇게라도 웃는 게 낫지.

"야. 친구한테 걱정을 버릴 만큼 내가 맛탱이가 가지는 않았어."

"우리 이솔반 내일 모탓 박물관에 간다는데 너희반도 가?"

"우린 안 가. 거기 그런대로 구경할 만해."

창모는 폰을 열어 시간을 확인하더니 일어섰다.

금요일 아침, 호태는 벌써부터 일어나 학교 갈 준비를 하고는 텔레비전을 보고 있었다. 아직 시간이 있기에 나도 옆에 가서 앉았다. 오늘 오후 9시 이후로는 사람은 물론 차도 거리로 나가지 않을 것을 경고하는 자막이 계속 지나갔다. 특히 하버브릿지는 밤 11시 이후로는 절대 건너다니지 말 것을 당부하는 뉴스와 자막이 꼬리를 이어 흘러나왔다.

오전 내내 흐려있던 하늘이 오후 모탓 박물관으로 가려하자 비가 부슬거렸다.

"하필이면 왜 태풍이 오고 있는 이때에 박물관에 가지?"

"선생님들이 새 학기에 시간표를 짰을 텐데 오늘 태풍이 올 줄 알았겠나. 잘 갔다 와. 나도 가고 싶은데 우리 학교 스쿨버스에 휠체어 올라가는 장치가 없다잖냐. 집에서 보자."

창모는 집으로 가고 나만 스쿨버스에 올랐다. 모탓 박물관에 비치된 오래된 비행기며 기차가 색다르다. 희모가 비행기를 뚫어져라 쳐다보고 있었다. 같은 학교를 다니고 같은 교실에서 공부를 해도 희모와는 대화라는 걸 해 본 적이 없다. 나는 희모를 보면 가끔 예전의 호태를 보는 것 같았다. 못 본 체, 모른 척하는 것이 똑같다. 비행기 구경을 처음 했나, 왜 저러지?

"희모가 불쌍해."

팔목 사건 이후 집 나갔다 돌아온 창모가 했던 말이다. 오늘은 저놈이 무시를 하던, 본척만척을 하던 그냥 봐주자. 내가 희모 곁으로 다가가 툭, 팔을 쳤다. 무슨 생각을 하고 있었는지 놀란 표정으로 나를 쳐다보더니 중얼거렸다.

"저 비행기 타고 어디로든 날아가 버리고 싶다. 저 기차를 타고 아주 먼 별나라로 가버리고 싶어."

그래서 내가 물었다.

"가고 싶냐?"

"그럴 수 있으면."

그런데 그 표정이 진지해 장난을 칠 수가 없었다. 사실은 '너 아직도 크리스마스가 되면 산타할아버지 기다리지?' 라고 장난을 치려던 건데, 뭔 표정이 그렇게 진지한지, 짜식.

모탯에서 돌아오는 스쿨버스 안에서도 희모는 창밖만 보고 있었다. 그래도 오늘은 웬일이래. 비행기를 타고 어디로든 가고 싶다는 둥, 기차를 타고 별나라로 가버리고 싶다는 둥 자기 마음을 보여 주다니.

희모를 안 이후로 최대로 길게 한 대화고, 아무튼 속마음을 보여준 것도 처음이다. 스쿨버스가 학교 주차장에 도착하자 희모는 어느 틈에 내렸는지 우산도 쓰지 않은 채 버스 정거장으로 향하고 있었다. 내가 희모 등 뒤에 대고 소리쳤다.

"희모야! 다음에 나랑 공 차러 가자!"

희모는 들었는지 말았는지 아는 체도 않고 앞만 보고 갔다. 짜식, 우산이나 쓰고 다니지.

집에 도착하자마자 바람이 거칠어지더니 사납게 비가 쏟아졌다.

초저녁부터 또 텔레비전을 보고 있던 호태가 말했다.

"할매, 오늘은 시안 이모도 린이 아줌마도 작은 아빠도 운전하지 말고 집에 있으라고 해야것다."

"와?"

"방송에 계속 속보가 나오네. 오늘 밤 태풍이 오클랜드시로 몰려온다고 조심하란다. 할매 교회 다닐 때 다니는 고속도로도 완전 통제는 아니지만, 지나다니지 말라고 경고 창 떴다아이가. 특히 하버브릿지 근방은 파도가 엄청 거세서 위험하다 안 하나."

"그렇나? 알았다. 내가 전화해야것다."

복단 할머니는 먼저 시안 이모와 김치 이모에게 전화를 해서 오늘 밤만큼은 나가지 말 것을 당부했다. 그리고 작은 아들에게 전화를 하려는 바로 그때 아저씨 아줌마가 들어왔다.

"야야, 잘 왔데이. 그렇지 않아도 내가 지금 전화하려는 중이라."

"오클랜드에 수년을 살았어도 오늘처럼 저리 강하게 태풍을 조심시키는 적은 없었는데 무슨 일인지 모르겠네요."

아줌마 아저씨는 하룻밤을 묵는다며 거실에다 2인용 노란 텐트를 쳤다.

"아고매. 그것 참 좋데이. 이리 또 방 하나가 맹글어지네. 아고, 세

상에는 감사한 물건도 참 많다. 감사하데이.″

텔레비전에서는 여기저기 벼락이 쳐 나무가 쓰러져 나가는 현장이 보도됐다. 길가에 세워뒀던 자동차도 큰 나무들이 쓰러지는 바람에 납작쿵 가자미가 되어버렸다.

″야야, 니 차 어디다 세웠노? 암캐도 창고 열고 들여놔야 안 하나. 미리 조심해서 나쁠 거는 없다아이가.″

아저씨와 린이 아줌마는 서둘러 나가더니 게라지 안에다 차를 주차했다. 다행히 게라지가 커서 빠듯하지만 두 대가 세워졌다. 할머니는 그제야 안심이 된다는 듯 방으로 들어가셨다. 우리 집 문밖 나무들도 부러져 나갈 듯 거센 바람에 흔들거렸다. 저녁 식사를 하고 나니 갑자기 피곤이 몰려왔다. 나는 씻지도 않은 채 이불 속으로 들어갔다.

그리고 새벽에 걸려온 전화에서 들려온 목소리! 삑삑거리던 스피커 소리!

천둥소리 빗소리를 뚫고 명확하게 들려오는 소리!

″야아아! 씨발아! 삐삐삐 개씨발아! 삐삐 씨발놈의 삐삐 공부도 지겹고! 씨발! 삐삐삐 공부우! 공부우! 공부우우우! 지겹다아아! 씨발 연놈들아! 다아! 삐삐 다! 씨발 같다아!″

이게 뭐야! 그 뒤에 뭔가 나뒹구는 소리가 들린 것 같은데, 나는 너무 놀라 폰을 방바닥에 던져버리고 문을 박차고 나갔다.

″할머니! 할머니! 복단 할머니!″

내가 소리를 지르며 뛰쳐나가자 할머니가 놀란 표정으로 급히 나왔다.

"디도야, 와! 와 그라노!"

아저씨 아줌마도 텐트의 지퍼 문을 열고 나왔다.

"무슨 일이야? 왜?"

"저기요. 저기 전화요! 누가 전화를 했는데 누군지 모르겠어요! 그런데 이상해요!"

아저씨가 내 방으로 들어가더니 폰을 들고 나왔다. 액정이 깨져 있었다. 아마도 책상 모서리에 부딪혀 깨진 것 같았다. 아무것도 확인할 수 없었고 녹음도 들을 수가 없었다. 늘 이어폰을 끼고 영어 회화를 들으며 자는 호태가 이른 아침 방문을 열고 나오다가 다 나와 있는 우리를 보고 놀란 표정을 지었다. 아줌마가 물었다.

"호태야, 너 아는 사람 중에 027-033으로 시작하는 전화번호 쓰는 사람 있니?"

호태가 폰 저장 번호를 확인하더니 고개를 저었다. 아저씨는 스시가게 출근을 하면서 내 폰을 고쳐와야겠다며 들고나갔다. 호태 폰을 빌려 이준과 채문 형에게도 확인을 했지만 다들 모르는 번호란다. 창모는 아예 전화를 받지 않았다. 착잡한 마음으로 책상에 앉아 있는데 텔레비전을 보고 있던 호태가 거실에서 소리쳤다.

"디도야! 오늘 새벽에 하버브릿지에서 누가 투신자살했단다!"

가슴이 철렁 내려앉는다. 내가 콩 튀듯 튀어나갔다.

"누가?"

"아시안 같다는데 아직 누군지 밝혀지지 않았단다. 경찰에서 찾고 있나 봐. 새벽에 폭풍이 심해서 지나가는 차도 거의 없었다는데, 한 시민이 자기 어머니가 어제 세상을 떠서 급히 부모 집으로 가는 중이었다카더라. 그런데 순식간에 떨어지는 걸 보고 그 사람이 신고를 했단다."

팔다리가 후들후들 떨려왔다.

"왜 그래, 임마? 정신 차려!"

"아무래도 그 전화, 새벽에 온 전화하고 상관있는 거 같아."

불현듯 창모가 떠올랐다. 호태 폰을 빼앗듯 낚아채 다시 창모에게 전화를 걸었다. 여전히 받지 않았다. 지난 그 날, 핏물이 흐르는 팔목을 하곤 서러움에 복받쳐 울던 순간이 불현듯 떠올랐다.

"죽었으면 좋겠어요. 엄마를 참을 수가 없어요, 아줌마. 엄마가 여기까지 쫓아올 줄 알았으면 그냥 한국에서 살 걸 그랬어요. 한국에서 살 때 엄마가 너무 지겨워서 지옥 같았어요. 그래서 아빠가 유학 가라고 했을 때 무조건 간다고 했어요. 그런데 여기서는 더 큰 지옥에서 사는 거 같아요. 어어어어어……. 제 가슴을 열면 심장보다 창자보다 엄마가 쾅쾅 박아 놓은 못들이 먼저 툭 툭 튀어나올 거 같아요. 어어어어……."

"아, 미쳐버리겠다! 이 새끼 이거 미친 짓 한 거 아냐?"

갑자기 눈물이 쏟아졌다. 목요일 저녁 바위를 긁어대던, 눈물을 훔쳐내던 창모 모습이 눈에 선했다. 다시 전화를 했는데 이번엔 통화 중이다. 일 분이 한 시간 같았다. 조바심이 나서 견딜 수가 없었다. 그때 호태 폰이 울린다.

"여보세요!"

"호태야, 왜?"

창모 목소리다. 그 순간 후들거리던 다리에 힘이 빠지며 내가 주저앉았다. 내가 소리쳤다.

"야! 새꺄! 왜 전화를 안 받고 지랄이야! 죽은 줄 알았잖아! 죽어버린 줄 알았잖아, 존나 새꺄!"

창모가 말이 없다. 그러다가 잠시 후 힘없는 목소리가 들려왔다.

"희모가, 희모가…… 없어졌어……."

그 순간 심장이 오그라드는 것 같았다. 전화번호를 확인하기가 두려웠다. 두려워 입이 떨어지지가 않았다. 그래도 해야지. 안 하면 안 되는 거잖아!

"창모야. 너 혹시……027……0……3……3으로 시작하는 번호……아냐?"

창모가 또 말이 없다.

"알아?"

"우리 엄마……전화번호……그렇게 시작해……왜?"

창모가 심하게 두려움에 떨고 있는 것이 느껴졌다. 창모도 분명 하버브릿지 사건을 알고 있을 테다. 아니 알고 있는 것 같았다. 창모 목소리가 그렇게 말하고 있었다. 나는 세상에 태어나 많이 살지는 않았지만 이렇게 대답하기 어려운 적은 생전 처음이다. 폰 저편에서 헉헉대는 소리가 들려왔다.

"왜 묻냐고? 빨랑 대답해, 임마!"

대답을 할 수가 없었다. 창모가 울면서 소리쳤다.

"빨리 대답하라고!"

눈물이 스멀스멀 비집고 나왔다.

"새벽에 전화 왔었어. ……희모 마이크 같은 거 있었냐?"

창모기 대답도 안 하고 전화를 끊었다.

아! SOS!

희모가 중얼거리듯 하던 그 말이 떠오르자 갑자기 가슴이 콩닥거렸다. 아! 메모장! 왜 이제야 생각났을까! 모탓 공중전화 박스에서 희모가 나간 후에 주웠던 메모장. 무심코 주워 가방에 넣었었는데 그것을 까맣게 잊고 있다니! 그날 갖고 갔던 내 가방을 뒤적이는데 손이 부들부들 떨렸다. 그때 밖에서 자동차 멈추는 소리가 들리더니 아저씨가 뛰어 들어왔다.

"디도야, 니 폰 고쳤다, 여기. 니가 녹음해 놓은 거 얼른 확인해 봐."

모여 있던 식구들이 모두 숨을 죽였다. 희모 목소리가 틀림없었다. 평소 대화를 해 본 적은 별로 없지만 목소리를 모를 리 있나. 이건 희모다. 온몸에 피라는 피는 다 빠져나가는 기분이 들었다.

"희모에요. 창모 동생이요."

호태도 넋을 잃은 양 입을 벌리고 앉아 있더니 후두둑 눈물을 떨구며 중얼거렸다.

"미친놈. 나 같은 병신도 사는데. 나도 사는데 애자 새끼. 시간이 흐르면 되는데, 나쁜 새끼."

아저씨가 주저앉아 있는 나를 흔들었다.

"디도야, 이 폰 얼른 경찰에 신고해야 돼!"

경찰차 몇 대가 집 앞에 와 섰다. 경찰들이 녹음 파일을 듣더니 복사를 했다. 가슴이 떨려 새벽에 있었던 일을 어떻게 말을 했는지도 모르겠다. 사복 경찰인지 보도국 사람인지 메모를 하다가 물었다.

"Is there anything other than the voice recording? Something like mobile text messages……. (녹음된 거 외에 다른 것은 없나요? 문자라던가…….)"

그 말을 듣고 문자를 확인하는데 손이 마구 떨렸다. 호태가 대신 문자를 확인했다. 그때 창모와 창모 엄마가 나타났는데 두 사람 다 새파랗게 질려 실신 직전이었다.

"Here it is. (여기 있어요.)"

거짓말처럼 문자가 두 개 와 있었다. 시간을 확인하니 녹음하기 30분 전쯤이다.

> 이디도! 불쌍한 우리 형 친구 해줘서 고마워.
> 우리 형 부탁해!

> 이디도! 내가 다시 태어나면
> 나하고 공 차러 가자!

창모 엄마가 주저앉아 통곡을 한다. 그렇게 찬바람을 쌩쌩 일으켰던 창모 엄마의 모습은 간데없고 저리 무너지는 모습이라니 너무나 참담하다. 창모가 울부짖었다.

"어어, 씨발! 어어, 씨발! 씨발! 씨발! 씨발!⋯⋯."

씨빅이라고 'ㄱ'을 붙이는 이유는 'ㄹ'을 붙이면 왠지 끝까지 간 놈 같아서, 막 돼먹은 놈 같아서, 그래도 'ㄱ'을 붙이면 끝까지 다 간 놈 같지는 않아서, 나름 참으려고 노력하는 거라고 하더니. 그런 창모가 지금 사정없이 'ㄹ'을 붙이고 있다.

희모가 우산도 쓰지 않은 채 뛰어가던 모습이 생각나 자꾸만 눈물이 줄줄거리고 나왔다. 모탯에서 했던 말들도 떠올라 미칠 것 같았다. 희모를 안 이후 대화라고는 그게 제일 긴 거였는데. 내게 자기 마음을 말한 것도 처음이었는데, 마지막이라니 믿을 수가 없었다. 후회가 되었다. 우산도 안 쓰고 집에 갈 때 미친 척하고 잡아끌어 우리 집으로 데리고 올 걸. 아니면 모탯에서 바로 옆에 있을 때 다리라도 부러뜨려 걷지도 못하게 만들 걸! 내가 삼십 분 전에만 문자를 확인했어도⋯⋯ 내가 문자만 일찍 확인했어도⋯⋯어쩌면 그것이 나한테 SOS를 보내는 거였는지도 모르는데…….

텔레비전에서는 그날 새벽 그 길을 다닌 차는 거의 없었다는 것을 방송하면서 어떤 경로로 희모가 그 길을 갔는지는 밝히지 않았다. 다만 사람이 다닐 수 없는 그 길을 한 한국인 소년이 그 길을 갔다고 보도했다. 오클랜드가 울고 있다고 보도했다. 아마도 드물게 설치되어 있는 CCTV를 확인해 희모의 모습은 발견이 되었으리라. 그래도 그것을 보도하지 않는 것은 어쩌면 가족을 위한 배려일 거라고 아저씨가 말했다.

희모의 시신은 끝내 찾지 못했다. 다만 다리에 떨어져 있던 부서진 마이크 조각과 파도에 실려 가다 수색망에 걸린 한국 교과서 수학책과 과학책뿐.

태풍이 휘몰아치던 그 새벽 희모는 넘실거리는 파도를 타고 그렇게 사라져 버렸다. 비행기도 기차도 아닌 파도를 타고…….

손톱 끝 하나 남기지 않고 다른 곳, 아주 먼 별나라로…….

14

설레다 - 다시 일상으로

창모는 자기 집으로 가지 않았다.

"할머니. 저 좀 여기 있게 해 주세요. 엄마 얼굴을 볼 수가 없어요. 보고 싶지가 않아요."

창모는 이제 자기 엄마의 허락 같은 건 무시하기로 작정한 것 같았다. 창모는 텔레비전에서 바다에서 건져낸 희모의 한국 교과서가 보도되자 미친 듯이 꺼이꺼이 울어댔다. 그날 밤 이준과 채문 형이 우리 집으로 와 밤을 같이 보냈다. 새벽녘 울다 지친 창모가 꿈을 꾸는지 헛소리를 했다.

"희모야…… 희모야…… 엄마, 그러지 마…… 그러지 말라구…… 희모야아아!"

"창모야. 창모야."

내가 창모를 흔들어 깨웠다. 창모는 소스라치게 놀라 일어나더니 희모 이름을 부르며 또다시 울었다. 옷은 땀으로 흥건했고 눈은 부어 반은 감겨 있는 듯 초췌했다. 복단 할머니가 와서 창모 등을 쓸어주며 울었다.

"니를 우짜면 좋노. 우짜노, 니를."

"엄마가 희모 폰을 뺏었어요. 동영상 봤다고. 동영상을 보려고 한 게 아닌데. 카톡으로 모르는 게 들어오니까 확인하려던 건데. 그거 봤다고. 야동 봤다고. 머리통에 피도 마르지 않은 게 벌써부터 딴짓한다고! 폰도 노트북도 뺏었어요. ……희모가, 희모가 피곤하다고, 모탓 갔다 와서 피곤하다고 했어요. 조금만 자고 싶다고……그런데 공부하라고. 두 시간만 하고 자라고……희모가 공부하다 책상에 엎드려 잠이 들었어요."

"창모야. 그만 혀. 그만하고 나중에. 나중에. 지금은 쉬어야 한다. 자꾸 말하면 힘들데이, 창모야."

창모는 그래도 말을 이었다.

"공부 안 하고 잔다고 엄마가 소리소리 지르니까 희모가 울음을 터트리면서 '에이 씨, I could sleep for 2 days! I could sleep for 2 days! I could sleep for 2 days!' 하면서 이틀이라도 잘 거 같다며 울었는데, 그렇게 피곤하다고 했는데 대들었다고…… 너 같은 자식은 필요 없어! 이러면서 폰은 물에다 집어넣고 노트북은 던지고…… 희모가 졸리다고. 피곤하다고. 자고 싶다고 했어요…… 자고 싶다고! 자

고 싶다고! 자고 싶다고요! 어, 어, 어, 어, 어……희모가 자고 싶다고
울더니 영원히 자러 갔다고요."

비는 그치지도 않고 부슬거리는데 할머니도 울고 우리도 울고 눈물
로 얼룩진 밤이었다.

"자러……영원히 자러 갔어요. 잘 수가 없어서 바닷속으로 자러 갔
어요. 마음 편하게 잘 데가 없어서 바닷속으로 자러 갔어……요. 자러
갔다고요. 자러……자러……."

창모가 혼절을 했다. 린이 아줌마와 우리가 차 뒷좌석에 창모를 눕
히려는데, 급히 연락을 받고 달려온 김치 이모 배달 차가 도착을 했
다. 차 안에서 이준 아저씨가 내리더니 말했다.

"린이 엄니. 우리가 갈게요. 여기서 애들이랑 할머니 좀 살펴 주세
요."

차 뒷자리에 혼절해서 누워있는 창모 머리를 김치 이모가 안고 앉
았다. 차가 서둘러 시내 병원을 향하여 달려갔다.

창모는 며칠 후 우리집으로 돌아왔으나 학교는 가지 않았다. 병원
담당 지피가 당분간 학교를 쉬는 것을 포함한 심리 치료 처방을 내렸
기 때문이다. 복단 할머니와 버스를 타고 창모네 집으로 갔다. 창모
엄마가 순순히 문을 열어 준다. 눈이 퉁퉁 부어 있다. 희모 물건인가,
옷가지들이며 물건들이 거실 한쪽 구석에 쌓여 있다. 할머니가 창모
엄마의 손을 잡는다.

"창모 어매요. 내 매느리처럼 생각하고 편히 말하리다. 내가 다

른 건 몰라도 지금 그 맴은 아요. 자식 먼저 보낸 맴. 오죽하것소. 내도 겪어 봐 다 안다아이요. 내 손자 호태 아배, 나도 내 아들을 보냈다 아이요. 당해보니 자식 보낸 슬픔보다 더 큰 슬픔은 없더라 이말이요. 창모 어매요. 우리 지금은 창모만 생각하입시다. 우리는 부모니까. 남은 자식은 살게 해야 하니까. 창모 어매요. 당분간 창모를 우리집에 두면 안 되것소? 그거 의논할라꼬 내가 무거운 발걸음을 이리 뗐다아이요."

창모 엄마는 눈물만 떨구다 말없이 고개를 끄덕였다. 며칠 후 창모 엄마는 김치 이모 편에 창모에게 당장 필요한 물건들을 보내왔다. 창모가 홈스테이를 들어온 셈이 된 거다. 엄마와 아들 사이에 죽 그어진 삼팔선으로 서로 마주하지를 못한다. 엄마는 엄마대로 아들은 아들대로 찢어진 상처를 아파하느라…….

올리비아는 이솔반 학생들을 데리고 바다로 나갔다. 학생들은 꽃송이를 바다에 흘려보내며 희모에게 작별 인사를 했다. 다들 눈에 눈물이 고였다. 샬롯은 어떻게 알았는지 희모가 카라꽃을 좋아했다며 눈물이 글썽해져서 흰 카라꽃 한다발을 바닷물에 띄워보냈다.

집으로 돌아왔는데 창모를 찾아온 손님이 있었다. 먼저 살던 곳에서 창모 엄마가 그나마 왕래하던 부부라고 했다. 미국에서 왔다는 한국인 플로리다 아줌마는 첫눈에도 서글서글하니 누구든지 너그럽게 봐 줄 사람처럼 보였다. 그녀는 창모를 안고 등을 쓸며 눈물을 쏟아냈다. 린이 아줌마는 이층에서 내려오다가 그 부부를 보자 눈을 동그랗게 떴다.

"서영 씨! 어떻게 여기를?"

"이렇게도 만나지네요. 오클랜드 바닥 좁아요."

플로리다 아줌마 남편은 린이 아줌마가 당한 얘기를 듣고는 자기가 당한 것처럼 분개를 했다.

"어떻게든 그 돈은 받아내야 합니다. 아리랑 포스트지에도 내용을 올려서 한인 사회가 알게 해야 해요. 그래야 좋지 못한 심보로 자국민을 힘들게 하는 자들이 경각심을 갖고 함부로 하지 않을 거예요. 그런 못된 이민자들이 군데군데 끼여 있어서 열심히 살아가는 이민자들 이미지를 버려놓는 거라고요. 이런 사실을 알아야 유학생 부모나 여기 와 있는 사람들도 조심을 하게 되지요. 절대 가만히 있으면 안 됩니다."

창모의 등을 쓸어주던 플로리다 아줌마는 창모네 불행한 소식과 린이 아줌마의 좋지 못한 소식까지 듣자 할 말을 잃은 사람처럼 앉아 있더니 자리에서 일어났다.

"창모야, 마음이 너무 아파서 아무말도 못하겠다. 창모야, 그래도 힘내야 해. 꼭. 아줌마가 늘 기도하며 지켜볼 거야."

그날 밤 나는 가방에서 자그마한 녹색 메모장을 꺼내 들었다. 차마 들춰보지 못했던, 아직 창모에게도 말하지 않은 메모장이다. 가슴이 두근거린다. 뭔가 튀어나올 것 같은 기분에 잠시 주춤거리다 겉장을 넘겼다.

니기미…자고 싶다.
니기미…공차고 싶다.
니기미…놀고 싶다.

니기미. 엄마, 저 여자는 영어 공부를 하고 형과 나는 수학을 푼다.
니기미. 우리가 공부할 때 같이 공부하는 엄마, 저 여자가 숨통을 조인다.
니기미. 태어날 때부터 불행한 사람도 있다………나 박희모. 우리 형 박창모.
니기미. 우리 형제는 불행하기 위해 태어난 새끼들이다.
니기미. 공부하기 위해 태어난 개 재수탱이 새끼들이다.
니기미. 세상에 그 많고 많은 엄마들 중 공부에 귀신 들린 저 여자가 내 엄마라잖아.
니기미. 이렇게 재수가 없을 수가! 니기미 씨발.

형이 놀다가 들어왔다. 귀싸대기 세 대 후려 맞았다.
니기미 니기미 니기미 니기미…….
나도 실컷 놀고 들어와 차라리 싸대기 몇 대 후려 맞을까?

니기미. 내가 신이라면 엄마를 골라서 태어날 수 있게 할 테다!

신님들! 내가 왜 당신들을 싫어하는 줄 알아? 바로 이거야. 니기미!

왜 내 엄마가 내 엄마냐고, 니기미!

.

머리도 지끈거리고 구역질도 나고.

병원에서 스트레스라 그랬는데 저 여자는 날더러 꾀병이라잖아, 니기미.

하나님, 천지신명님, 부처님, 알라신 님. 나 좀 개 큰병 나게 해 주면 안 돼요? 니기미.

니따나 세 피외 선생 올 거라는데 오타가 차바퀴에 펑크나 나라, 니기미.

니기미. 나는 공부 소리 안 듣고 살면 내가 알아서 더 잘할 거 같아.

우리 형 창모도 그럴 걸. 그걸 모르는 건 엄마, 저 여자뿐이라니까, 니기미.

아빠랑 맨날 그것 땜에 싸울 때 아빠가 이겼다면 좋았을 텐데…

저 여자를 못 이기는 우리 아빠도 니기미. 검사면 뭐 해?

우리는 공부 구덩이에서 개빡 당하고 사는데 니기미!

엄마, 저 여자의 조상은 시계 불알?

식사 시간 간식 시간 딱! 딱! 딱! 틀려본 적이 없어.

지겨워. 지겨워. 턱턱 숨 막히고 꽝꽝 얼음장 같고……

우리 형제 시간표 계획표! 이건 개똥이야, 니기미.

우리 집은 여름과 겨울만 있지. 봄, 가을은 사라졌지 니기미.

차라리 무식하고 놀러나 다니고 애새끼 안 챙기는 엄마가 훨 낫겠다. 니기미.

니기미. 디도가 공을 차러 가자고 한다.

나도 그러고 싶다 니기미.

내 몸은 내 게 아니다 니기미.

디도, 너 딱 기다려. 내가 다른 엄마한테서 새로 태어나면 그때는 같이 공 차러 갈게, 니기미.

부럽다 니기미.

희모의 니기미 메모장에 나는 갈매기 끼룩대는 소리를 내고 말았다. 그러다 꺼이꺼이 울고 말았다. 메모장의 반은 니기미다.

새끼. 불쌍한 새끼. 너도 니기미다, 시꺄!

감기가 들어 목이 심하게 부었다. 보일러가 깔려있지 않은 이 나라 주거 환경은 진짜 쥐약이다. 침조차 삼키기도 힘든데 기침이 계속 나와 학교를 가지 못했다. 복단 할머니는 비타민이 필요하다며 마당에 심겨진 과일나무 중 호박처럼 크고 실한 자몽만을 골라 따다 곰솥에 넣고 연일 푹푹 우리고 있다. 소뼈 우려내듯. 생강 향, 계피 향, 좋다는 건 다 넣었는지 오만가지 향이 모락이는 김에서 솔솔 올라온다. 아, 뜨끈하니 살 것 같다.

밤새 잠도 못 자고 콜록거리다가 낮에 잠시 잠이 들었는데 거실에서 말소리가 들린다.

누가 왔나? 창모 엄마다. 못 본 체 피해있는 게 낫겠지, 그냥 누워 있었다. 창모 엄마는 아들인 창모도 보지 않고 그대로 갔다. 볼 면목이 없는 것인지 어쩐지 알 수는 없지만 창모 엄마도 창모를 보기가 어려웠나 보다. 오후에 창모가 오자 할머니가 따라 들어오신다.

"창모야. 느그 어매 왔다 갔다. 내일 시울 댕겨온다카디라. 언제 올지는 정하지 않았다카네. 돌아오면 연락한다 했데이."

창모가 말없이 고개만 숙이고 있다. 복단 할머니가 창모의 등을 쓸어준다.

희모가 그렇게 간 지도 두 달이 지났다. 서울로 간 창모 엄마는 아직 돌아오지 않았다. 창모가 학교를 쉬고 심리 치료를 다니는 동안 마당가에 자목련 꽃망울이 터지기 시작했다.

학교에서 돌아왔더니 창모가 목련나무 아래 의자를 갖다 놓고 책을 보고 있다.

"어? 여기서 뭐 해?"

"니들 기다려. 꽃이 눈에 들어와서 좀 즐겨봤다. 왜 떫어? 여자 같냐?"

대체 얼마 만에 들어보는 농담이냐!

"떫다. 어쩔래? 어쩔꺼냐고, 박창모."

내친김에 한 발작 밀어붙여 볼까? 내가 제안을 했다.

"우리 내일 토욜이니까 오래간만에 공원에 갈까? 채문 형, 이준이 다 불러서 농구 한게임하자고."

호태가 거든다.

"그러자. 나도 코에 봄바람 좀 넣자. 가자."

"그러자."

창모의 짧은 대답에 호태가 박수를 친다.

"좋다, 좋아. 나도 내일은 게임 끼워 줘. 다리는 이래도 손으로 던 질 수는 있다고, 나도."

저녁에 이준에게서 전화가 왔다. 내일 창모랑 코히마라마로 농구하러 간다니까 엄마가 다 같이 윈트리힐로 소풍 가자고 했단다. 모두가 창모를 응원하러 가자는 눈치다.

채문 형네 가족, 김치 이모네 가족, 린이네 가족 그리고 복단 할머니와 나, 호태, 창모가 다 모이니 대인원이다. 우리가 농구 게임을 즐기는 동안 어른들은 바비큐를 할 준비를 했다. 나는 공원에 설치된 바비큐 장소에서 어른들이 고기 굽는 모습을 폰 동영상으로 촬영했다. 데이터가 많이 소진되겠지만 엄마에게 보내 놓고 친구들과 사진을 찍었다. 창모 주머니에서 소리가 들린다.

"띤띠딘띠 띤띠딘띠……."

보이스톡이다. 그동안 창모는 폰을 아예 꺼 책상 서랍 속에 처박아 놓았었는데…….

창모가 주머니에서 전화기를 꺼내 연다. 옆에서 얼핏 보니 '사육사'에게서 온 전화다. 사육사? 창모 엄마다. 창모는 잠시 주시를 하다가 끊지도 않은 채 그냥 주머니에 넣어 버린다. 어쩌다가 창모 엄마는 사육사가 되었을까?

호태는 농구공을 받다가 손가락을 삐었네, 손가락이 뒤집혔네, 엄살을 폈는데 그러면서도 기분은 좋은 거 같았다. 복단 할머니는 호태가 농구 세임에 끼어 있는 것만으로도 감격을 한 것 같다. 그저 감사하데이, 고맙데이, 눈물을 글썽인다.

오클랜드 겨울 하늘에는 비가 잔뜩 들어있고, 우리 복단 할머니 눈에는 언제나 흘릴 눈물이 잔뜩 들어있으니 참참. 애통해하는 자는 복이 있나니……. 복단 할머니는 애통해하기도 잘하고, 감사를 잘해 복많이 받으실 거야, 분명코.

9월 첫 주 월요일 창모가 학교에 왔다. 올리비아는 물론 선생님들도 학우들도 창모를 반갑게 맞아주었다.

이제 창모는 학교가 파해도 부리나케 집으로 안 가도 된다. 토요일이면 버클랜드까지 과외를 받으러 가지 않아도 된다. 봄바람이 참 좋던 어느 날 창모와 축구공을 주거니 받거니 하다가 코히마라마 공원

잔디에 털썩 누웠다.

"좋다."

"뭐가?"

"내 마음대로 시간을 쓸 수 있어서."

"짜식."

"이 나라 하늘이 저렇게 멋졌었나? 멋있다."

"짜식. 그걸 이제 알았냐."

"희모는 이제 춥지 않겠지? 봄이니까."

아, 시끼. 할 말 없게 만드네. 그렇게 말하면 내가 대답할 게 없잖아.

"우리 희모 되게 착했다. 엄마 말도 잘 듣고 욕도 할 줄 모르고."

이 시끼가 자기 동생의 니기미 메모장을 보면 마음이 어떨까! 저처럼 대놓고 욕도 하고 대들 줄 알았다면 바다로 사라져 버렸을까? 나는 희모의 니기미 메모장을 책상 서랍 제일 밑바닥에 숨겨놓고 서랍을 닫았다.

봄이 가고 슬그머니 여름이 오고 있던 한 날, 복단 할머니가 방으로 들어오셨다.

"창모야. 낮에 어매 왔다 갔다. 내는 은제나 창모 편이데이. 여기가 편하모 여 있고, 돌아갈 마음이 생겼거든 가도 된다. 이 할매 맘 같아서는 창모가 여 있으면 조컸다. 느그 어매가 홈스테빈가 뭐 그런 것도 주고. 그런데 창모야. 어매도 이제 그 전처럼은 그렇게는 안 허지 않것나?"

창모가 고개를 숙이고 말없이 있다.

"창모야. 내가 옆에서 지켜보이 느그 어매가 마이 잘못했데이. 그래도 창모야. 니가 어매에게 기회를 주면 어떻겠노? 어매가 새로운 마음으로 시작할 수 있는 기회를 창모 말고는 아무도 줄 수 없다아이가. 느그 어매는 오자마자 집을 이사했다 카더라. 어매도 새롭게 시작하고 싶은 마음인기라. 이 할매도 젊었을 때는 잘못하고 살았던 적이 많았고마. 철없어서 실수도 마이 했데이. 그래도 내 자슥들이 봐주고 참아줘서 끝까지 어매 노릇을 할 수 있었제."

할머니는 토요일 아침 창모 손을 잡더니 손수건에 꽁꽁 싼 것을 쥐어주었다. 외할머니가 선물한 도라지꽃 수놓은 손수건이다.

"창모야. 이거는 못이다. 딱 열 개 들어 있데이. 이 못을 다 써버리게 되걸랑 다시 오거라. 그때는 니 짐이란 짐은 다 싸 가 몽땅 들고 오거라. 알것나, 창모야? 그렇지만도 내는 니가 이 못을 꺼내는 일이 없도록 기도할끼다. 니들말로 빡세게 할끼다. 니 그거 모르제? 하나님은 이 할매 말이라모 안 들어주는 기 없다아이가. 내 빽이 을매나 큰지 아나?"

나는 할머니의 기도 빽을 잘 안다. 복단 할머니의 기도가 우리 엄마를 일으켰으니까. 물론 수술을 잘해 준 의사의 공도 컸지만.

창모가 집으로 돌아갔다. 자기 엄마 차를 타고. 내 방이 이렇게 넓었었나? 어른들이 든 자리는 몰라도 난 자리는 크다 하더니 창모가 가니 썰렁하다. 내 마음이 이런데 창모는 희모의 빈자리가 어떨까! 희모가 사라진 그 자리가 얼마나 클까 생각하니 기절해버린 창모 마음이 조금은 짐작이 간다.

희모의 죽음은 우리 모두에게 큰 상처를 남겼다. 그러나 그 상처도 시간이 지나면서 진물도 멎고 딱지가 앉아 서서히 일상을 찾아가고 있었다. 학교에서 만나는 창모도 전과 다르게 편한 얼굴이었다. 창모와 미션베이 너럭바위로 갔다.

"우리 엄마 아빠 이혼했대. 엄마가 이번에 한국 갔을 때 서류에 도장 찍어줬나 봐."

딱히 할 말이 없다. 좋지도 않은 일인데 뭐라고 하냐고? 그런데 창모는 오히려 홀가분해 했다.

"이제 속이 후련해. 진즉 그랬어야지. 두 사람 싸우는 거 지겨웠어. 어릴 때 기억이 싸우는 소리와 엄마 공부하라는 소리뿐이 없어. 아빠는 애들한테 그러지 말라고 소리 지르면, 엄마는 참견 말라고 애들 교육은 자기 소관이라고 난리치고. 희모랑 둘이 항상 불안에 떨었어. 무서워서. 그래서 희모가 툭하면 오줌을 쌌어. 그러면 또 오줌 쌌다고 소리를 질러댔지. 사육사 우리 엄마가. 희모는 나하고 달라서 마음이 약했거든…… 희모 내 동생, 생각해보면 불쌍하게만 살다가 갔어. 난 우리 엄마 아빠 이혼한 거 시원해. 우리 엄마는 우리 때문에 이혼 못한다지만, 개뻥 같은 소리. 핑계지, 핑계. 이혼 안하고 그렇게 지지고 볶고 사는 게 우리는 더 힘든데. 나는 고등학교 졸업하면 한국 가서 혼자 살 거야. 어차피 나도 성인이 되는데 뭐. 그러려면 노력해야지. 독립도 능력이 있어야 하니까. 내 위치에서 할 수 있는 걸 할 거야."

나는 그 자리에서 모탓에서 찍은 사진들 중 희모가 보이는 사진을 모두 창모 폰에 전송했다. 창모 눈에 금방 이슬이 맺힌다. 창모는 한참이나 사진을 보다가 말했다.

"이게 이 세상 마지막 모습이네."

나는 빨간 공중전화 부스만 찍은 사진도 줄까 망설이다 그만두었다. 그 사진에는 희모가 보이지 않았지만 그때 그 안에는 희모가 주저앉아 있었던, 그러니까 희모에게는 이 세상에서 가장 마지막 사진이 되는 셈이다. 그래, 지금은 나만 간직하자. 언젠가 시간이 흐르면 줄 수 있는 날이 오겠지. 그 마지막 사진만으로도 눈시울을 적시는 창모에게 빨간 공중전화 부스와 SOS에 얽힌 이야기, 그리고 메모장은 지금 너무나 가혹하다.

창모는 내가 전송한 사진을 한 장 한 장 갤러리로 옮겨 넣었다. 밤에 창모에게서 긴 문자가 들어왔다.

> 디도. 사진 고마워. 나 내 동생 마지막 이 사진들 평생 갤러리에 담고 다닐 거다. 이거 보면서 희모 몫까지 살려고 해. 희모가 다 살지 못하고 간 거 내가 대신 살아줄 거야. 두 몫을 살아내려면 남들보다 두 배로 노력해야겠지. 내 동생이 다시 태어나면 너하고 공 차러 간댔잖아. 시간 날 때마다 우리 공 차러 가자.

창모의 문자가 귀에 쏙 들어와 내 마음에 들어앉는 기분이 든다. 그래. 나도 몇 년 지나면 성인이 된다. 그러면 독립을 해야겠지. 내가 나를 책임지는 독립이란 것을.

나의 보호자가 되어주었던 가엾은 엄마는 언젠가는 나의 보호가 필요한 날도 오겠지.

호태 방에 아직도 불이 켜져 있다. 저 정도면 세 개 외국어 통역사, 번역가는 문제없겠다. 나는 호태처럼 아직 뚜렷한 목표는 없다. 언젠가는 영어 수업에 들어갈 거라는 목표 말고는. 그러나 일단 하루하루 주어진 일과에 성실하자는 생각이 든다. 호태가 그러하듯, 창모가 그러하듯, 이준과 채문 형이 그러하듯!

날씨가 따뜻해지면서 바깥출입이 많아진 할머니는 여전히 감사, 감사를 하며 연신 나물을 해다 날랐고, 시안 이모는 그동안 찍어온 사진을 바탕으로 스케치한 것들을 작업하기에 바빴다. 그리고 김치 이모는 1년에 한 번씩 나오는 위생 검사를 준비하느라 분주했다. 언제 나오는지 날짜라도 통보해주면 얼마나 좋아. 그런데 그즈음이라는 것만 알지 사전에 연락 없이 검사관들이 들이닥치니 김치 이모는 이제나 저제나 날마다 준비 태세란다.

청소는 쾌적하게 잘 되어 있는지부터 시작해서 냉장고는 4℃ 이하로 잘 작동되는지, 또 온도 체크 기록은 잘하고 있는지, 온수는 잘 나오는지, 손 씻는 곳에 물비누와 종이 타월은 잘 비치되어 있는지, 청소 계획표와 청소 후 기록은 잘하고 있는지, 3년에 한 번씩 위생 교육은 잘 받고 있는지 등등. 김치 이모는 이런 위생 검사가 나올 때가 되면 무척 긴장이 된다는데 요즘이 그 위생검사 나올 때라나. 여러 종류의 김치를 만들려면 당연히 늘어놓게 마련인데 그럴때에 검사관들이 들이닥치면 어쩌나 이만저만 걱정이 아닌 것 같다. A, B, C, D 등급 중 꼭 A 등급을 받아야만 되는 것도 아닌데 우등생 같은 김치 이모는 수능 수험생이 따로 없다. 그런 데다가 김치 이모의 일을 제일 많이 도와주는 참이는 뽈뽈대고 시내로 놀러 간다더니 참 나! 암벽 등반(rock-climbing)을 하다 손목을 삐끗해 깁스를 하고 들어왔다나. 머스미 시키 같은 참이, 너! 언제고 사고칠 줄 일있다 내가.

"너 양파 까기 싫어서 발목이 아니고 손목 다친 거지?"

"디도 오빠 너는 뇌 한 개 삐꾸라서 그런 상상하는 거지? 다치는 걸 내 마음대로 할 수 있으면 내가 신선 노릇하지 사람 하겠어?"

애, 애 좀 보라니까! 애 입은 당최 당해 낼 수가 없어. 아니 왜 다들 나야? 샬롯도 채정이도 참이도 남들한테는 다 친절하면서 나한테만 엉겨 붙는다니까. 그 뭐야, 칡넝쿨 같은 시키들!

아, 샬롯! 샬롯은 이제 우리들만 보면 짤막한 한국말을 써댄다. 때로는 영어 단어와 한국말을 짬뽕해 알아먹을 수는 없지만. 어설픈 한국말이지만.

쿠킹 시간을 마치고 교실 밖으로 나갔더니 샬롯이 다가왔다.

"디도. 너 우라질 웃겨."

"왜?"

"Face 방."

"뭐래냐, 너?"

샬롯은 자기 손가락으로 내 얼굴을 슥 닦더니 나한테 보여 주었다. 밀가루다. 아, 얼굴 보라는 소리였구나! 얘는 나도 내 공부하기 바쁜데 자기 한국말까지 고쳐줘야 해?

"방 No No! 얼굴 보아. 보아. 봐."

샬롯이 내 입술을 쳐다보고 따라 하느라 눈을 부릅뜬다.

"보아. 보아. 얼굴 봐. 봐. 나의 얼굴 보아. 나 만나 줘."

호태와 주차장 벤치로 가고 있는데 계속 쫓아온다.

"나의 얼굴 봐. 나 만나 종."

"나 만나 줘."

"Really?"

샬롯은 눈을 동그랗게 뜨더니 갑자기 내 손을 잡고 마구 흔들어 댄다.

"언제 만나?"

"무슨 소리야? 뭘 만나?"

"You've just told me that you want to go steady with me. (네가 방금 나랑 만나준다고 했잖아.)"

얘는 뜬금없이 무슨 소리라니? 내가 멀뚱한 표정을 지었더니 호태가 빙그레 미소를 짓는다.

"눈치 드럽게 없다아이가. 쟤가 전부터 니한테 시비 붙이는 말 잘했잖냐? 그게 다 관심 가니까 그랬던 거제."

아 봐 참. 저 러시안 참새! 그래도 뭐 기분은 은근 괜찮네. 호태가 속삭이듯 말한다.

"썸 타는 거 해 봐."

"휙! 얼라 시끼. 썸이 말타기 같은 거냐? 설레임이 있어야지, 설레임이. 개 좋은 맘이 들어야 썸도 타는 거라고, 시꺄."

옆집을 지나는데 아담이 우리를 보고 손을 흔든다.

"Hi, BTS!"

허걱! 노인끼지? 쩍인디, 방탄소년단의 인기! 폰 벨이 울린디. 샬롯이다.

"why? (왜?)"

"Get some present for me when you go back to Korea. Maybe album of the BTS.(너 한국 가면 선물 꼭 사 와. BTS 사진.)"

지금까지 살면서 내가 한국인이라는 것을 요즘처럼 실감나게 느껴 본 적이 있었나? 생각해 보니 없다. 나와는 아무런 관련도 없고 만난 적도 없는 방탄소년단이 내 존재감을 세워준다. 기분을 좋게 하고 뿌듯하게 한다. 같은 국가의 국민이라는 이유 하나로.

"방탄소년단 개 고맙다, 야."

"그러게."

"호태야?"

"와?"

"우리 돌아오는 새 학년에는 같이 듣자."

"12학년에? 뭘?"

"영어 수업, 시꺄."

"와우! 진짜가? 듣던 중 반가운 소리데이."

호태가 주먹으로 내 옆구리에 슬쩍 펀치를 날렸다.

"못하면 못하는 대로 팍팍 질러 보는 거지 뭐. 안 그러냐?"

"맞다! 드디어 첫 번째 목표 달성하는 거가? 우찌해야쓰까이. 잔치 벌여야 되것다."

"개 오바 떨지 마, 시꺄!"

다시 또 '리멤버 더 타이탄' 수업 시간이 돌아온다면 이제는 좀 더 자신 있게 쓸 수 있을 것 같다. 인종 차별에 대해. 서로를 인정하는 것에 대해. 증오와 폭력에 대해. 적개심을 버리는 것에 대해. 피부 색깔에 대해. 불구가 된 백인 친구에게 나란히 붙은 집을 사서 같이 뚱보 아저씨가 되어 늙어가자는 흑인 친구 줄리어스와 게리 버티어에 대해.

호태와 함께 자막 없는 영화 '노트북' 한편을 본다. 열네 번째다. 대체 얼마나 더 보면 저 대화들이 온전히 내 것이 될 수 있을까!

초등학교 4학년 때 나는 다른 별 바오밥나무 아래서 머플러를 휘날리며 서 있는 어린 왕자 그림 한 장을 벽에 붙여놓고 지낸 적이 있었다. 그리고 그걸 보면서 꿈을 꾸었다. 저런 곳이 어딘가에 있다면 언젠가는 찾아가 꼭 어린 왕자의 모습으로 사진 한 장을 박아 올 거라는 꿈! 이왕이면 축구공도 개폼나게 들고. 얼마나 웃기고 막연한 꿈이었는지…….

그런데 요즘 자막 없는 영화를 볼 때마다 영화 속 사람들 대화를 듣고 있자면 어릴 적 나의 그 꿈처럼 막연하게 느껴져 기가 죽는다. 수많은 저 언어들이 온전히 내 것이 되는 길이 다른 별로 가는 길만큼이나 멀게 느껴져서. 그러면서도 다섯 번째 볼 때와 열 번째 볼 때가 다르다는 것이 느껴질 때는 또 기가 산다. 그렇다면 씨름해 볼 만한 거 아니냐고? 이십 번, 사십 번, 오십 번 계속 보다 보면 온전히 내 것이 될 날도 오지 않겠이?

"헤이, 디도. 우리 '노트북' 백 번 보기는 기필코 실천해 보자!"

"오케이."

영화 한편을 다 보고 일어서는데 카톡이 들어온다. 엄마다.

> 12월 22일 토요일 오클랜드 오전 10시 출발. 12월 23일 오후 5시 55분 인천공항 도착! 디도야. 비행기 표 예매해 놨어. 메일로 티켓 확인해. 이번 방학에 보자.

아, 드디어 가는구나! 한국에! 나의 집에! 3년 하고도 몇 개월 만이다.

잠이 오지 않는다. 가심, 팩이 설레어……으히히히히~~.

카톡 친구를 죽 내려 보다가 문학도 프로필 사진에서 손을 멈추었다. 아우, 시키. 프로필 사진하고는. 벌렁코가 뭔 자랑이라고 몇 년 내내 지 콧구멍 두 개 찍힌 사진이냐? 나는 벌렁 들려진 학도의 콧구멍 사진을 죽 확대시켜 보다가 채팅창을 열어 카톡을 보냈다.

> 개나발이 문학도. 나 방학 때 한국 간다!

끝